迷雾寻踪:
记忆魔药制作指南
MIST-BOUND: How to glue back grandpa

[马来西亚]许元泉 著

郑雁 译

新 星 出 版 社　NEW STAR PRESS

致我的家人们：
我的父母和姐姐，
你们是支撑我的肩膀，
也是我学习的榜样。

我的妻子，
你是寒冬黑夜中的一缕曙光。

还有我的女儿，
你是在春天绽放的第一朵花。

灵感来自：
我亲爱的父亲，
愿世界上真的有记忆胶水，能够将你从迷雾中救出。
还有我亲爱的母亲，
你的坚强、不辞辛劳的付出和深沉的爱如同魔法一般，神圣而伟大。

前　言

你们上次和祖父母，或者老年人谈话是在什么时候？如果你已经很久没找他们聊过天，一定错过了许多精彩的故事。

老年人就像活着的百科全书，他们的经历、知识，还有人生智慧是难得的财富。只要有人愿意倾听，他们绝不吝分享。他们经历过战争、瘟疫，见证了科技的高速发展，还拥有丰富的人生经历。如果这些宝贵的记忆都被时间或痴呆症夺走，将是不可估量的损失。

在新加坡，每十个年过六十的老年人中就有一人罹患痴呆症。这种病会影响大脑的语言和决策中枢，使患者的表达能力退化，甚至影响其行为。虽然任何年龄层的人都有可能患上痴呆症，但这种病在六十五岁以上的老年人中尤其高发。据估测，新加坡就有十万人饱受痴呆症的折磨。

患者在生活中会遇到许多困难，他们的记忆并不连贯，而且认知能力也会下降。对你我而言最简单的日常生活，在他们眼中都难如登天。痴呆症患者会经常重复问问题，因为他们记不住答案。有些人能记得爱人的模样，或者回家的路，更多的人会发生行为和性格上的突变。所以，面对痴呆症患者，我们必须要耐心，要理解他们的处境。

一九九〇年，新加坡的痴呆症中心（曾名为阿尔茨海默疾病中心）开始为痴呆症患者提供更多的服务项目，旨在打造一个能够包容痴呆症患者的社会。几十年来，我们结识了各行各业的痴呆症患者，虽然痴呆症夺走了他们的一部分记忆，但他们仍然能够讲述自己独特的经历。在力所能及的范围内，我们会尽可能地让更多的老人分享自己的人生故事，将其说给年轻一代人听。

许元泉的这本《迷雾寻踪》就是一次宝贵的尝试。这个温暖人心的故事从小孙女小晴的视角展开，讲述了许多爷爷知晓的故事与传说。更重要的是，它给我们上了宝贵的一课：在与痴呆症斗争的旅途中，家人的爱与支持是不可或缺的。

即便老人的记忆逐渐消失，曾经的故事也被遗忘，年轻人仍然可以与他们共同创造新的回忆。只要经常与老人聊天，多陪陪他们，你就能帮他们意识到：他们的人生不只有过去，还有现在与未来。

我强烈推荐你打开这本书，踏上一段精彩的旅程，也希望你能借此机会多了解一些有关痴呆症的知识。也许合上书后，你就可以对家中的老人伸出援手，打开他们的记忆宝藏，去倾听他们的经历、知识与智慧。

祝阅读愉快。

斯坦利·何
交流与支援中心主管
新加坡痴呆症中心

如果你希望进一步了解有关痴呆症的知识，请访问：
http://www.dementia.org.sg

目录

第一部　祖父母的家

1 魔毯 ... 3

2 破碎 ... 19

3 我不是你的仙女教母 ... 31

4 记忆胶水的制作方法 ... 45

5 第一种原料 ... 59

6 传家宝 ... 70

第二部　迷雾之境

7 骇人的守卫 ... 83

8 绕世界一周 ... 92

9 哨音森林 ... 109

10 登上生命之树 ... 122

11 最动听的声音 ... 132

12 礼物 142
13 谜团重重 147
14 海妖的汗水 159
15 远航 172
16 诅咒之岛 179
17 变故 190

第三部　迷雾尽头

18 雾窗 203
19 穷途岛 218
20 暗影山 227
21 晚餐时间 237
22 至黑之夜 250
23 老山神 266
24 五重火之试炼 279
25 答案 290
26 流星 301

27 迷雾尽头 ... 309
28 盐水 ... 318
29 最后的愿望 ... 329
30 眼泪的结晶 ... 334
31 春天的第一朵花 ... 345
32 归巢之日 ... 351

尾声 谢幕 ... 367
致谢 ... 371

第一部
祖父母的家

1
魔毯

爷爷失去记忆的那晚毫无预兆。

这两周,小晴每天都和爷爷一起绕着他的"办公室"散步。

那天他们沿着林间小路前往河畔,秋叶被金黄的阳光烤得焦脆,踩在脚下嘎吱作响,像薯片一样。

小晴停下脚步,她的左臂痒得要命,忍不住想要狠狠挠一挠。

"气死了!"她怒道,"又咬我,真烦人!"她使劲挥手,想赶走那些嗡嗡作响的"迷你战斗机"。该死的虫子吸了满满一肚子的血,竟然还能逃走。

"真是的!"她一脚踢飞了地上的树枝堆,尘土飞扬。

"她射门了,进球了!"爷爷开心地喊道,挥舞着手臂,"完美的射击!踢得不错,小豆芽!姿势很专业!"

"我最讨厌蚊子了!真想一脚踢飞它!"她郁闷地盯着胳膊上的肿包,乌黑的头发落在红扑扑的脸蛋上。

"先别动,"爷爷弯下腰来,"头发挡眼睛啦。"

小晴的头发就像丛林里的藤蔓,凌乱地挡在眼前。爷爷用拇指抚开碎发,发现她正眯着棕色的眼睛,皱着眉头。

他们继续在林间漫步。

爷爷说,这片森林就是他的"办公室"。他年轻时是一名植物学家。虽然早就退休了,但比起人类,他还是更愿意和植物待在一起。

两周前,小晴的父母带她来看爷爷奶奶。从那时起,爷孙二人每天都会来拜访这个"办公室"。奶奶的咖啡店位于市中心。说是"市中心",其实也只是一条街道,两旁排列着一些小店,美其名曰"商业街"。每天晚上,在咖啡店饱餐一顿之后,两人就会出来,穿过小木屋,走进后面的树林中。

"让我看看……"爷爷看着她胳膊上的包,落日余晖洒在他光秃秃的头顶上。爷爷说,他的发际线之所以会后退,是因为他的脑容量越来越大了。脑袋把头骨撑大,中间自然就露出一片空地。"……看看需不需要截肢。"

"真好笑,爷爷,"小晴吐了吐舌头,"你是植物学家,又不是医生。"

"哎,都是生物学嘛,大同小异。这么说起来,小豆芽,你知道蚊子是怎么来的吗?"

小晴忍不住笑了,又立刻摆出一张夸张的苦瓜脸。

"爷爷,爷爷!空气里有怪味,怎么回事?"

她故意闻了闻身边。

"我知道了!你又要讲故事了,我闻到了故事的味道!"

老人调皮地眨着眼,开口道:"很久很久以前,在遥远的美洲大陆上,特林吉特人间流传着这样一则故事:传说有一个巨人,酷爱吃人,每晚都会出来狩猎。一天晚上,男孩的父亲遇害了,勇敢的男孩誓要斩杀巨人,为父报仇……"

老人绘声绘色地讲了起来,小晴满怀期待地等着后续。

好耶!我最爱听故事了!

她装出一副不在意的模样,却全神贯注地听着爷爷讲的每一个字,看着他舞动双臂,沉浸其中。爷爷总有办法熄灭她心中的怒火,他的故事就像冰水泼进滚烫的铁锅,总能让她平静下来。

最近,小晴尤其需要这些降温用的冰块。

爸爸又换工作了。他们又要搬到另一个国家,这次是柬埔寨。妈妈跟爸爸先过去了,打算安顿下来,再接她过去。于是,他们把小晴留在了爷爷奶奶家。他们要在柬埔寨找到合适的公寓,还要给她找一个新学校,这样开学的时候她才不会变成失学儿童。

这次假期结束之后，又要陷入那种糟糕的循环了……

至少爷爷的故事能让她暂时忘记烦恼，忘记焦虑。她的住址变来变去，唯一不变的就是爷爷的故事。这些故事陪伴了她整个童年。爷爷就算不能亲自讲给她，也会给她寄信件和书籍。

不知为何，那些奇幻故事和魔法生物远比不同的公寓、陌生的城市更让她有归属感。

"怪物，看招！"

故事进入了高潮。爷爷举着一根树枝做武器，不断挥舞着手中的"宝剑"。他满头华发，身形笨重，就像一个喝醉的海盗，正在和自己的影子搏斗。

"……勇者用尽最后一丝力气，持剑向前刺去……刺中了巨人的肚子！"

"太好了！"小晴欢呼着。她不禁感慨：**虽然读信也很好，但果然还是现场听故事最棒了！**

他踉跄几步，后退时弄乱了孙女的头发。"怪物失去了平衡，向后退去，直到深渊边缘……"

"掉下去！掉下去！"小晴附和道。

老人嘶吼道："呃啊啊啊啊啊啊！"

"终于，巨人摔倒了，跌入了万丈深渊！"

爷爷疯狂地舞动着双手。

"他的身躯向下跌落,口中的诅咒却随着气流不断向上攀升:

我会……吃掉……你……和……你……所有的……同类……从……现在……开始……直到……时间的……尽头!

许久之后,悬崖底部终于传来了坠落的声音。巨人跌入嶙峋怪石之间,被摔得粉碎。

砰!

"但是……他并没有被摔成肉泥;相反,他的身体忽然变作了一团黑色的……烟雾?"

爷爷停顿了一下,用手抓了抓头,忽然大叫一声!

"不!那是一团飞虫!"

小晴倒吸了一口冷气。

"幸运的是,我们的英雄逃了出去,但并不是毫发无伤。他身上被叮满了红肿的包!他喊道:'哎哟!哎哟!'然后开始疯狂地抓挠自己的皮肤,仿佛身上爬满了蚂蚁。"

爷爷摇着头说:"好了,小晴,这就是蚊子的由来,也是为什么时至今日我们还会因此困扰！"

小晴咯咯地笑了起来，然后摇了摇头。

"好了，今天的生物课就上到这里。天快黑了，我们赶紧回去吧。如果奶奶回家的时候你还没洗漱好准备睡觉，她会生气的！"

看着爷爷转身继续向前，小晴又摇了摇头。

爷爷就像是一个装满了故事的宝箱。

他的口袋里总是藏着某个故事，无论是口口相传的传说，还是他用记忆或梦境编织的奇遇。

不，不，不对。宝箱太小了……他是一座图书馆！

是的，一座古老而恢宏的图书馆。墙壁灰白，高高的书架上摆满了书，里面记载着一页又一页的奇妙冒险，装订在满是灰尘的书封中，等待有人来翻开。

她皱了皱鼻头。

等等，也不对。图书馆太安静、太无聊了。爷爷才不是这样。对了！他就像是一张魔毯！

一张拥有魔力的飞毯，带着她飞往神秘而遥远的国度。

魔毯载着她向南，飞到蜘蛛阿南西的身边，看他织出欺骗之网。然后向西，去找狼人和半神毛伊，只见毛伊用巨大的鱼钩将岛屿从深海钓出海面。接着向北，前往遥远的矮人城堡，再到米诺陶洛斯和美杜莎的故乡。

最后,魔毯回到极东之国,飞天女神往来于云雾之间,阿斯旺[①]潜伏在丛林深处。

一张自带导游的魔毯。

当然,除了听故事,每天晚上的散步有时还像是校外学习。因为走在路上的时候,爷爷总会指着这样那样的花草树木,然后逐一解说。

此时橡树的一根树枝挡住了去路,爷爷正想弯腰穿过,又忽然停了下来。原来树干边缘长出了一朵紫白相间的兰花。他指着那朵花说:"小豆芽,你知道吗?兰花能开出彩虹上所——有的颜色,"他拉着长音,用手画出了一个彩虹的形状,"除了一种,你知道是哪个颜色吗?"

"不知道啊,呃……白色?"小晴耸了耸肩。

"什么?这个答案太糟了!你面前的这朵花就有一半是白色的!不是白色,亲爱的,是蓝色。你在花店里看到的那些都是染出来的。"

他倾过身来,说:"地球上只有少数几人知道要去哪儿找真正的蓝色兰花,而我,恰好就是其中之一!"

爷爷弯下腰来,脸凑到小晴的耳旁,用手捂住嘴悄声道:"就在……"

[①]阿斯旺(Aswang)又称阿苏黄,菲律宾食尸鬼,在维赛鄢(Visayan)尤为兴盛,在卡皮兹省亦称为凄克-凄克(kik-kik)或娃格-娃格(wag-wag)。

小晴做好了心里准备：**爷爷又要讲冷笑话了！**

在继续说下去之前，爷爷停顿了一下，警觉地看了看四周。

"在彩虹的尽头！"

小晴用手挡住嘴，装作打了一个哈欠。

又过了一会儿，他们路过了一棵奇怪的树，枝条上挂着各种各样的树叶。

"看这个，"爷爷说，"你奶奶可不光能从这棵树上摘到水蜜桃……"他面向小晴，"还有油桃和李子，用来做她拿手的水果蛋糕！"

"好了、好了，别说了，爷爷！我每分钟能接受的冷笑话额度是有限的！"

爷爷开玩笑般地推了推她："你不相信吗？上次我说把眼泪装进云彩里，就能让它们哭出来的时候你也不信。"

他继续道："这是一棵嫁接出来的树。我从油桃和李子树上取了枝条，接在了这棵桃树的树干上，然后，请看！一棵树就能结出三种果子。你奶奶的水果蛋糕就是用这一棵树的果实做出来的！"

奶奶。小晴想起了那个对着她微笑的老妇人。**爷爷和奶奶是完全不同的人。**

奶奶是个不苟言笑、像教导主任一样的人，和嬉皮笑脸、总爱开玩笑的爷爷大相径庭。她每天管理咖啡店，总是忙忙碌碌的。清晨刚破晓她就出门去工作，直到晚上小晴和爷爷散步归来才回家。她回家第一件事就是喊小晴上床睡觉。然后，爷爷会偷偷溜进房间，拿着手电筒，再演上一出皮影戏。

说实话，小晴有一点害怕奶奶，所以总是和她保持距离。

爷爷正忙着修剪那棵"三合一"果树，摘去枯萎的枝叶。他的动作熟练，仿佛例行公事一般。

"呃……爷爷？"

"怎么了，小豆芽？"爷爷拍了拍手上的尘土，转过身来，全神贯注地看着她。

小晴有些羞涩地问："唔，你和奶奶……是怎么认识的？"

爷爷的眼中闪过一丝精光。

"啊哈！说到这个，我就要给你讲一个故事了。"

他清了清嗓子，开口道："很久很久以前，在一个充满了魔法的国度，有一位美丽的公主。"

"……和其他整天只会做白日梦，等待着白马王子来营救的公主不同，这位公主最爱在森林里探险，救助遇到的小动物们。"

好吧，小晴早就知道了。爷爷是不可能直接给出答案的。

"然而,她的父亲却是那种故事书里最古板的国王。国王焦头烂额,他的独生女此时正当嫁人的年纪,她却不想安家立业。任何一个身份高贵的女性都要成婚,更何况是未来的王后呢?"

"'太无聊了!'每次国王气急败坏地劝她,她就会打着哈欠这么说。"

"是啊,真无聊!"小晴调侃道。但是爷爷并不在意,他已经完全进入了说书人模式。

"某天,国王终于受够了。他对女儿说:'我已年迈,不久便无法再担治国重任,届时须有一人来继承王位。待下轮满月之时,你必须选出夫婿,否则我将直接许配一人给你。'"

然后和完全不认识的陌生人结婚?小晴惊讶地睁大了双眼:"咦,好恶心!"

"迫于无奈,公主不情愿地遵从了父王的命令,但她提出了两个条件:

"'第一,我要通过自己设计的比赛选择丈夫。'公主指了指自己。

"'第二,这场比赛必须对全国的所有年轻人开放,无论出身高低贵贱,富贵还是贫穷。'"

小晴歪了歪头,问:"什么比赛?"

"国王也有同样的疑问!'你说的比赛,到底是比什么?'他皱着眉头问道,'你要如何选出胜利者——也就是我们未来的——国王?'"

"'胜利者必须要给我带来世界上最珍贵的礼物。'公主回答道。"

小晴生气地跺起了脚:"可是这样不公平!这样一来不是只有富人才能获胜了吗?"

爷爷严肃地点了点头,然后对着她眨了眨眼。

"正是!国王也是这么想的。老国王抚着胡须想道:'只有身份高贵、家财万贯的人才能带来这样一份珍宝吧?'这下他终于能把女儿嫁出去了,而且对方应当也会门当户对,于是他同意了!"

"好吧,爷爷。我还是不懂这个故事跟你和奶奶有什么关系……"

"要有耐心,小家伙!嗯,我刚才说到哪儿了?哦,对。终于,比赛之日,远近所有的王宗贵族、富豪商贾都前来参加,令国王倍感欣喜。他们有些人带着奇珍异宝,有些载着满车金银,还有些献上了最奢华的、用桑蚕丝和梦貘的毛发制成的礼服。哦,说起来,小豆芽,你还记得梦貘是什么,对吧?"

"当然记得了!是吃噩梦的神兽。"

梦貘的鼻子仿若大象,下半身却像一只老虎。有一次,小晴做了噩梦,哭着醒了过来。爷爷坐在她床边安慰道:"每次我做了噩梦,就会说:'梦貘,梦貘,快来把我的噩梦吃掉!'这样重复三次,我就能睡得像婴儿一样香甜。"

爷爷继续道:"求婚者们一个接一个地献上了财宝,但没有一样引起公主的注意。就连拥有无限财富(和体臭)的矮人,还有能令影子在阳光下舞蹈(却有些阴沉怪异)的王子,都被她无情地拒绝了。"

这也太傻了! 小晴光是想象奶奶嫁给一个臭烘烘的矮人,就忍不住想笑。

"'不行!不可以!好恶心!呕!'公主对来参赛的男士们说道。她一边摇着头,一边皱起鼻子。"

"'简直胡闹!'国王怒道。正当他想要取消比赛的时候,走来了一个……嗯,长得相当帅气的人类青年……"

爷爷故作潇洒地用手捋了理头发,然后继续道:"也许,他是一位农民。或者,甚至,是一名植物学家。"

"天哪……不知道这个帅小伙到底是谁呢……"小晴大声说道,揶揄地看向装作毫不知情的老人。

"'陛下,您好……'英俊的植物学家说道,'似乎该轮到我来参赛了。'"

"国王刚想开口反驳,就被公主挥了挥手打断了。"

"'这位先生,你为我带来了什么礼物?'她兴致盎然地问道。"

"青年微微颤抖着回答道:'美丽的公主,我没有财富,也没有珠宝,所以我带来的并非金银财宝。但我会给你我所拥有的一切……'"

"哦,我知道了!让我猜猜看!"小晴举起一只手说,"一棵长了三种不同彩虹色水果和蓝色兰花的树!"

爷爷哈哈笑了起来,摇着头,继续说道:"而我要献给你的一切,就是我的故事。"

"嗯,就这样吗?"小晴问道。

"此时国王忽然大喊道:'守卫!快来把这个小丑给我抓起来!'"

"公主张开双臂拦住了前来的士兵。'等等!这是我的比赛,只有我能做出裁定。'"

"她倾身对年轻人说:'可是,神话和幻想故事又有什么用处呢?和金银财宝不同,故事既不能穿戴在身上,也无法用手摸到。'"

"年轻人回答道:'殿下,故事是梦的土壤,而梦则是希望的种子。'"

"'而希望,尊敬的公主殿下,正是这世间最为珍贵的宝物之一。'"

"公主玫瑰色的双唇微微扬起,露出了一个笑容。'既然如此,我很期待能与阁下一同播下希望之种。'"

小晴鼓起了掌。

"当然了,"爷爷看着她摇了摇头,"王室并不愿意让一个平民继承王位,于是公主和青年被逐出了王国。这对情侣一直幸福地生活在这个小镇里,直至今日。他们最期待的事情,就是和可爱的宝贝孙女见面!"

小晴做了个鬼脸,吐了吐舌头。

就在这时,她像忽然想到了什么一样皱起了眉头。"等等!不对……爷爷,公主要的是世界上最珍贵的宝物,但青年说的'希望'只是其中之一。"

爷爷眨了眨眼,说:"天哪,你听得可真仔细!而且还很敏锐地察觉到了问题!"他拍了拍自己的头顶,然后忽然收回了手,"哎哟!敏锐得都扎人啦。"

"别讲冷笑话了,爷爷!"小晴抱住身体抖了抖,"冷得我都要感冒了!"

她继续道:"所以,如果希望不是唯一的宝物,那剩下的都是什么?"

"嗯,据我所知有三样东西,希望只是其中之一。"

"另外两个是什么?"

爷爷的眼睛里闪着精光。"这个嘛,就要留到下一次故事时间再讲了。不过,你也可以直接问你奶奶。你可以问问她,当初为什么只得到了三分之一的宝物就决定要嫁给我!"他咯咯笑了起来。

小晴抱起双臂,哼了一声。

"爷爷!"她跺着脚抗议道,"虽然故事很有趣,但我问的是你和奶奶怎么认识的!我是说,在现实生活中!不是故事里!"

爷爷又乐了。"我还是那句话,小豆芽,只要你愿意相信,故事就能成真!"

他揉了揉孙女的头发。

"知道吗?梦就是未来的回忆。"他假装从她头顶上拔出一根隐形的羽毛笔,然后舔了舔笔尖。

"就像墨水,等待着被人写在纸上、变成文字。"

他用那只隐形的笔在她面前画出一个∞形的环。

"回忆造就了今天的我们,梦塑造着明天的我们。所以……"

他画的圈变得越来越大。

"……记得……"

越来越大。

"……要……"

终于,他在小晴的鼻尖上画下了一个大大的句号。

"……心怀梦想!"

老人紧紧地抱住了小晴,将她圈进自己的怀抱。

"顺便一提,那个矮人身上闻起来和我的腋窝一样。"

他的笑声穿过林间,湮没了小晴惊恐的尖叫声。

2
破碎

小晴被爷爷咯吱得哈哈大笑,她挣脱他的怀抱后努力平复呼吸。夕阳西下,金黄的太阳一半隐没在地平线的彼端,将光芒和温暖带离大地。小晴捧起双手,往手心里哈着热气。

爷爷弯下腰来,把小晴紫色的鹅绒外套拉链拉好,拉起领子盖住她的鼻头,又帮她把帽子戴上,罩住冻得发红的耳朵,最后轻轻拍了拍蓬松的帽子顶端。

"天凉了,要注意给脖子保暖,小豆芽。"

他搓了搓手掌,说:"唉,我都感觉不到自己的手指了!"然后迅速将手插进了绿色防风衣的口袋里。

"等等,这是什么?"他的右手摸到了一个又圆又红的东西,拿了出来。"哎呀,我都忘了,还带了这个!"那是一个苹果。

他在棕色的灯芯绒裤腿上擦了擦苹果，忽然来了兴致："说起来！小豆芽，你能数得出这个苹果里有多少粒种子吗？"

小晴疑惑地看着爷爷："当然了啊，爷爷。"

"好啊，小机灵鬼，那你数得出每粒种子又能孕育出多少种子吗？"

"呃……"

见她一脸茫然，爷爷继续道："每粒种子里都藏着一棵大树，等待着发芽结果，果实又带来更多的种子、孕育更多的果实……如此循环往复。"

爷爷把苹果放在了她的手心里。

"现在想一想，这个苹果里蕴含着多少未来的果实？是不是感觉很奇妙、很不可思议？或者用你朋友们的话来说，就是很'酷'。"

小晴盯着地面，闷声道："你明明知道我……没有什么朋友的，爷爷。"

"怎么会？你有我和你奶奶。我很酷，你奶奶也不错。"

笑容又回到了小晴的脸上。

"对了，小豆芽，你开始调查柬埔寨了吗？比如你想去哪里观光，有没有找到好玩的高棉族[①]传说？"

[①]高棉族是柬埔寨的主要民族，占该国人口的百分之八十左右。

"查到了一些吧……"她再次垂下了头,笑容也消失了。

小晴长长地叹了一口气,说:"我只是……累了。每次到新地方,都要学习新的文化,要记住新面孔,还有他们的名字。这有什么意义吗?反正我迟早会忘记他们,他们也会忘记我的。"

她继续抱怨道,说爸爸总是换工作,把家人从这里带到那里。她觉得在哪儿都没有归属感,在哪儿都像是个外来者。爷爷认真地听着,不时点点头。她说自己已经放弃去结识同龄朋友了,爷爷露出了悲伤的神色,眼眶湿润起来。

小晴很开心。因为爷爷不光愿意和她聊天,还愿意听她抱怨,愿意理解她。爷爷不仅很爱说话,也乐意倾听。

这是她最喜欢爷爷的一点。

也许正是因为这样,他才能有那么多可讲的故事。因为他会把人们讲给他的故事小心收藏起来。

她咬了一口苹果,跟着爷爷爬上一座小小的山丘。

小晴嚼着苹果,忽然发现苹果核上有一块棕色。是烂掉了吗?

然后,那块棕色**扭动了**起来。

她瞬间吐掉了嘴里的果肉,把苹果扔到地上。

"好恶心!里面有条虫子!"她干呕着,想要把刚刚吃进去的部分也吐出来。

"恰好说明这个水果没有被喷过农药!"老人蹲下,捡起了苹果。小晴窘迫地缩到了一旁。"好了,好了。要善待生命,小家伙。我们对待弱者的态度,会揭露我们最好或者最坏的那一面。"

他看了看那条多足小虫,然后对孙女眨了眨眼。"有的时候……最弱小的人,也能成为最伟大的人。"

他站起来,用一只手掸去膝盖上的土。

"你相信微小之物的力量吗?想想看,世界上所有的苹果都是从一粒种子开始的,一根小小的火柴却能烧尽一整片森林……"爷爷停顿了片刻,又说,"或者,想象一下单独和一只蚊子被关在小黑屋里!"

小晴无语道:"行了,爷爷,我已经被你说服了。它拥有光明的未来,以后肯定会变成一只了不起的害虫。你可以的,大肉虫!"

"嗯,但它不是一只肉虫。你看,它有腿。"

"好极了,所以它是一只臭虫,我刚刚还被叮了……"

"其实它也不是臭虫,而且蚊子也不能算是臭虫。"

小晴翻了个白眼。

老人的微笑变得柔和起来。"这样吧,你可以把它当成假期宠物。咱们把它带回家照顾,确保它的生活,我不告诉你它的品种,你会自己发现的!"

小晴皱了皱鼻子,说:"谢谢,但是不必了!"

"快到冬天了,我们不能把它丢在这里,它就算不被冻死,也会饿死。没事的,小豆芽,我可以先照顾它一阵子,你肯定也会喜欢上它的。"

"好恶心,我才不想喜欢什么虫子呢!"

爷爷呵呵地笑了起来,从裤子口袋里翻出一个金属盒,是乐福门的烟盒。他总是随身带着这个盒子,遇到感兴趣的种子就会装进去带回家,然后种在自己的温室里。盒盖上打了孔,方便透气。

爷爷用小刀切下一片苹果,把苹果和小虫一同放进盒子里。

"你知道吗?虽然它现在住在这个苹果里,但它其实是肉食动物。我们可以给它吃我养龙鱼用的面包虫。"

"你说得对,这只虫子真是越来越可爱了!"小晴揶揄道,"好了,爷爷,既然你这么喜欢它,我就给它取你的名字!我要叫它KC,是你名字的拼音首字母!"

老人笑了起来,小心地把装KC的盒子放进大衣口袋里。

他们继续向前,爷爷又讲了另一个故事。猜猜是关于什么的?没错,就是虫子!

终于,两人一路走到了小溪的源头,该回家了。

然而,就在这时,小晴感到了一阵令人毛骨悚然的寒意。冰冷的感觉顺着脖子爬下脊柱,就算她穿着厚厚的外套也没有用。

不会生病了吧! 她不禁想道。**那我的假期岂不是完蛋了!**

两人开始往回走,周围却不知何时起了浓雾。浓厚的雾气如同蓝灰色的毯子,将他们包裹起来。这片雾来得毫无道理,好像捉迷藏一样悄悄地跟在他们身后,又突然现出了原形。

就像是狼群。小晴想道。所以我们就成了……猎物?

寒意再次袭来,让她不禁颤抖。

"我们快回去吧。"爷爷紧紧地握住了小晴的手,有些焦急地领着她向前。

"怎么了?"小晴越来越慌乱。

"雾这么大,我怕会迷路。"老人皱着眉,抿着唇说道。

但是我们每天都走这条路!爷爷就算是蒙着眼睛,也能找到家!

然而,变化确实发生了。他们快步穿过浓雾和灌木,森林却不似以往。树木被雾气挤压围拢,为灰色的帘幕让出道路。

"啊,爷爷,慢一点!"小晴喘息道。

为了跟上爷爷的步伐,她不得不小跑起来。忽然,小晴右脚下的地面发出"嘎吱"一声,她跌倒了,连带着爷爷一起。

她疯狂地想要抓住身边的什么东西,但是没有用。

她重重地摔在了坚硬的地面上。强烈的冲击仿佛要把她肺部的空气挤走,让她忍不住痛呼出声。

很快,小晴跌落的地面开始松动,带着她一起跌入洞中。

一声巨响。

接着是各种令人不忍听闻的断裂和撞击声。

最后是不知从何处传来的一阵刺耳的"啊啊啊"!

几秒钟之后,爷爷跟着摔了下来,跌落在一堆被压碎的木板上。

小晴只觉得又痛又气,这都是什么事呀!

旁边,爷爷轻轻地呻吟了一声,伸手抓住了她的手臂。

"你还好吗,小豆芽?摔疼了吗?"

她推开他的手。"真是的,爷爷!我都说了让你慢点走!"

虽然很疼、很生气,但小晴还是努力站了起来。旁边响起了轻轻的脚步声,像是有人踩在了干枯的树叶上。

她看向一片漆黑的四周,努力分辨脚步声是从哪里传来的。

她的心跳得飞快,这短暂的一分钟变得漫长无比。

"谁……谁在那里?"她喊道。

一个小小的身影出现在了他们面前。

终于看清那张脸时,小晴不禁惊呼出声。

她从未见过这样的生物,至少在现实世界里没有。

他长得像一个小男孩,但显然不是一个人类小孩。不光是因为他的个子更矮,只到小晴的腰部左右,而且他的耳朵又尖又长。仔细观察后,小晴发现他似乎比外表看起来更年长。这个小家伙虽然有着少年的外表,却一副老气横秋的样子,穿着破破烂烂的中世纪风格上衣。相较之下,奶奶的厨房抹布都更具时尚品位。

他看起来很眼熟。小晴努力回想。哦,对了!上周的睡前故事里出现过,叫什么来着?

然后她想起来了。

啊!是一种树妖,叫……柯尼特!

想到这里她又突然停顿了一下。等等,我是摔坏脑袋了吗,还是我昏迷了,看到的是幻觉?我为什么会看见树妖?

而且还是一只愤怒不已的树妖。

"是谁压坏了我的房子?"

房子?但我们可是在森林里!然后她忽然想起来,刚刚跌落的时候似乎压坏了木板,顿时心道不妙。

完蛋了,我闯大祸了。

小晴刚要开口,却被爷爷拉住了。他艰难地站起身,努力眯着眼看去。随着年龄的增长,他的夜视能力也越来越差了。

老人面朝树妖的方向说道:"是我,真的很抱歉……"

"你个老蠢驴!你脑子进水了吗!"妖怪对着爷爷疯狂地舞动手臂,大喊道,"你弄坏了我的家!"他生气地指着那堆被压坏的木材,"你甚至差点儿把我压死!"

"我真的……非常……抱歉……"爷爷向后缩了缩,并把小晴推到了自己身后。他再次眯起眼,想要看清楚对面的人。"这是个意外,我们在雾里看不清路,所以……"

"我才不管!"树妖跺着脚打断了爷爷。

"你这个没脑子,没脑子的人!"他咬牙切齿道。

"你破坏了我的家,我就要破坏你的心灵!"

说着,树妖皱巴巴的掌心里忽然冒出一团发光的紫雾。

小晴吓得说不出话,眼前的一切就像是用老旧的投影仪播出的幻灯片画面,一场令人反胃的荒诞剧。

发光的雾气盘旋着缓缓升起,仿佛一只舞动的眼镜蛇,想要迷惑眼前的敌人。

忽然,紫色的毒蛇越过树妖的头顶,小晴看到他眼中闪过了一丝奇异的光,仿佛他自己也在害怕那团雾一样。

那团舞动的气体停顿了片刻,仿佛正在思索什么。

它就那样停住了,等待着。

然后，毫无预兆地，它开始向前冲去！

就像一道闪电。

冲向了爷爷的额头！

小晴的心脏要跳出来了。

可怜的老人踉跄着后退，一头栽进了浓密的灌木丛中。

小晴的心脏卡在了气管里，等她终于能说话时，便奋不顾身地喊道："爷爷！"

有那么几秒钟，树妖也和小晴一样惊讶地张大了嘴，愣在原地。

"爷爷！"小晴喊道。她终于从僵硬中回过神来，冲到爷爷身边，用尽全身的力量把他扶出灌木丛。

树妖也缓过了神。"哼！活该！"说罢，他又补了一声，"哼！"然后迅速回到了黑暗的树林中。

"呜……"爷爷呻吟道，又瘫倒在了地上。

那只树妖做了什么？他真的烧坏了爷爷的心灵吗？

"爷爷，快醒醒！"小晴喊道，"求你了，求你了！"

爷爷会死吗？

她只觉得胸口一阵难受，心脏也从嗓子眼坠到了肚子里。一滴滴泪水从脸颊滑落，流进领口。接着，闸门打开了，泪滴变成了洪水。

她边哭边咳，几乎要喘不过气来。

停下，快停下！

不要再这么幼稚了。

小晴吸着鼻子，咽下眼泪，胡乱擦了一把脸。

爷爷需要我。她对自己说道。

现在不是哭的时候。

树丛里传来了窸窸窣窣的声音。

是从她身后传来的！那只树妖消失的树丛里。

小晴吓得跳了起来。

"走开！不许过来！"

她紧张地看向四周，想要找到一把趁手的武器。一根树枝也好，什么都行。

"我……我手里有武器……我警告你!"

脚步声停下了。无论那是什么东西,它正在犹豫。

就在这时,小晴用眼角的余光看到了一束亮光,她转过头,眯着眼看去。

没错!在这片树林里,远处有一盏变得越来越亮的灯。

是提灯!有人来了!

"救命啊——快来人帮帮我!"小晴用尽全身的力气大声喊道。

3
我不是你的仙女教母

手中提着灯的人走近后,小晴不由得松了一口气,身体突然像化作了一摊水般。她不顾肺部的灼痛,向那人大喊道:

"奶奶!"

小晴激动得说不出话来,眼眶中涌出欣喜的泪水。她跑上前去,紧紧地抱住了奶奶。

印象中,她已经很久没有这样抱过奶奶了。

奶奶被吓了一跳,有些僵硬地环住了孙女的后背,问道:"怎么了,小晴?我回来一看都这么晚了,就出来找你们,爷爷呢?"

"爷爷被一只柯尼特……"她立刻阻止自己继续说下去。

我在想什么呢,奶奶肯定会觉得我疯了!

"他……呃,他摔了一跤。"

一阵难耐的沉默。

小晴低着头,双手不住颤抖。

终于,奶奶说:"带我去看看。"

爷爷蜷缩在一个小土丘上,隐藏在碎石和灌木丛中。奶奶看到后惊呼一声,迅速跑到了爷爷的身边。

她将提灯放在地上,单膝跪下,将爷爷扶起来,用另一只腿支撑着他的身体。就这样,她抱住爷爷,脸埋在他的颈窝处,安抚一般地轻轻晃动着他的身体。

小晴无措地站在原地,紧紧地咬住了自己的嘴唇。她不知道该把手放在哪里:是垂在身体两侧,还是背在身后?

忽然,爷爷动了一下。

希望之火再次被点燃了。

"唔……"他想要坐起来,却忍不住再次呻吟,"啊……怎、怎么……我、我在哪儿?"

"爷爷!"小晴喊着,冲过去抱住了他,"你没事!"

老人挣脱了她的怀抱,怀疑地眯了眯眼。"呃,你……你是谁?"他说话有些含含糊糊的,嘴角微微向右倾斜。

怎么了?

他还没有清醒吗?

"是我呀!小晴!"她露出了一个不太确定的笑容,声音变得越来越小,"你的小豆芽……"

他茫然地看着她，摇了摇头。

老人竖起一只手指，指着森林的某处。"我……呃……船……什么时候来？我……还在码……码头……等着呢。"他的灵魂好像并不在这里，脸上露出了虚幻而陌生的表情。

什么？他在说什么？为什么听起来这么可怕？

老人的脸色勃然一变，挣扎着想要站起来。发现自己没有力气后，他嘀咕了几句，又倒在了奶奶的膝盖上。此时他已经精疲力尽，再次昏睡了过去。

"没事的，没事的，"奶奶安抚道，"好好休息吧。"

小晴感觉有些喘不过气，肺就像被胶水粘住了一样。爷爷到底怎么了？

这时她才突然发现奶奶正在看她，神情严肃而认真。

"告诉我到底发生了什么。"

她的心沉了下去。

发生了什么。她再次咬紧嘴唇,把脸埋进手心里。

天哪。到底发生了什么?刚才到底发生了什么?她自己都弄不清。

但是她别无选择,只能如实地说出刚才经历的一切。她深深地吸了一口气,然后呼出。

她尽最大的努力描述了刚才发生的事。她滔滔不绝地讲着,生怕一停下来自己就没有勇气继续说下去了。

奶奶安静地听着她讲完。

讲完后,小晴开始焦虑不安。

她会不会觉得爷爷摔倒是我的错,所以我才会编妖精的故事,为了掩盖自己的错误?

她感到手脚冰凉。

一只暴跳如雷的树妖,还会用魔法!谁会相信这么疯狂的故事?就连我自己都不信!

奶奶还是什么都没说。

小晴做好了被叱责的准备,甚至做好了挨打的准备。

但是什么都没发生。

小晴觉得自己好像等了一个世纪,奶奶才终于开口道:"我们得把他带回去。"

奶奶轻轻地让爷爷躺回地面上，然后起身拍了拍裤子。

"小晴，你留在这里陪爷爷一会儿。"

"但是……"小晴说。

"只能这样了，我们两个没法把他背回去，我得回家去拿推车过来。"

她把手提灯留给了孙女。

"这盏灯就留给你了。"

小晴不太情愿地点了点头。

"别担心，我马上就回来。"

好在奶奶真的很快就回来了。刚刚发生的事情实在太诡异，小晴呆呆地跪坐在原地，只有在爷爷呻吟出声的时候才会回过神来，但很快又陷入了那种恍惚的状态。

没过多久，奶奶就推着车回来了。两人一起把陷入昏迷的爷爷抬上了车。

回家的路漫长得仿佛没有尽头。不光是因为奶奶每往前走一段就要停下来休息一阵，更是因为她们一路上都没说话。

该死的、该死的树妖。回家的路上，小晴一直在低声咒骂着。

两人继续向前，终于，小木屋的亮光出现在了眼前，温暖了小晴的内心。

也许只要好好睡一觉,爷爷就能恢复了。

进屋后,小晴帮奶奶一起扶爷爷上床。两人都忙得气喘吁吁,小晴心虚地看着地板。

"对……对不起,奶奶,"她结结巴巴地说道,准备迎接奶奶的怒火,"爷爷到底怎么了?他为什么不认得我了?他会好起来吗?"

奶奶没有回答,于是她抬起了头。

奶奶用手捂住了脸。

在小晴的印象中,奶奶永远都是那么的优雅而得体。总是那么严肃、稳重又礼貌,甚至有种贵族般的气质。就连她说话的方式都是那么文雅又正式,让小晴觉得有些陌生和疏远。

然而此刻,由冰块和坚石铸成的围墙终于开始崩塌。

发现孙女正在看自己,老人很快意识到了自己的失态,用绣着花纹的手绢擦干了眼泪,振作起来。

"你爷爷的记忆受到了损伤,小晴,"她清了清嗓子继续道,"连贯的记忆被打碎了,混作一团,像迷雾一样,所以他才会说胡话。他自己也很混乱,谁也不记得,甚至连我都不记得……"她的声音渐弱,最终扭头看向了窗外。

记忆被打碎,散落在迷雾中。这句话回响在小晴的耳边。

她忽然觉得浑身的血液都被冻住了。

几个小时前,爷爷才刚说过——"回忆造就了今天的我们,梦塑造着明天的我们。"

但是如果失去了回忆呢?如果回忆破碎了呢?

它们会变回梦境吗?

她忽然觉得呼吸困难。

还是说,失去回忆后,人格也会破碎?

她无助地看着爷爷,老人毫无知觉地躺在床上。她反复回忆起紫色闪电击中他额头的那一幕,另一幅可怕的景象出现在了她的脑海中。

图书馆着火了。魔毯着火了。爷爷的故事被大火烧毁,变成了滚滚浓烟。

"我们能治好他吗?他的记忆还会回来吗?"小晴恳切地问道。

"我也……不知道。我真的不知道……"

爷爷说过:"梦是希望的种子。"

但是现在,希望又在哪里呢?

小晴忽然惊觉,今晚和爷爷的对话很可能是他们最后一次谈话了。

以后她再也听不到爷爷大笑的声音,再也不会有人像他那样轻轻拍着她的头,讲些傻乎乎的故事了。

喉咙又痛又涩,她忍不住咳了出来。小晴努力将那种感觉咽回肚子里,就像吞下了一粒又大又苦的药片,药片缓缓地沿着她干涩的喉管向下滑。

他明明就在这里,就在我眼前,但我为什么会觉得他已经离开了呢?

她的眼眶也湿润起来。

我当时为什么什么都没说?为什么要让爷爷站出来替我承担这样的后果?明明是我压坏了树妖的房子!

她无法自已地痛哭出声。

那个咒语明明应该是冲着我来的,而不是爷爷!

"对不起,奶奶……请你,请你一定要相信我。树妖的事情,我真的没有说谎,我发誓!"她用袖子擦着脸说道。

奶奶转过身,用手抚开孙女凌乱的额发,说:"我知道……"

小晴眨了眨眼。

奶奶顿了顿,用手帕擦了擦她的脸,叹了口气之后继续说道:"我相信你。"

她刚刚说了什么?

小晴的眼泪忽然止住了,就好像有人给正在排水的浴缸塞上了塞子。

什么?我没有听错吧?

"什么?啊,对不起,我是说,奶奶你刚才说,你相信那只树妖是真实存在的吗?"

她吸了吸鼻子,把快要流出来的鼻涕吸回去。

"是的。"奶奶叹了口气,"而且……"

她停顿了整整一分钟之后才接着说道:"他的名字叫利弗。他是唯一一个住在这片森林里的树妖。"

现在轮到小晴目瞪口呆了。"你知道他叫什么名字?"她用袖子擦了擦鼻子。

奶奶点了点头。

又是一阵漫长的沉默。

"小晴,我接下来要说的事情,你一定不能告诉其他人。"

小晴疯狂地点头,脑袋像随着浪花起伏的木板一样上上下下。

奶奶坐在爷爷的床沿,拍了拍旁边的位置。小晴听话地坐了过去。

"在我们的世界之外,还有另一个世界。一个许多人都未曾听说过的世界,它的名字就叫作——迷雾之境。"

奶奶继续道:"在那里,拥有魔法的居民可以打破两界的隔阂,制造出能够自由往来的通道。有一些居民选择留在了地球,但很少有人类能跨越界限,去往迷雾的世界。不过,在某些特殊的时间和地点,分隔两地的结界会出现裂缝，变得脆弱，就像一层薄纱。这时，临时通道就会出现。"

奶奶看着她。

"你说，你和爷爷遇到了蓝灰色的雾气，其实就是因为你们不慎走进了世界的裂缝之中。"

"所以……那只树妖，我是说利弗，他也是迷雾之境的居民吗？"

"是的。"

小晴的脑海里，无数的问题像新年爆竹一样一个接一个地炸开。她想问奶奶是怎么认识利弗的，又是怎么知道迷雾之境的，但她的思绪被打断了。爷爷卧室的窗边响起了咚咚的声音。

小晴扭头看去。

说曹操曹操就到，那只树妖竟然就站在窗外！

她惊讶地张大了嘴巴。起初她什么都做不了，只能傻傻地看着窗户，整个人都呆住了。

然后，她转头看向奶奶，眼角的余光瞥到了躺在床上的爷爷。

她想起了爷爷为什么会躺在这里。

那条紫色的毒蛇。

舞动的雾气。

发光的烟雾钻进爷爷的额头。

从树妖指尖射出的咒语。

一股怒火蹿上心头,烧向她的四肢百骸。

是他夺走了爷爷!

小晴一时忘记了树妖会魔法,噌的一下冲向窗口,打开窗户,拽住了那只小恶魔的衣领。

"你这个……魔鬼!你对我爷爷做了那样的事,竟然还敢过来!"

树妖吓得浑身颤抖,脸色都变蓝了。

"哼,你是来讨债的吗?这次轮到我了,是吗?嗯?你说话啊!"

有什么东西从他的腰带上掉了下来。

"好了,够了,小晴,放他下来吧。"奶奶说。

利弗终于能呼吸了,他挥手对奶奶以示感谢。

当他终于站稳、缓过气后,树妖扑通一声跪在了奶奶面前。"对不起,真的很抱歉!"

他的两只手都扶着地板。

"他砸坏了我家房子!我太生气了,一下子怒火攻心,干了蠢事!我被阴暗的情绪控制,施了一个非常、非常糟糕的咒语……"

利弗的头深深地垂了下去。

"我真的不是故意的!请一定要相信我!我那时不知道

他是您的丈夫。上次见到他的时候，他还是黑发！求您原谅我，殿下，求您了！"

小晴先是看了看树妖，又看了看奶奶，还以为自己刚才听错了。

"殿下？"她问道。

"起来吧，利弗。你那暴脾气这次真是闯了大祸了。"奶奶的声音里压抑着一丝怒意，那微弱而颤抖的声线反而更加骇人。

树妖连滚带爬地站了起来，顺从地伸出手掌，原来他手里拿着那个乐福门烟盒。

里面还装着虫子，好极了。那个烟盒肯定是从爷爷的口袋里掉出来的。

"这个……应该是您丈夫的东西。"奶奶沉默地接过了烟盒，利弗继续垂头丧气地站在原地。

小晴还没从刚才的震惊中缓过神来，问道："你刚才说'殿下'是什么意思？"

树妖的眉毛高高扬起，惊讶地问："什么什么意思？"

"我是说，你为什么要那样喊我奶奶？"

他挠着头，过了好一会儿才终于明白过来。

"等一下，什么？小姑娘，你是说你不知道你奶奶的真实身份？"

小晴摇了摇头。

"天哪，天哪，天哪，"利弗继续道，"我的天哪，你的奶奶，她是……"他敬畏地看了她一眼，但她只是叹了一口气，没有作声。

"是什么？"小晴追问道。

奶奶把一只手放在了小晴的肩膀上，不太情愿地对树妖点了点头。

于是他继续说道："她是……唉，等一下，她曾经是……"他又停下来挠了挠头。

"……不过，我觉得她应该还算是……"他嘟囔道。

小晴听得简直想再抓住他把接下来的话抖出来。说得吞吞吐吐的，这也太折磨人了！

"你的奶奶——特里西娅——是德明三世的独生女。"

小晴茫然地看着利弗，她能感觉到奶奶扶着她肩膀的手微微紧了紧。

利弗叹了一口气，然后深呼吸道："小女孩，我说的可是德明大帝！"

小晴眨了眨眼。

"……是迷雾之子的国王！"

小晴不停地眨眼。

"天哪！我是不小心给你施了个石化咒吗，还是你本来就这么蠢?"树妖怒道,"迷雾之子,就是你们口中的精灵。"

"所以,简而言之,你奶奶就是精灵王国的公主!"

4
记忆胶水的制作方法

这里明明是森林深处,是爷爷奶奶的小木屋,小晴却有些晕船。

她觉得自己好像穿着滑轮鞋,站在一艘没有桨的小船上,在惊涛骇浪中无助地飘摇。

暴躁的树妖和魔法世界都暂且不提,如今她的奶奶,那个会烤水果蛋糕、喊她按时上床睡觉的人……竟然是一个精灵,还是精灵公主?

无论是"精灵"还是"公主",单拿出一个词来就足以震撼她的世界,但是这两个词同时出现了。

一位公主,恰好又是精灵?一个精灵王国的公主?

小晴的思维已经钻进牛角尖里出不来了。

好了,冷静点,别那么夸张。

她闭上眼睛,默数到五,试图平缓呼吸。

睁眼后,她看到了两双期待的眼睛。奶奶的眼中充满了忧虑和悲伤,那只把她的生活搅得天翻地覆的树妖则在奶奶身边抬头望着她。

他的目光游移不定,一会儿看向小晴,一会儿又看向奶奶。利弗攥着手指,有些不自在地动了动腿。

他犹豫地清了清嗓子,然后说:"嗯,一个精灵和人类结婚,会怎么样?"

没人回答。

"都没人想试试挑战一下答案吗?"

还是没人回答。

"会生出一个人精!"利弗说完后大笑出声,被自己的笑话逗得合不拢嘴。

"就是你!你就是个小人精!"

小晴没心情开玩笑,她的每一根手指都在叫嚣着想要勒死那只树妖。

树妖拍了拍额头,说:"天哪!你果然也中了咒,是吧?"

他夸张地叹了口气。

"人类的人,加上精灵的精,不就是人精了嘛!"

利弗无语地甩了甩手。

"现在懂了吗?真是的!解释完之后就一点都不好笑了。"

奶奶冷冷地看了他一眼,他立刻住了嘴。

"亲爱的,别理他。你今天晚上肯定吓坏了。"奶奶伸出手抱住了小晴,但她却浑身僵硬。一下子发生了太多事情,她的大脑都宕机了。

奶奶到底是什么人物?

"我确实曾是迷雾之境的居民。"奶奶松开怀抱后说道,"对不起,没能更早告诉你,但是这件事连你爸爸都不知道。我们当时认为最好还是对你们保密,这样你们就能在人类世界安全地生活下去。"

咦?

小晴抬起了头问道:"你说'我们'?所以爷爷也知道

吗?"

"是的。"奶奶坐回床上,拍了拍旁边的位置。小晴犹豫片刻,还是坐了过去,但稍微拉开了些距离。

"你爷爷年轻的时候总跑到森林里工作——当然,他现在也是这样。巧的是,我当时也经常去森林。年轻的时候我有些叛逆,经常离家出走,不顾父亲的劝阻来到地球。人类的世界有许多美丽又奇妙的生物,我喜欢和它们待在一起。"

奶奶露出了一个怀念的微笑。

"你知道吗?每次来到地球,精灵们都会把自己缩小成蜜蜂那么大,避免被看到。当然,有时也会不小心被发现,但没人会相信他们说的话,因为大家都知道,世界上根本没有精灵!"

我以前也是这么以为的。

"有一天,我乘在一只燕子背上,在树林里飞行,结果一头栽进了农夫给偷猎者设下的陷阱里。燕子受了伤,压在我身上,我没办法用魔法逃出去。如果被抓住,我就完蛋了。一想到自己可能会死,我就伤心得哭了出来。"

小晴看着奶奶,惊讶地抬起了眉头。

"幸好,你爷爷那天也在森林里散步,他路过的时候听到了我的哭声。"

听起来就像是爷爷讲的那些童话故事,但是讲述者变成

48

了奶奶。一个精灵，正在讲童话故事，还是一个关于自己身世的故事。如果这都不能算是货真价实的童话，还有什么算是呢？

"当时的我和你一样，也很喜欢你爷爷讲的故事。那些口口相传的民间故事，还有现代的神奇发明——可以飞在空中的金属船、能播放声音和画面的电力魔法盒子——都让我惊叹不已。"

"当然，我也给他展示了迷雾之境的魔法和奇观，和他讲了精灵、法术，还有许愿池的事情。人类称为童话的故事，对我们而言则是历史。"

奶奶用手梳了梳爷爷的头发。

"后来，我们无可救药地爱上了彼此。但是迷雾之境的法律规定，人类和精灵是不可以通婚的。"

小晴竖起了耳朵问："为什么？"

"有一则古老的预言中提到，人类与精灵的结合将会使迷雾之境堕入黑暗时代。而且迷雾之子也不愿接受人类社会的种种习俗。于是父亲给我下了最后通牒：爱人和家乡，我只能选一个。离开迷雾的庇护，精灵会衰老得更快，也会更快步入死亡，就像一个普通的人类。"

小晴惊讶地张大了嘴，奶奶伤感地笑了笑。

"是的，亲爱的。我选择离开了自己的国度，来到这个世界。在这个时间之沙更为沉重,却更加激情四溢的地方。生命之火在这里燃烧得更快,也消逝得更快,就像春夏之交的萤火虫。

"离开之前,作为惩罚,我被勒令摘除自己的翅膀。没有翅膀,我就无法制作施咒用的魔粉。但这也是为了我的安全着想,为了让我融入人类社会。你知道人类会对精灵做出什么样的事情吗?我连想都不敢想。"

奶奶轻轻拍了拍爷爷的手。

"如果你爷爷再次踏上迷雾之境的土地,就会被逮捕,然后被关进牢房。也就是说,只要我和心爱的人在一起,就永远无法使用自己的能力,也不能回到故乡。"

奶奶俯身向前,一只手指轻轻抚过小晴红扑扑的脸蛋。

"那都是很久以前的事情了,小晴。但如果再来一次,我肯定还会毫不犹豫地做出同样的选择。如今我是这个世界上最幸福的老太婆,因为我能有你这么可爱的孙女。"

小晴有些不知所措。

真不知道我现在是什么感觉。生气、诧异,还是吃惊?我的奶奶竟然不是人类!

她这才发现,自己对奶奶竟然了解得如此之少。少到她都觉得羞愧,她几乎对自己的奶奶一无所知,直到现在。

难怪奶奶总给人一种超然世外的感觉……小晴摇了摇

头……因为她真的不属于这个世界!虽然要我来猜,我的第一反应可能是外星人……

她耸了耸肩。

但是话说回来,我自己也从来没有过归属感。至少我现在知道原因了!因为我本来就不属于这里!

奶奶继续道:"所以我们才想保密的,因为我们永远无法回到迷雾之境。就算说了,也只能年复一年地牵挂一个从未造访,以后也不可能踏足的地方,这又有什么意义呢?如果我们的孩子因此相信魔法世界的存在,却又被无知的人们嘲笑、排挤,岂不是得不偿失?"

所以爸爸才无法在一个地方长久地工作下去吗?就算和他在一起的时候,他也总在发呆,好像去了另一个世界。

正当小晴想要继续问下一个问题的时候,躺在床上的爷爷忽然长叹了一口气。他翻了个身,嘴里嘟囔着什么,然后开始打鼾。奶奶俯身吻了吻他的面颊,拉起拼布花纹的被子,给他盖好。

"我们要想办法恢复他的记忆,"奶奶转身,严厉地看着利弗,"轮到你出场了。"

利弗清了清嗓子。"啊,当然了,特里西娅殿下。我正是为此而来的……"他偷偷瞄了一眼小晴,女孩正充满敌意地看着他。"即便这会对我的健康和安全造成极大的威胁。"

他伸手从口袋里拿出了一张古旧的羊皮纸。

"咳咳。"他再次清了清嗓子,"我这里有一份记忆胶水的配方,也就是我……唔,是不幸击中您丈夫的咒语……的解药。"

小晴瞪着树妖,冷哼了一声。她的手指又开始痒痒了,真想让这家伙吃点苦头。

"拿给我看看。"奶奶说着从树妖手里拿过了配方。展开卷轴的时候,小晴探头看了过去。羊皮纸上写着一列清单,还有几行歪歪扭扭的笔记标注在空白处。

如何制作记忆胶水

原料:

- 施咒人眼中的悔恨之盐(1/4 盎司)   >△< 好恶心!
- 南塔坤的蜂王乳(1/2 杯)   ⎫
- 伽罗楼巢穴的碎片(1 把)   ⎬ 哨音森林
- 鲛人的汗水(3 滴)   ←行舟岛
- 中咒人最爱的口味(1 撮)   ⎫
- 中咒人最爱的气味(少许)   ⎬ ??
- 春季第一朵花的花蜜(1 朵)   ⎫
- 梦貘的鼻毛(3 缕)   ⎬ 穷途岛

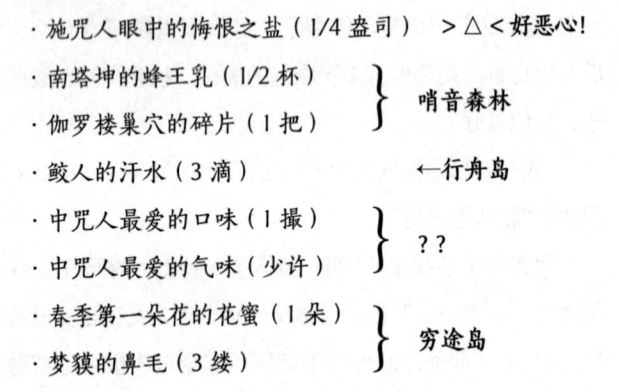

制作工序：

1. 将材料倒入小锅，开大火烹调一分钟，充分搅拌。加蒜蓉调味，转小火熬制一夜（十小时）。

2. 将熬制好的药水喂给病人，须逼迫其吞下。警告：本药味道极差，很可能遭到反抗（推荐用绳索束缚病人）。

3. 等待记忆黏合。

"天哪。"小晴呻吟道，"这些东西是不是都没法从超市里买到？什么鲛人、南塔坤，还有梦貘！这不都是神话传说里的生物吗？"

她拍了下自己的额头。**当然是了。**

"好吧，看我在说什么胡话，我奶奶是一个精灵，我刚才还抓住了一只树妖。"

小晴不敢置信地摇起头来。"就当我什么都没说吧，我的意思是……南塔坤①在泰国，梦貘在日本，都离得有点远啊！这些材料看起来都很难入手……除了第一种，"她再次瞪了一眼利弗，"只要我狠狠地给他鼻子来上一拳就可以了！"

利弗条件反射地捂住了自己的鼻子。

---

①南塔坤（Nang Ta-khian 或 Nang Mai），是泰国民间传说中的女精灵，通常在香坡垒树前现身。

How to make Memory Glue

Ingredients

- Salts of Regret from the spell-caster's eyes (1/10 ounce) — yuck!
- Milk from the Nenguri Bees (1/2 cup) ⎫ Whistling Wood
- Pieces of a Garuda's nest (1 handful) ⎭
- Drops of a Duyung's sweat (3 droplets) ← Perahu Island!!
- The sufferer's favored flavor (a pinch) ⎫ ??
- The sufferer's savored scent (a dab) ⎭
- Fresh Nectar from the First flower of Spring (1 bud) ⎫ Ujong
- Hair from a Baku's snout (3 strands) ⎭ Island

Cooking Directions

Pour ingredients into a small pot, heat over high fire for a minute. Stir throughout. Add soy sauce for flavor. Slow cook overnight over a gentle flame (10 hours). Pour mixture into patient's mouth. Force patient to swallow. Warning: tastes terrible. Expect resistance (recommend tying patient with rope). Sit back and wait for memories to revive.

"其实，亲爱的，"奶奶插话道，"有一些在家里也能找到。比如'中咒人最爱的气味'，就是你爷爷给我做的那瓶香水。"

"是哦！还有……爷爷吃什么都要配辣椒，所以辣味就是他最爱的口味！"

"你看，这下我们就找到三样东西了。"

奶奶又看了看清单说："其他的都能在迷雾之境找到。看起来有人在上面标记了地点。"利弗忽然咳嗽了一声："不过，确定地点是最简单的一步。难的是要怎么过去！尤其是穷途岛，去那个地方简直难如登天。但是不必担心，我的老朋友……"

奶奶停下，盯着利弗。树妖没能避开她的视线，于是耷拉着肩膀，顺从地点了点头。

"只要我们齐心协力，一定能行。"

小晴也燃起了斗志："一定可以的，奶奶！"

奶奶却摇了摇头，说："抱歉，小晴，我说的是我和利弗。"

小晴眨了眨眼。她刚才说什么！？

小晴站直了身子，双唇微颤，双臂环抱，说："不行！我也要去，我必须去！"

见奶奶没有回答，小晴开始焦急地寻找各种能说服她的理由。

"而且……而且……我不能一个人待在这里!家里没有大人,我什么都做不了,还可能会出意外!我可能会被领养机构带走,而且……"

"但是这趟旅途对孩子来讲太危险了。"

"我已经不是小孩子了!我长大了!你不能把我丢下,我也要去救爷爷!"

奶奶闭上眼,揉了揉太阳穴。

糟糕,她每次喊我回房间睡觉的时候都会这样。

奶奶叹了一口气,睁开眼睛,对上小晴的目光,直直地看进她的内心深处。

"好吧,那你跟来吧。"

利弗无语扶额,不赞同地摇起了头。

真的吗? 小晴控制住自己激动得想要跳起来的心情。她要表现得成熟一些,要严肃。

"但是你必须待在我身边,听从我的命令。"

"没问题!我会的!"

"明天,我会给你一样东西,遇到危险的时候可以将你带回家。"

小晴疯狂点着头。

"呃,殿下,"树妖清了清嗓子说道,"虽然我很乐意和她同行……"他对着小晴翻了个白眼,小晴对他吐了吐舌头。"我们真的没空在路上当保姆。"

"只要你别忘记给自己带上尿布,我们就不需要保姆。"小晴怒道。

"就像这位……成熟的女士说的那样,"利弗转身,背对着小晴,"我不想破坏气氛,但我必须指出,迷雾在您丈夫脑海里停留的时间越长,就越难恢复原状,而且——"

"又怎么了?"奶奶问。

"唔,是这样的,"利弗畏缩道,"春季的第一朵花只在清晨绽放,花期是从早上到正午。如果我们错过了,就只能再等一年,那样就来不及了。"

"那我们更不能浪费时间了,"奶奶攥紧了拳头,"必须在冬天结束之前集齐所有原料,小晴,不然你爷爷的记忆就永远找不回来了。"

她继续道:"话虽如此,但现在已经太晚了。好孩子,你该回去睡觉了,不要拖拖拉拉。"

"但是……"

"记住,你答应了要听从我的命令。"

小晴瞬间跑上楼梯说:"遵命!"

孙女离开后,奶奶又对树妖说:"利弗,我需要你立刻给我的老朋友们捎个信。请让他们明天早上来这里找我,越早越好。"

树妖顺从地点了点头。

"晚安,奶奶!"小晴从楼上喊道。

奶奶也转身对着她的方向说:"晚安,我的小大人。明天就要踏上旅程了,我们要先去找回我的翅膀。"

5
第一种原料

温暖的晨光透过窗帘,照到小晴的脸上。舞动的光斑将她从睡梦中唤醒。

她打着哈欠伸了个懒腰,一边揉着惺忪的睡眼,一边想起之前被爷爷喊醒的早晨。

"早上好,小懒虫!你能感觉到眼睛上有沙子一样的东西,对不对?"说着,他帮她擦了擦眼睛。

她点头。

爷爷继续说道:"刚醒来的时候一般都会有,对不对?你知道这是什么吗?"

"当然了,这不就是眼屎吗?"

爷爷摇了摇头。"不对!你这就说错了,小豆芽。"

"昨天晚上,睡魔在你头顶撒了沙子,助你入梦。他可能撒多了,或者你醒得太早了,所以撒下的睡沙没能用完。

"你眼睛边上的沙子,其实是多余的睡沙,是没能做完的梦。

"而这,恰恰证实了睡魔的存在!"

他用手指搓着"睡沙",呵呵笑了起来:"没错!证据确凿。"

想到这里,小晴不由得笑了起来,但笑容很快凝固在了她的脸上。

等等,昨天晚上也是做梦吗?是睡魔撒的沙子格外强力吗?

她踢开舒适的羽绒被,坐了起来。

紫色的外套就躺在她脚边的地板上,皱皱巴巴的。

这可不是什么好征兆。

她想起来了,昨晚睡觉之前她觉得精疲力尽,随手把外套脱在了地上。

唉,只能去确认一下了。小晴站起来,走向爷爷奶奶的房间。房门是打开的,但她还是犹豫地站在门外,深吸了一口气。

一股熟悉而香甜的气息飘至鼻尖。是甜橙、茉莉花,还有香草的味道。

是奶奶,奶奶已经起来了。果然。

香气比以往更浓郁,但是她没有多想。

终于，她鼓起勇气走进屋内，发现爷爷背靠着几个枕头坐在床上，扭头看着窗外。

"嗯……早上好，爷爷……"

没人回答。

"爷爷，你今天感觉怎么样？"

还是没人回答。

小晴走近了一些，爷爷的眼神空洞，嘴里念念有词，却不是在对某个特定的人讲话。

她的心沉了下去。

看来昨晚不是做梦。

"爷爷……"**为什么我的身体在发抖？**

老人不再念叨，终于转头看向了她。

他还是我的爷爷，没什么可怕的。

她露出一个灿烂的笑容，他也回以微笑。

看吧？

小晴小心地伸出手，放在爷爷的手背上。

"嗯……您感觉怎么样，身体好些了吗？"

"呃，好啊！"他忽然抽开手，吓得小晴把手收了回去。

爷爷抓着自己的前臂，抬手放到太阳穴，然后啪的一声手又落回床上。

"你能听到我说话，但是……你明白我在说什么吗，爷爷?"她的眼眶开始变得湿润。

"呃,好啊!"他又重复了一次刚才的动作。

"爷爷,你还在吗?"

"呃,好啊!"又是同样的动作,最后啪的一声把手砸在了床上。

小晴忽然觉得胸口揪得生疼。

"你昨晚为什么要对那个蠢树妖说谎?为什么?"她喊道,老人听到身体颤了一下。

"明明是我压倒了他的房子,不是你!"

她喉咙里好像肿起了一块,不上不下的。

"你为什么要说是自己做的呢,爷爷?为什么?"

"呃,好啊!"他挠手臂,敲太阳穴,啪。

但就算他能解释,小晴其实也不需要。她知道为什么。

她的嗓子越发干涩,甚至无法直视爷爷有些呆滞的目光。她低头看向他的手,老人的手指苍白,仿佛比之前更加纤瘦干瘪了。

你那么说是为了我,即便我掉下去之前还在怪你。看你的好孙女都做了什么……

小晴觉得自己又变成了一口烧红的铁锅,急需泡个冷水澡冷静下来。

她看向老人,小声恳求道:"爷爷,和我讲个故事吧,我想听故事……"

"呃,好啊!"他回答道。啪。

小晴再次叹气,回想起了爷爷为她织出的一个个故事。

有些是真的,有些不是。但是她分不清楚,因为至少有一半的故事(她也不知道是哪一半)都是半真半假的。

她还记得自己经常抱着胳膊,假装生气地跺着脚,质问道:"爷爷,到底哪些是真的?"

但每一次,爷爷的回答都是:"你觉得哪些是,哪些就是真的!"

经过了昨晚的事情,她越来越难以分清现实和虚构的边界了。

就像他和我讲的上一个故事……那可能是他讲给我的最后一个故事了。关于他和奶奶的故事。

第一次听的时候,她只觉得这明显是个编造的故事。

现在她却发现,这个故事里也隐藏了真实。

但是有多少是真的?小晴想着,耸了耸肩膀,又摇了摇头。

她看向爷爷的床头柜,发现了一个香水瓶,心跳忽然漏了一拍。

中咒人最爱的气味!

难怪今天这个香气格外浓郁,奶奶肯定打开过瓶子,收集了里面的香水。

第一种原料！奶奶已经得到了！

上一次闻到这么浓的香气，还是在爷爷的温室里，这种花刚刚绽放的时候。

昙花。

和许多其他的花不同，昙花的花瓣白得近乎透明，并且只在夜晚绽放，太阳升起之前就会合上花瓣。

她几乎能听见爷爷在她耳边说话的声音。

小豆芽，你看，这是朵害羞的花。每年只开一次，还是在月光而不是阳光下。它叫昙花，要说这种花有多胆小，可真是"昙日色变"！

他被自己讲的笑话逗乐了。"但我还是更喜欢它的另一个名字——夜之女王。"

她看着爷爷的床头柜，又看向香水瓶后面的小盒子，忽然愣住了。那是昨晚爷爷放在口袋里的烟盒。后来他们撞到了树妖，他又把盒子送回来了。

KC，那条肉虫，不对，那条虫子。那只我并不想要的寒假宠物。

她拿起铁盒，打开盖子，看着里面的小生物。

咦，它还活着。

它长得太恶心了，那么多条腿，看得她身上直起鸡皮疙瘩。

但是爷爷让我照顾好你。

"唉,看起来你暂时只能跟着我了。我也是,只能带着你……"

最好给它找点吃的。爷爷说他吃什么来着?哦,对了,呃。

小晴拿着KC的盒子走向客厅,来到电视柜旁边的大鱼缸前。鱼缸里,一条条闪亮的游鱼像水底的龙王一样威严地穿行其中。金银两色的鳞片随着每一次摆尾反射出粼粼波光,这是爷爷心爱的龙鱼。

她从鱼缸底下的柜子里拿出一罐备用的面包虫,走进厨房。奶奶正在为旅途打包行李。

奶奶从储物柜里翻出了爷爷以前的登山包,里面装满了他们需要的物资。手电筒、急救箱、衣服、毛巾、墨镜,当然还有午饭。奶奶做了最拿手的沙丁鱼三明治。

除了爷爷的登山包,奶奶还把小晴上学用的书包也拿了出来。她过寒假的行李也装在这个书包里。

"早上好,奶奶。"

奶奶抬头,微微笑了一下。"你醒了,早上好,亲爱的。"她扬了扬眉头,"等一下,你为什么拿着那罐面包虫?我记得原料表里没有写过吧?"

"啊,这个是给爷爷捡来的一条虫子吃的。他想让我养它,所以我就拿上了。"

奶奶看向烟盒内部,摇了摇头,不再追究。

小晴把几只面包虫放到烟盒里,然后把罐子装进了书包。

奶奶正在往背包里塞一个个塑料小盒,应该是为了装他们要找的各种原材料准备的。

"奶奶,我能拿一个盒子吗?我去装爷爷喜欢的辣椒。"

"当然了,谢谢你。记得之后要洗手,只要一丁点,那些辣椒就能把你的舌头辣出一个洞!"

然后她忽然想起了什么,说道:"啊,对了。在那之前你得先吃点东西,我做了早饭。"

小晴津津有味地吃掉了溏心蛋和咖椰吐司。黏稠的金棕色椰子酱让她的心情微微好转,再喝下一杯热乎乎的美禄热巧克力,更是心满意足。吃饱喝足之后,她便起身前往爷爷的温室。

温室就在客厅旁边,是爷爷最喜欢的地方。里面种着各种奇花异草和香料(比如"夜之女王"),一年四季都有不同品种的花朵绽放。

如果森林是他的户外办公室,那么温室就是他的居家办公室。

她走向种植调味料的区域。她还记得第一次来的时候,爷爷骄傲地把这些展示给她看。

"你知道吗?世界上最早的花园源自中国。这些早期的花园是想要在人间重现天上的仙境。"

老人向她脱帽致敬:"所以,欢迎!欢迎,我的小公主,我亲爱的小豆芽,来到这片小小的人间仙境!"

那株植物就在她面前——著名的魔鬼椒。

"也叫断魂椒,"爷爷当时这样说道,"因为太辣了,辣得能让你灵魂出窍!"

"我在印度的时候和一个朋友参加了吃辣椒比赛,然后得到了它的种子。如今它就长在这片花园里,什么时候觉得生活无趣了,就来一个提提神!说起辣椒啊——"

就像准点报时的时钟一样,爷爷又开始讲故事了。

曾经有一位种辣椒的农民,他有三个儿子。三个儿子都很能干。有一天,他喊儿子们来到面前,给了他们每人一盆土。

"每盆里都装有一粒魔鬼椒的种子。我希望你们分别照看花盆,三个月后,我会再喊你们过来。

"到时候,谁种出来的辣椒最好,谁就可以继承我的农场。"

时光荏苒,很快,农夫再次召集了儿子们。年长的两人自豪地拿出了长得又高又大的魔鬼椒。两盆辣椒的叶片葱郁繁茂,果实鲜红欲滴,挂在枝条上,就像一个个大红灯笼,难分高下。

然而小儿子却垂头丧气,紧紧地抱着光秃秃的花盆。花盆里只有土,和三个月前如出一辙。哥哥们嘲笑道:"瞧啊,有一个人直接被淘汰出局了!"

"这到底是怎么回事啊,孩子?"农夫扬起眉头问道。

"对不起,父亲。我不配在您的田里工作,更不可能继承农场!这么多天过去,无论我施了多少肥,给它多少阳光和雨水,都不见一丁点绿色!我让您失望了。"

然而出乎意料的是,父亲竟然笑着抱住了他。"傻孩子,你弄错了。你虽是我最小的孩子,却也是最诚实的孩子。你是我的骄傲,也会是我农场的继承人。"

两个年长的儿子据理力争,但农夫摆手打断了他们。

"听好了:你们花盆里的种子,是我提前用沸水煮过的。那盆里根本不可能长出辣椒!但你们却拿来了两盆长得这么好的魔鬼椒!"

他厌烦地摇了摇头。"你们用新的种子换掉了煮过的种子。我很痛心,你们竟然为了赢得我的农场,忘记了我从小教导你们的准则。人而无信,不知其可也。你们这样做,叫我怎么信得过?"

"无论你们种出来的辣椒多么鲜嫩,对我而言都只是败絮其中罢了。"

老农夫继续道:"作为惩罚,我要你们摘下所有的辣椒,当场吃掉!"

听罢,两个年长的儿子顿时昏了过去。那之后他们再也没说过谎,也再没吃过辣椒。

爷爷讲完故事后,小晴咯咯笑了起来。

希望这些辣椒足够辣,能辣到让你的记忆都恢复原状,爷爷!

6
传家宝

小晴摘了满满一盒子辣椒,回爷爷的房间看了一眼,他还在盯着天花板发呆。

虽然就站在爷爷面前,但小晴还是不由自主地放轻了脚步,悄然靠近。

"爷爷,"她小声道,"刚才忘记告诉你了,我和奶奶知道该怎么治好你的病了!"她晃了晃手中的盒子,"你最喜欢的辣椒也是配方之一,你肯定很开心吧?"

老人什么都没有说,又做了一次那套动作:"呃,好啊!"

敲。啪。

她小心翼翼地抓起爷爷的手,轻轻捏了捏。"别担心,爷爷。我们还有希望。"

她拍了拍他的手背。

"坚持住,好不好?只要再找到几样原料,你就能继续给我讲那些故事了。"

忽然,有什么东西闪了一下。她走近一看,原来是窗前的地板上有个奇怪的米色物体。

她捡起来,翻过面。

原来是一排形状优雅的木管,从短到长被绑在了一起。每根木管上都刻有银色的图案,在阳光的照耀下闪闪发光。

小晴知道这是什么——是牧笛!

哈!一定是昨天我抓住那只树妖的时候从他身上掉下来的。她把牧笛装进口袋。**让他也好好感受一下失去的滋味!**

有人轻轻敲了敲门,小晴吓了一跳。"啊,奶奶,我刚才在给爷爷看配方里需要的辣椒。"奶奶笑了起来,一只手放在小晴的肩膀上,问:"都准备好了吗,亲爱的?我们得快点出发了。"

她点了点头。

"这才是我勇敢的小姑娘。"奶奶扭头看向床边的钟表,"对了,还有一件事情要告诉你。时间在迷雾之境的流速和地球是不同的,在那边,时间过得更快,所以迷雾之境的一个小时,相当于地球上的几个瞬间。"

她顿了顿,像是在犹豫该怎么说下去。

"我肯定会把你安全地带回来的,在新学年开始之前……"

说着说着,她哽咽起来。

"……无论找没找到记忆胶水。"

"一定会找到的,奶奶,肯定能行的。"小晴说道。

奶奶拿出丝绸手绢,擦了擦眼角的泪花,点了点头。

还是不习惯看到奶奶这样,换个话题吧。

"奶奶,你昨天晚上为什么说要先取回翅膀呢?"

"只有得到了魔粉,我才能使用魔法。而魔粉只能用我的翅膀制作。我们一路上艰难险阻,必须要准备万全,才能保护自己……"

"原来如此,那要去哪里找呢?"不知道奶奶的翅膀长什么样子?奶奶长了翅膀,会不会看起来很奇怪?她很难想象奶奶背着一双羽毛翅膀的模样。

奶奶笑了起来。"不远,你很快就能见到了!"

"咦!我还以为那双翅膀已经被永远没收了。如果你一直知道翅膀在哪儿,为什么不去找它,然后取回魔法呢?"小晴问道。

奶奶忧郁地看了她一眼。

"翅膀所在的地点只是拼图的第一块。若想取回翅膀,首先要通过凶恶的守卫,然后解开谜题……当然,还有其他的原因。就像你爷爷说的那样,这个故事还是留给下次吧,小晴,下次。"

房间里响起了细微的敲门声,是从前门传来的。

奶奶露出了一个微笑:"好了,现在来见见我们离开期间负责照顾爷爷的护士吧。你能去帮忙开一下门吗,亲爱的?"

小晴过去开门,但是门外一个人都没有。

她喊道:"有人在吗?"

下方有人轻轻咳嗽了一声。

"你好!我们在这儿呢!"

小晴低头看去,惊讶地张大了嘴。几个比她膝盖还矮的小家伙就站在那里,穿着简单的农场服饰,大大的帽子像锅一样扣在头上,遮住绿油油的头发。他们长得有点像爱尔兰的棕精灵,只不过皮肤是绿色的,还有点偏黄,看起来就像生病了一样。

啊,我记得这种生物,他们叫什么来着?呃,什么牧灵……哦,我想起来了!森林牧灵!还好爷爷让我查了柬埔寨的神话传说。说起来,菲律宾人好像管他们叫顿德。

这些小家伙一般住在人类附近,因为他们很喜欢甜食,尤其喜爱牛奶和糖果。虽然胆小,但是很友善大方。有的时候他们会偷偷给人类帮忙。比如深夜,人们陷入沉眠的时候,他们会来帮忙做家务。

"你好，我们来找特里西娅殿下，"刚才那个胖乎乎的年长女性牧灵说道，"利弗说她想找我们，她现在在家吗？"

没等小晴回答，另一个留着胡子的牧灵说："别告诉我那只该死的树妖又在耍我们。"

牧灵们开始交头接耳。

女性牧灵对着留胡子的牧灵尖声道："我都说过了！不

能信那只柯尼特,但是不行!你说我们必须来,因为有特里西娅殿下的亲笔信!"

另一个主妇模样的牧灵插嘴道:"哈!肯定是那个满嘴谎言的家伙伪造的!"

"伪造,别跟我提伪造!"留胡子的牧灵怒道,"你那假牙甚至都不是真金做的!"

他们七嘴八舌地吵起来,骂战越发激烈。甚至还有人扔鞋!鞋子从左到右,飞来飞去。

虽然小晴觉得看这些小家伙吵架还挺有趣,但她知道时间紧迫。

"好了,好了,大家都冷静一下,"她说,"放松,这次利弗没有撒谎。"

牧灵们纷纷松了一口气。

小晴心情愉快地领着这群小家伙进屋,接下来就交给奶奶了。奶奶带他们在屋里转了转,告诉他们要做什么,一一讲解她列出的清单和注意事项。

安排好牧灵的工作之后,奶奶便站在窗边喊小晴过来。

小晴不禁感到有些不可思议。

直到昨天,我跟奶奶甚至都没怎么说过话……每天都只是"早上好,奶奶","我很好,谢谢您"和"晚餐真好吃,谢谢奶奶"这种级别的对话。但是今天,我们却要一同踏上

异世界之旅，真疯狂！是不是？

一群牧灵正在把爷爷从床上搬到他最喜欢的黑色扶手椅上，面对着电视。当然，他们用了魔法，不然他们搬不动体形比自己大这么多的爷爷。奶奶经过走廊的时候，其中一个牧灵还停下来向她鞠了一躬。

奶奶也点头致意，转而对小晴说："我本来想让他们帮忙照顾你的，但既然你坚持要来，我也不能强迫你留下。考虑到你在学校和家里的情况，也许是时候让你来一次冒险了。"

小晴咬住了嘴唇，没有说话。

她想起了爷爷说的话："*我很酷，你奶奶也不错。*"

她忍俊不禁地想道：*是的，奶奶真的很不错。*

奶奶继续说道："还记得我昨晚说过，要给你一个护身符，保你平安吗？"

小晴点了点头。

奶奶从裙子口袋里拿出了一个水晶瓶，瓶身上镶着精致的金色纹路。

水晶瓶在阳光下璀璨夺目，亮得就像是一千颗钻石，闪得小晴伸手遮住了眼睛，但又忍不住透过指缝去看它。

奶奶笑着解释道："这个瓶子是我母亲——精灵女王留下的。这是矮人送给她的结婚礼物，用他们皇家矿坑中出产的稀有水晶打造的。"

奶奶双手捧住瓶子，拿到阴影处，遮住阳光，它竟然还在发光！

"这种水晶来自深不见光的地底，对阳光的渴望让它能够捕获、反射并加强最微弱的光线，并将其放大一百倍。这种石头不光美丽，还很强大，是坚不可摧的。用它做成的容器在冬天可以保温，夏季可以降温，最适合用来存储重要物品，比如魔粉！"

奶奶打开水晶瓶，将里面发出荧光的黄色粉末倒入了另一个小瓶子。

她对小晴眨了眨眼，说："摘下翅膀之前，我偷偷储备了一些魔粉，以备不时之需。不过我们要省着点用，剩下的魔粉只够施展几次咒语了。"

奶奶收好玻璃瓶，说："这一瓶是我的……"

她又盖好水晶瓶。

"……这一瓶，是你的。"

小晴惊讶地看着奶奶把闪闪发光的水晶瓶放在她的手里。

"拿好了，孩子。这个瓶子是你曾祖母传给我的，现在我把它送给你。"小晴捧着奶奶的"传家宝"，心脏怦怦直跳。

她惊讶得说不出话来，只能紧紧地抱住奶奶。

奶奶笑了。"不客气,亲爱的。记得要随身携带,以防万一。如果你哪天遇到危险,就拿出一把,撒在面前,然后闭眼想象要去的地方,比如这个客厅……然后用手垂直画出一条线,从这里,"她示范道,"到这里。"

"这样,就可以召唤出一道雾门。只要走进门内,你就能回来了。"

小晴点了点头。

"每一把魔粉都只能施展一次法术,你这瓶里装了两把的量,所以,能施展两次法术,"奶奶告诫道,"要记清楚瓶子里剩余的魔粉还有多少,而且千万要记得,至少留一把能让你回家的魔粉,明白吗?"

"明白了,奶奶。"

"好了,现在该跟你爷爷道别了。我们要快些启程。"

她们走到扶手椅旁,爷爷正舒适地坐在上面,背靠着柔软的坐垫,身上裹着奶奶亲手织的拼花毛毯。

奶奶俯身吻了一下他的额头,对他耳语了些什么,然后紧紧地抱住了他。终于,她松开手臂,又吻了吻他的唇。

"我要检查一下家里的东西。"她忽然吸着鼻子离开了房间。

"啊,好的。"小晴转向爷爷,抱了抱他,起身后擦掉了自己的眼泪。

"爷爷，我一定会找到解药，把你治好的。"

爷爷脸上挂着虚幻的微笑，打了个哈欠，然后陷入了梦乡。

Ingredients
- Salts of Regret from the Spellcaster's eyes (1/2 ounce) yuck!
- Milk from the Nargoni Bees (1/2 cup) } Whistling Wood
- Pieces of a Gronda's nest (1 handful)
- Drops of a Dugong's sweat (3 droplets) ← Perchit Island!!
- ~~The bellows' funnel flavor (a pinch)~~ } ??
- ~~The bellows' funnel~~
- Fresh Nectar from the First flower of Spring (1 bud) } Ujong island
- Hair from a Baku's Snout (3 strands)

第二部
迷雾之境

7
骇人的守卫

出门前,她们再次感谢了来帮忙的牧灵,然后便向着森林深处走去。奶奶在前方领路,穿过半秃的树林和红色的灌木丛。

这条路看起来很眼熟。

铺满落叶的地面吸饱了清晨的露水,厚实柔软,就像一张棕色的地毯。

没错,我每天都在这条小溪附近玩!等一下……我们是在往"那个"地方去吗?

终于,她们来到了一片开阔的草坪,小晴对这里再熟悉不过了。

是我的秘密基地!但是……这里明明是一条死路呀,周围只有光秃秃的岩石。

小晴刚想说些什么,就看到了另一个熟悉却并不那么令人开心的景象。利弗就站在入口处,双臂环胸,不耐烦地用手指敲着手肘。

奶奶走了过去,他点头致意。

但是看到小晴的时候他冷哼了一声:"你们可真够慢的,是找不到奶粉瓶了吗?"

"我已经提醒你带上尿布了,原来你还需要带奶粉瓶吗?哼。说到找东西,我还真的找到了你的东西,接着!"

她从口袋里拿出牧笛,丢给了利弗。

他看清手里的东西后,眼珠子都要掉出来了。

"喂!我找了一晚上!你这个小偷!"

"我要是真的想偷走,就不会还给你了,不是吗?"小晴不屑道。说罢,她看了看走向远处的奶奶。

"我怎么可能知道贼的想法?没准你是为了骗我的回礼!"

"才不是,你这个蠢货!明明是你昨天把它落在我家里了。所以不客气!哼,早知道我就应该把它直接扔进垃圾桶!"

"垃圾桶!"树妖哑口无言,"你这小文盲!听好了,这可是魔法道具,不是什么傻兮兮的木管!被柯尼特吹响后,它就会奏出你这辈子听过的最优美的乐声。"

小晴怀疑地看过去,利弗用牧笛指着她。

"而在其他人,比如你这个小偷的手里,它就只会奏出普通的声音。更糟的是,如果你从错的那端吹它,就会发出世界上最可怕的噪声,直接让你失去意识!所以不许再碰它了,听懂了吗……小偷!"

"哼,我本来就不想要你的东西。我根本就不想见到你!"小晴跑向站在空地中间的奶奶。

那边有一座她经常光顾的小山丘,蜿蜒的溪水从下方淌过,周围长满了常青树和茂密的蕨类植物,非常适合阅读休息。丘陵的另一边,石堆上长满了青苔,像瀑布一样从顶端流淌下来。每次过来,她都会带着书坐在小丘顶端,一看就是好几个小时。

"不知我的老朋友在不在家,"奶奶走近石堆喊道,"碧瑞,你在吗?我来找你了。"

有那么一会儿,森林中只回荡着奶奶的呼声。

然后,石堆开始震颤!

地震了? 小晴紧张地看向四周,但奶奶似乎并不介意。

突然,一块石头蹦了出来,向前滚了一段距离,落下小丘,到了小晴的脚边,吓得她跳到了一边。

石头的表面出现了三个洞——上面的两个小,下面的一个大。小晴还来不及惊叹,便意识到这些洞竟然是……一双眼睛和一张嘴!很快,咔啦咔啦滚动的石头声响起,这块岩石拥有了胳膊和双腿。她站起来大概到小晴的膝盖,看起来十分可爱。

啊!我知道它!爷爷寄来的信里画过,呃,叫什么名字来着?

那块石头眯着眼睛看了看奶奶,顿时开心地笑了起来。"公主殿下!好久不见!抱歉,你知道我白天看不太清楚,没能一下子认出你。"

"没关系。是啊,老朋友,我们真的好久没见了,"奶奶热情地回应道,"碧瑞,来见见我的孙女,小晴。小晴,这是我的好朋友碧瑞,是迷雾彼端最忠诚勇敢的巴图安!"

没错!是叫巴图安!岩石人!

岩石人笑了起来:"哎呀,公主殿下,我们离迷雾之境那么远,我可能是这里唯一的巴图安了,而且,你明明知道为什么!"

"我怎么会忘呢!谢谢你愿意过来,碧瑞,谢谢你愿意在地球上守护我的翅膀。"

小晴竖起了耳朵,小声问:"她就是守卫?我还以为你说德明大帝安排了一个很吓人的怪物来看守呢!但是……她明明这么可爱!"

利弗不知为何向后退了几步,不屑地哼了一声,说:"等着你闻到她放屁的味道吧!吓死你!"

小晴还是很讨厌这只柯尼特，所以憋住了嘴角的笑意。

这只树妖为什么站得离我这么近？真讨厌。

奶奶的眼里闪着光，说："好了……别这么说！碧瑞是世界上最勇敢、强壮、忠诚的守卫！"

老人面向巴图安说："我来寻找自己的翅膀，你可以为我们带路吗？"

"嗯，终于决定回家了吗？好极了！"碧瑞开心得鼓起掌，又突然停下。"只不过，"她结结巴巴地说道，"你的翅膀，嗯，当然可以去拿，但是，嗯，还是有一个小小的问题。"

"问题？"奶奶怀疑地挑起了眉毛。

"哦，嗯，我表达得不好。其实算不上问题，我是说，真的不重要，不用担心，你的翅膀很安全，就在我和你父亲

放的地方。是的,所以不用担心,公主殿下。翅膀很安全,藏在很深很深的地底。但是,但是……"她好像有些不好意思开口。

碧瑞停顿了一下,继续说道:"昨天晚上,有只讨厌的柯尼特对我施了咒……"

讨厌的柯尼特?巧了,我也认识一只!

"那个咒语,让我变成了一个害怕黑暗和狭窄空间的巴图安。所以现在就连回家都很可怕!我在漆黑的地方能看得一清二楚,会害怕黑暗简直不合常理!可能是那种闭塞的感觉让我觉得可怕,也可能是怕看见自己毫无品位的装修,我也说不清楚。"

可怜又疲惫的岩石人叹了口气。

"非常抱歉,公主殿下。但是你只能自己进去了。当然,我还得给你出一些题目,证明你确实是我们的公主,才能取出翅膀。但我可以在这里提问,没必要下去,是的。我真的不能一起去,下面太可怕了,我甚至害怕回到自己的卧室,所以才会在门口这里睡觉。"碧瑞停了下来,长长地叹了一口气。

利弗就站在小晴身后,她甚至能感觉到他的呼吸喷到自己的胳膊上。

太可疑了,这只树妖绝对在隐瞒什么。

"对你施咒的柯尼特,会不会就是'这只'柯尼特?"小晴忽然让开身后,大声问道。

是的……他是故意躲在她身后的!

利弗的脸烧得通红。"天哪,真是多谢了,你这个告密鬼!"

碧瑞眯着眼睛仔细观察树妖,又凑近嗅了嗅。

她愣住,石头鼻子微微耸动。

她认出了面前的树妖。

下一秒,她就怒喊出声:"是你!你这个坏蛋!你这个可恶又下流的家伙!"

利弗转向奶奶,愤怒地挥舞着双手。

"殿下!您昨晚吩咐过后,我就去找森林牧灵,当时太黑了,连一丝月光都没有!我真的很想回家,若不是有您的命令在身,若不是我内心的忠诚和勇气,我肯定就回去了!但是我继续向前,然后,突然——这个长满青苔的石头蹦了出来,滚到我面前,在我鼻子底下放了个屁!我当时被熏得头昏脑涨,意识不清!"

"这只是个意外!是个意外啊啊啊!"岩石人愤怒地喊道,她气得话都说不顺了,"不、不要这么……夸张!我只是一块……小小的、小小的石头!我连坚果都砸不开!"

"哈!活该你砸不开!反正我当时是出于自卫!你大半

夜吓了我一跳,我就要让你害怕黑夜!"

"你、你、你太过分了!我明明、明明说了对不起!"

奶奶挥了挥手,揉着太阳穴。"够了,你们两个。利弗,快点解除咒语!"

利弗闷闷不乐地站在原地。"哼!"他咬牙切齿道,"好吧!"

利弗坏笑着看向碧瑞。"很简单,只要你直面内心的恐惧,咒语就会失效!"

"直、直、直面内心的恐、恐惧?"碧瑞的牙齿开始打战,"你是说我、我必须进到洞、洞穴深处?"她满是青苔的脸变得一片灰白。

"没错,所以出发吧,快点!"利弗催促道。

"不,利弗,"奶奶说,"我们要一起去,和朋友一起面对恐惧,就没有那么可怕了。"

这下轮到利弗面色惨白了。"不!我讨厌又窄又黑的地方!"

"太幼稚了!"小晴愉快地嘲讽道,"活该,希望你真的带了尿布,因为你肯定能用上!"

利弗还是反对,向后退了几步。"我就在这儿等着,这里明亮、开阔又安全。就像我常说的,除非逼不得已,不要以身涉险!"

奶奶不为所动。"利弗，你才是罪魁祸首，如果你不跟着一起的话，才是真的惹上大麻烦了。"

听到这句话，利弗垂头丧气地回到了队伍中。

碧瑞推开更多石块，露出洞穴的入口，很快便可供一人通过。奶奶弯腰钻了进去，小晴惊叹着洞内的景象。她在这石堆上读了那么多本冒险小说，却从未发现真正的冒险就躺在自己的眼皮底下！

"好了，大家稍等，我去点一个火把。"利弗提议道。

小晴看向奶奶。"但是……如果有光的话，碧瑞就不是直面恐惧了，咒语就不会被打破，是不是？"

奶奶点头道："小晴说得没错。不能点火把，也不能用手电。"身边顿时响起一片哀号，不知是来自树妖还是岩石人，可能两者皆有。

她继续道："我们要抓住彼此的手向前走。碧瑞，你是唯一一个能在黑暗中看清路的，所以你打头阵。利弗，你走第二个。还有小晴，你应该不愿意在外面等我们回来吧？"

小晴摇头道："绝对不要，奶奶！我要一起去！但我可以走在最后……"

她对利弗吐舌头做了个鬼脸。"……因为我才不要牵他的手呢！"

8
绕世界一周

啊！新鲜又甜美的空气，我想死你了！

豆大的汗珠从小晴的鼻头滴下，她已经忍不住想要回到阳光的怀抱了。

这是她第一次钻隧道，希望也是最后一次。

脚下只有碎石沙砾，头顶上、身上，还有指甲缝里也都是。因为她必须摸着墙壁前进。

能看到的只有黑暗、黑暗，无尽的黑暗。

四周一片寂静，偶尔能听到有人被绊倒或者抱怨，多半是利弗。还有小声哭泣和呜咽的声音，可能是利弗和碧瑞。

这里的空气稀薄、陈腐又潮湿，还有一股闻不出来的怪味。

然后，她体验到了利弗刚刚警告过的熏天臭气。

岩石人打了一个嗝。

"呃!"所有人都被熏到了。

如果她打嗝都这么难闻,那她放的屁岂不是可以做生化武器了!

"哎呀!抱、抱歉!我、我一紧张,就、就容易胀气……"碧瑞道歉说。

"你可千万别再放屁了!"利弗哀号道,"呕……我要吐了……"

小晴忍不住干呕了一下,她立刻捂住嘴。"不行!憋住!你会让我也想吐的!"

奶奶迅速拿出了夜之女王香水,在周围喷了一圈,救人于水火之中。

走了好久好久之后,碧瑞终于停了下来。他们来到了隧道的尽头。

终于……就算我进来之前没有幽闭恐惧症,现在也已经有了。

"太好了!"岩石人欢呼道,"我们到了!我们到了!而且……我已经恢复了!我恢复了!我不害怕了!"

小晴感觉到碧瑞从身边走了过去,诡异地打着战。

呃……这个奇怪的小岩石人难道是在高兴地跳舞吗?

"喂!别松开手啊!"利弗疯狂地在身边抓来抓去,"我还是怕黑啊!快回来!你去哪儿了?"

"哦，对不起！我真傻，你们都可以打开灯了。"碧瑞抱歉地说道。

小晴从背包里拿出了手电筒，打开。岩石人正随着只有她能听到的音乐跳某种奇怪的舞蹈。

哈哈，肯定是摇滚乐。小晴暗自笑道。

她看向周围，这是一个宽敞的大厅，四周的石壁上刻着繁复又美丽的风景图像，还有各种熟悉或陌生的生物。

房间中央有一根石柱，石柱上雕出了精灵大帝和女王的模样，他们坐在相邻的宝座上。

这也太酷了。

大厅的另一端有一个巨大的箱子，上面坐着一只庞然大物。

它的前爪如雄狮，头却似巨龙。额上有一对犄角，尾巴分叉成两条。最神奇的是，它的每对肢体后都长着一对羽毛翅膀。

小晴认得这个生物，这是中国神话传说中的貔貅，看守财富的神兽！

万幸，眼前的貔貅只是雕像。

碧瑞停下了舞蹈。"哎呀，差点儿忘了！你是来这里取回翅膀的，公主殿下！好了，该好好履行守卫的工作了！"

岩石人走到箱子边，昂首挺胸道："请上前，报上名来。"她的嗓音忽然变得严肃又低沉。

她小声对奶奶说:"然后你就可以说你是谁,为什么要到这里来。"

奶奶点了点头,上前一步说道:"我,特里西娅,精灵之王、德明大帝之女,前来取回属于我的双翼。"

哦,是啊。精灵之王德明大帝,真的很符合曾爷爷的人设,不错……

"苏醒吧,守护神兽,从沉眠中醒来吧!"碧瑞喊道。

等下,她在和谁说话?

话音刚落,貔貅的雕像就开始发光。

整个房间充满了明亮的金黄色光芒。"啊!"光芒太过刺眼,小晴不得不举起手来遮住眼睛。

等她能看清眼前的景象时,不得不惊恐地向后退了几步。

刚才还只是一块石头的雕像发出了金光,然后……

天哪,这是在开玩笑吧。

……它扇动了翅膀!

她的下巴都要掉到地上了。利弗发出了能把玻璃都震碎的尖叫声。

"貔貅……是活的!"她喊道。

"来和我的小宠物打个招呼吧!它的名字叫靖!"碧瑞自豪地说道。

"吼嗷嗷嗷啊——"名为靖的貔貅才不是什么"小宠物",它晃着龙头,喷出一股恶气。臌胀的肌肉绷紧,看起来就像是随时准备扑击。

利弗再次尖叫出声。

好吧,为什么其他人都这么淡定?

"呃,没有人要逃跑吗?这只猛兽是素食主义者吗?"

"当然不是,恰恰相反!"碧瑞摇了摇头,"但是它很喜欢吃素食主义者。"

貔貅闻了闻空气里的味道,再次吼出了声,这一次更加响亮。它闻到了食物的味道。

"呜哇啊啊啊啊!吃她们!我身上没有肉啊!"利弗尖叫着跑向出口。

奶奶抓住他的衣领把他提了起来,他的腿脚还在四处乱蹬。

"你不是忠于我的命令,而且勇气过人吗?不用担心,阿靖不会吃人的,除非碧瑞给它下令。"

"哦……这个提议听起来很诱人,"碧瑞咯咯笑了起来,瞥了一眼缩成一团的树妖,"就像某人曾经说过的,我也只是在正当防卫!"

奶奶对小晴笑了笑:"我跟你说过,守护翅膀的护卫很吓人,对不对?我指的当然不是碧瑞。不过……嗯,你不用害怕,这只貔貅也只是看起来吓人而已,主要是为了吓退那些来盗取财宝的人。"

她转身对岩石人说:"好了,碧瑞,别闹了,该办正事了。"

"啊,是的,抱歉,我刚才说到哪儿了?哦!为了打开宝箱,必须先完成一项试炼。你们——嗯,你们这队人里随便哪个都行,规则写得不是很明确——要派出一位勇士,在一场环绕世界的比赛中赢过阿靖!"

"什么?环绕世界?整个世界?"小晴一脸难以置信,"你是说,绕着整个地球跑一圈?简直疯了!"

"呃,抱歉,"碧瑞耸了耸肩,"听起来是挺有挑战性的。我是说,我觉得那只树妖连跑都没法跑,瞧他那双小短腿。"利弗躲在奶奶身后,恶狠狠地瞪了她一眼。"但这个挑战不是我设计的,我只是转达而已。"

碧瑞皱了皱她石头做的鼻子。"唉,我真的应该带上那本指导手册。"她挠了挠脑袋。

"既然你提到了,德明大帝好像从来没说过是不是字面上的意思。我回头得跟他问清楚,"碧瑞敲着脸颊,终于下定决心般点了点头,"在那之前,你们可以随意解读!"

她看了看周围,忽然像是怕被德明大帝听到一样小声说道:"你们帮我解除了那个咒语,我自然是很想帮你们打开

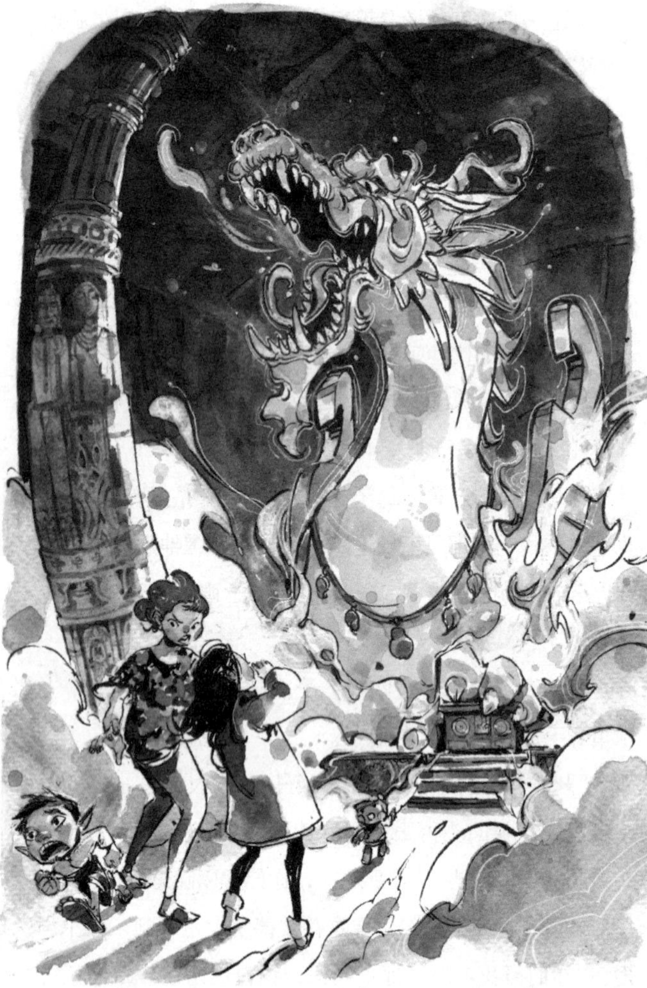

箱子的。但命令就是命令，必须得遵守。不过我可以给你们开个后门，让你们先起跑十分钟，然后我再松开阿靖，怎么样？"

"这太强人所难了吧！"小晴绝望地说。

奶奶笑了起来："自信点儿，亲爱的。我之前不是说过要通过试炼的吗？"

说过吗？

她努力回想。**哦，好像是的。**"嗯，你说过要解开谜题。"

"没错。迷雾之子都热爱谜题，人类会给重要的东西上锁，而我们则用谜语和试炼来代替。这就是其中之一，父亲是想确保没有其他人能取走我的翅膀。"

奶奶继续道："这么说起来，要不你来试一试吧，怎么样？"

"呃，不了吧……还是你来吧，奶奶，我真的不擅长解谜。"

老人摇了摇头："只有当你放弃尝试，才是真的没有成功的希望。就像你爷爷说的那样，虽然有些事情我们无能为力，但如果不去尝试，就绝对不会有所改变。"

她环住小晴的肩膀。

"去吧，孩子。你可以的。我们将来还会遇到更多的谜题和挑战，这次就当是练习了。"

奶奶捏了捏她的肩膀。

"放轻松，就算答错了也没关系。毕竟……"她眼中闪起精光，"就算要吃，貔貅也只会吃掉利弗。"

树妖露出一个虚弱的笑容。"哈哈，真好笑。公主殿下，您真会说笑……"

小晴叹了一口气："好吧，奶奶，那我试试……"

"您是在开玩笑吧？是吧，殿下，特里西娅殿下？"利弗坚持不懈地问道。

*好了，集中精力。*小晴闭上眼睛，努力思考。*只要想出该怎么在爷爷的记忆完全消失之前绕地球一周再回来就可以。哦，对了，还得比貔貅更快才行。真是小菜一碟……才怪。*

啊啊！精神根本没法集中！

她做不到。

"对不起，奶奶。"她灰心丧气地说道。

"不要有太大压力。这是你第一次解谜，我来给你一个小提示吧。这个谜题来自一则印度的民间寓言，是父王最喜欢的故事之一。这么说起来，这还是他和你爷爷少数的共同点呢，你爷爷也很喜欢这个故事。"

呃……到底是哪个印度寓言呢？

她像拧抹布一样努力榨取脑中的资料。

唉!脑子里有太多故事了!

"闭嘴!闭嘴!"她自言自语道。

完全想不到啊!

然后,爷爷的声音从纷乱的杂音中浮现出来。

知道吗?人类大部分时候都活在自己的脑海中……所以,我们要厘清自己的思绪。曾经有一个智者说过:自认为能做到的人,和自认为做不到的人,都是正确的。

所以,小豆芽……你想成为哪种人?能做到的人,还是做不到的人?

她握紧了拳头。

我可以的。

好吧……那就再从头捋一遍。既然想不起来是哪个故事……嗯,绕世界一周,如果不看字面的意思,就是……要看它的引申含义?

绕地球一周还能指代什么?

呃……指代什么?指代……纸袋?

奶奶的手依然放在她的肩上,默默支持着她。

小晴再次睁开眼,扫视着大厅。岩石人碧瑞正期待地看着她,利弗正在努力和貔貅保持距离。

她又看向中央的石柱,目光停在了德明大帝的雕像上。

你写这段谜语的时候，到底在想什么？唉，我都没见过你，怎么可能知道你的想法呢？

但是话说回来，我也没有那么想见你。你居然因为自己的女儿没和你心目中的理想对象结婚，就要把她赶出家门，甚至流放到另一个世界！

但是，为什么呢？你为什么要把她的翅膀留在这里，而不是锁在自己的宫殿中？难道你是想借此向奶奶传达什么吗？

利弗抻了抻胳膊，打了个大大的哈欠。"你想太久啦，要是我都已经绕完地球一周回来了。"

哼！蠢货。咦，等一下……"回来"？也许，留下这双翅膀的意思就是想让奶奶"回家"？

她抱住手臂，再次闭上了眼睛。

还有"世界"。碧瑞说的不是"地球"，她说的是"世界"。

"世界"指的是什么呢？她绞尽脑汁想道。是什么人、什么地方、什么东西？

然后她忽然想到了。是伽内什和塞犍陀的比赛！就是这个故事！难怪德明大帝会选它，他是想借此提醒自己和女儿，他在用自己的方式喊女儿回家！

小晴睁开眼，挺胸抬头，面向岩石人。

"我接受比赛……"她说着按了按手指关节,"而且我不需要提前起跑。"

利弗差点儿呛到,说:"你疯了吗?你的腿跟我差不多短!"

奶奶笑道:"这样才对!"

"或者,从提前十分钟起跑改成五分钟?"碧瑞提议道。

小晴摇摇头说:"如果阿靖需要的话,可以让它提前起跑,但我不需要。"

"那好吧!"碧瑞开始倒数。

"三!"

貔貅展开翅膀,拍动起来。

"二!"

"吼!"它怒吼出声。

"一!"

它绷紧了浑身的肌肉,准备出发。

"开始!!"

嗖的一下,貔貅飞出洞穴,眨眼的工夫就不见了。

小晴伸了伸胳膊,然后开始跑圈……

绕过奶奶……

还有石柱。

"好了,跑完了!"她毫不费力地宣告了胜利。

利弗的下巴掉了下来:"啊?"

"世界也可以是指人。既然我现在只有家人了,那么家人就是我的世界!"

树妖无语扶额道:"这算什么……"

奶奶鼓起了掌:"看,你做到了!我就说你可以的!"

小晴红了脸。

碧瑞又跳起了舞:"我觉得没问题!去吧,去拿你的奖品吧!"

小晴开心地跳了起来。

"行了行了,别磨蹭了!直接拿了翅膀咱们赶紧走人!"利弗催促道,"那个怪物随时都可能回来!"

碧瑞咯咯笑了起来。"不会的,阿靖肯定要在外面多转一会儿。就算他已经绕了地球一周,肯定也会再去找点吃的,没准正忙着狩猎树妖呢!毕竟,他刚刚闻到了你的气味。"

小晴走到宝箱前,在奶奶的帮助下打开了石盖,然后看到了里面的东西:一双翅膀。

小晴还以奶奶的翅膀会像天使的一样,覆盖着洁白的羽毛;或者像蝴蝶一样,花纹华丽、色彩缤纷。

但它却像是一对蜻蜓的翅膀。

透明,简单,又无比美丽。

奶奶站在原地,愣愣地看着它。她的眼神就像坐在饭桌前的爸爸的眼神,虽然人就在身边,魂却飞到了远处。

"奶奶,你是不是很久没见到它了?"

老人这才回过神来。"嗯?啊,是的,确实很久了。"

奶奶深吸了一口气,小心翼翼地伸过手。当她碰到翅膀的一瞬间,强烈的光芒迸发出来。紧接着,翅膀就回到了她的背上。

太酷了!

"奶奶,你真好看!"

奶奶露出了一个淡淡的微笑。"看这个。"她挥了挥手,黄色的粉尘从指尖散落。

"奶奶……你、你能飞吗?"奶奶有了翅膀之后,好像变得更加高不可攀了。

"现在还不能,我甚至无法施展真正的咒语。这就像是在……充电,我需要在迷雾之境待更长时间,才能恢复全力。"

真可惜,我还想问她能不能把利弗变成一只癞蛤蟆呢。

奶奶停下了手上的动作说道:"时间紧迫,我们是为了救爷爷才来的,所以该看看接下来的目标了。"

她打开背包,拿出羊皮卷轴,是记忆胶水的配方。

奶奶跪在地上铺开卷轴,所有人——包括碧瑞——都围了过来。

"嗯,一共需要八种原料,我们已经有两种了:辣椒和昙花香水。如果算上施咒者的眼泪,就是三种。好消息是,根据利弗在上面标记的地点,哨音森林和穷途岛都在迷雾之境的边缘,远离城市和乡镇……"

"为什么是好消息,奶奶?"

"别忘了,我可是被驱逐出境的。如果有人认出了我,肯定会想把我绑回皇宫领赏。要想赶在短时间内救你爷爷,就不能节外生枝。所以,我们必须保持低调,避开人群。"

小晴不由得有些失落。

如果能见识一下迷雾之境的城市或者乡村该多好啊。他们也会养鸡吗?鸡也会下蛋吗?他们的货币是什么样的?

但是她藏起了自己的情绪。"这样啊,那我们是不是最好变一下装?"

奶奶拍着满头华发的脑袋,说:"不用,我现在的模样,就连这边的老朋友都很难认出来。"她指着碧瑞和利弗。

奶奶继续指着羊皮卷轴,说:"清单上的第二样和第三样:南塔坤的蜂王乳,还有伽罗楼巢穴的碎片,都可以在哨音森林的生命之树上找到。所以我们可以先去这里,再去东部海岸,想办法航行至东北的穷途岛。路上我们可以找到鲛人,他们住在深海里。"

"大致的路线就是这样,该出发了。"奶奶收起卷轴,对岩石人点了点头。

"碧瑞,麻烦你了。"她抱起双臂,深呼吸了一下,"我准备好回去了。"

碧瑞深深鞠了一躬。小晴聚精会神地看着岩石人眨了三次眼,拍了两下手,然后唰的一下指向地面,欢声道:"旅途愉快!"

地面上突然出现了一道裂痕。

小晴惊呼出声。

裂痕变得越来越大,蓝灰色的迷雾从中涌出,就像是那天晚上让小晴和爷爷迷失方向的浓雾。

奶奶看向小晴,露出了安抚的笑容。

"准备好了吗?亲爱的,你要去往迷雾之境了。"

"最后一个进去的是小狗!"利弗大喊着跳进了裂缝,"哎呀,糟糕,除了特里西娅殿……"他的声音逐渐消失了。

小晴看着那道裂缝,浑身颤抖起来。她的心脏跳得就像桌面弹球的疯狂模式,同时还有无数个问题在脑海中盘旋。

对面是什么样的?我能在那里呼吸吗?会疼吗?我是不是应该留下来看家?

但是奶奶安抚地拍了拍她的后背。"不用担心,亲爱的。你知道夏天超市门口会有向下吹的冷风吗?冷气向下,就能阻隔外面的热气，留住室内空调的冷气。你走进这道门，就像走进夏天的超市，而且我就跟在你身后。"

于是小晴眼一闭，心一横，走进了迷雾之中。

9
哨音森林

呼!

冰冷的空气就像一道隐形的瀑布。头发被吹得满脸都是,就连鼻子和嘴里都不例外。

谢天谢地,她没有遭到电击,没有被烤焦、融化,也不必忍受撕心裂肺的痛苦。至少目前是这样。

但接下来会怎样,谁也说不好。

一阵微风拂过鼻尖。

"欢迎来到我的家乡,小晴。"

奶奶!太好了,看来我还活着。

听到奶奶的声音后,小晴终于放下心来,小心翼翼地睁开了眼睛。

先睁开一只,再睁开一只。

原来这里是一片茂密的森林,但是和她刚才身处的那片森林截然不同。

"更准确一点说,这里是哨音森林。"

小晴看向周围。

黄绿色的荧光映入眼帘。无论是树根、湖中的倒影,还是天上的云彩都裹着一层淡淡的光晕。空气闻起来就像柠檬草加上蜂蜜和生姜。

更好了!我能呼吸!

放眼望去全是陌生的植被,几道白色的雾气浮在空中,整个世界就像被罩在一张纱帘下。柔和的阳光透过薄雾洒向大地,纱帘飘舞,就像天空装不下的云彩落到了地上。

这是个梦一般朦胧的世界。

如果我在这里睡着了,醒来时该怎么分清梦境和现实?

在这里,梦境与现实的界限模糊了,一切都变得虚无缥缈。

突然,一只长得像蜥蜴的小动物嗖的一下飞了过去,躲进附近的树丛中。小晴吓得往后一跳,瞪着警觉的大眼睛看向奶奶。"那是……龙吗?"

奶奶笑了起来:"当然不是,那是迷雾之境的蜻蜓。"

小晴这才终于意识到:她已经离开地球了!她的心就像一个小小的芭蕾舞演员,在她的胸腔里旋转、舞蹈、跃动。

天哪,天哪,迷雾之境!我真的到迷雾之境了!

她兴奋地挥着手对奶奶说:"难怪这里叫迷雾之境,因为到处都是雾!"

"嗯,你爷爷第一次来的时候,和你说了一模一样的话。"奶奶笑着说道。

"真的吗?太酷了!"

小晴闭上眼睛,深深地吸了一口新世界的空气。她伸长胳膊,就像沾满晨露的花瓣一样,用皮肤感受着湿度。她想要好好地沉浸在这个世界里。

耳边响起了一阵喃喃低语,她停下动作,侧耳倾听。像是鸟鸣混杂着吹哨和窃窃私语的声音。

"呃……奶奶,那个奇怪的声音是怎么回事?是某种蟋蟀或者鸟类吗?"

"都不是,亲爱的。那是生活在这片森林里的牧灵发出的声音,他们通过哨音沟通。就算大喊,也只是用更大声的哨音。我觉得比人类大喊的声音优美多了。"

小晴激动地点点头,说:"原来如此,所以这里才叫哨音森林,真不错!"

"是的,很神奇,不是吗?"奶奶露出了一个忧郁的微笑,"年轻的时候,我以为这些都是理所当然的,"她闭上眼睛,深吸了一口气,"甚至是空气的味道。如果我知道再次闻到这个气味,竟然会是这么久之后……"

奶奶陷入了沉思。小晴觉得最好不要在这个时候打扰她,于是打算看看KC的情况。她拿出了烟盒。呼,那虫子还活着,平安无事地穿过了雾门。啊,糟糕,忘记查它到底是什么虫子了。

小晴小心地把烟盒放回外套口袋,再次观察起眼前的世界。

这里和爷爷奶奶家那边的森林一样,正值深秋。树叶是一片美丽的橙黄、深红和褐色。

小晴觉得有点冷,于是拉上了外套拉链。幸亏出发前奶奶让她多穿了些厚衣服。

在他们正前方,一棵巨大的树木从森林中央拔地而起。枝叶向四面八方伸展开来,直冲云霄。

它屹立的身姿古老得如同时间本身。皱巴巴的棕色树皮就像手织的老地毯，风吹日晒了上百年才变成如今的模样。地衣苔藓攀附在树干上，就像一件斑驳的绿色裘衣。雾气像糖霜一样弥漫在四周，穿过枝条。上方云雾缭绕，遮住了大树的顶端，从树底向上看去，就像没有尽头一般。

这是我见过最大的树了！我做梦都没见过这么大的树！

"那就是我们的目的地，"奶奶指着那棵树说，"生命之树。虽然现在看起来已经很夸张了，但等你走到它跟前，才知道它究竟有多么巨大。所以，我们还得继续向前。"

"我准备好了！哦，对了！等一下，奶奶……你看到那只树妖了吗？不知道他去哪了……"小晴看了看四周，额头忽然撞到了什么毛茸茸、软绵绵的东西。它向后弹了一下，又马上扑了过来。

小晴被吓了一跳，立马躲到一旁。**那是一只大蜘蛛吗？**她紧张地准备逃跑。

"哈哈哈哈哈哈！"利弗从一棵树后现出身来，"你在这里肯定活不下去！一颗水果就能把你吓成这样！你父母没教过你，多吃水果对身体好吗？"

树妖的话让她烦躁又不安，但更觉得丢人。小晴无视利弗，研究起那颗毛茸茸的水果。它是淡粉色的，大小像一颗梅子，椭圆形，被一层层的毛绒花边包裹住，就像小丑的花领子。这些水果生长在一种瘦长的树上，挂在长长的藤蔓上。利弗刚才就是从那棵树后面钻出来的，除了那颗用来吓唬她的水果，树上还挂着好几颗。

奶奶严厉地瞪了他一眼，他立刻老实下来。奶奶温柔地揽住孙女的肩膀，说："这种水果叫山怪臀，长得很好看，煮熟了也很好吃。但切开的时候会发出一股恶臭，只闻一下就能让成年人昏倒！所以它们才会叫这个名字，因为闻起来像山怪的屁股一样臭！"

利弗插嘴道："我不是说过吗？碧瑞放的屁简直奇臭无比！我可不是瞎编的，它们那个种族是出了名的臭，甚至都有因此命名的水果！不过，我还是更喜欢它的别称……臭气果！你挤它一下，它就会发出噗的一声，像真的放屁一样！更别提如果把它点燃了，它就会爆炸！砰！绝对是名副其实的臭气弹！"

小晴还来不及反应，树妖就爬上她的肩膀，抓住了一根树枝。他使劲一荡，树枝应声而断。一套动作如行云流水，利弗稳稳地落在了草地上，手里还抓着两颗粉色的战利品。他摘下了两颗毛茸茸的山怪臀。

说时迟那时快，小晴瞬间从他手中夺走了山怪臀。她哼道："我才不会让你拿着这种东西呢！你已经惹了太多、太多麻烦了！欠的债几百辈子都还不清！"

"可恶！"树妖咬牙道。

奶奶摇了摇头说:"天哪,我是在幼儿园带小孩吗?你们两个,别闹了!"

小晴冲树妖做了个鬼脸,他也不甘示弱地回敬了她,三人再次启程。

我要拿好这些水果。虽然不一定吃,但臭气弹听起来还挺实用的!

把水果放进书包后,小晴又想起了记忆胶水的原料。她想到了一个问题,于是转向奶奶,问道:"奶奶,蜂王乳是什么?难道这里的蜜蜂和奶牛一样大,不产出蜂蜜,却能挤出奶水来吗?"

奶奶笑了起来。"当然不是。这里的蜜蜂和地球上的几乎一样,蜂王乳指的是它们给蜂后制造的白色分泌物,也叫蜂王浆。蜂王浆的营养价值很高,产自生命之树的蜂王浆尤其珍贵。"

利弗突然停下了脚步。

"好了,就在前面了,穿过前面的空地就是南塔坤的地盘了。"

"南塔坤,"小晴打断道,"指的是……泰国的树精吗?"

"没错,都是一群浑蛋,你跟她们肯定合得来。"他烦躁地说,"总之,她们的首领是塔萨尼女王,皇家蜂巢就在她的后花园里。后花园在她家外面不远处,生命之树的中段。

至于伽罗楼……"

小晴再次举手打断了他:"抱歉,呃,伽罗楼是那种金色的大……"

树妖暴躁地跺着脚说:"对,对,金色的大鸟。也叫金翅鸟,众鸟之王,你想怎么叫都行。天哪,我还以为我只是带你们去找原料,没想到还得教生物课!"

利弗生气地捏着手:"总之!我刚才说到哪儿了?对,伽罗楼的巢穴就在生命之树的树顶。顺便给你们一个求生小妙招:最好直接跟南塔坤索要她们存下来的巢穴碎片。你绝对不想面对一只把你当成偷蛋贼的伽罗楼雌鸟!就这样!很简单对不对?我的工作结束了,接下来就交给你们了,祝你们顺利!"

"绝对不行,利弗,你得跟我们一起去。"奶奶命令道。

树妖瞪大了眼睛,挥舞着双手。"不行!不行!殿下!我很抱歉!如果可以我一定会去的!但我真的不能!"

又是这熟悉的操作。小晴无语地问道:"所以……你这次又对她们做了什么,利弗?"

树妖露出了痛苦的表情。"你怎么能这么想?太侮辱人了!你为什么会觉得是我的错?"

沉默。漫长的沉默。

小晴和奶奶不约而同地抱起双臂,直勾勾地盯着树妖。

利弗投降了:"好吧,好吧!塔萨尼太矫情了,烦都烦死我了。总是盯着自己的倒影看个没完,说什么好希望能变得更漂亮!"

"……所以?"小晴追问道。

"所以,我就帮了她一把,让她学会什么叫心怀感激!那天她像往常一样,在橡树旁的湖畔顾影自怜,我装作路过的旅行商人,卖给了她一罐魔法面霜。"

他戏剧性地停顿了一下。

"只不过,那罐面霜的作用不是保湿,而是把她的脸变成丑八怪!哈哈哈!"他开心地大笑起来,显然对自己的所作所为十分得意。

奶奶和小晴惊恐地对视了一眼。

"哎呀!她当时看到水里自己的倒影,又哭又叫!她变成了一只恶鬼!或者雪怪!她遮住脑袋,跑回了家。回到家后,她打碎了所有的镜子,拉上了所有的窗帘,吹灭了所有的蜡烛,害怕再次看到自己的倒影。她把自己关在屋里,令掌管军队的阿皮尼亚暂时接替自己。直到今天,塔萨尼还在黑暗中自怜自艾,除了阿皮尼亚谁都不愿接见。阿皮尼亚负责给她带去食物、水,和外界的新闻!"

奶奶眯起眼睛说:"太恶毒了,即便是对于你来讲也太恶毒了,利弗!你怎么能做这样的事情?为什么没有立刻帮她恢复原样？自己一手造成的局面，就得自己解决！"

利弗反驳道："我当然解决了！那个法术的有效期只有几天！塔萨尼涂完面霜，不到一个星期就能变回她那张讨人厌的脸。"

奶奶露出了困惑的表情。

利弗继续道："我怎么会知道，她的心腹——阿皮尼亚会借此夺权呢？"

"怎么说？"

"首先，她让塔萨尼以为自己的样貌依然丑陋无比，不让任何人接近她，这样就没人能知道她已经恢复了！"

利弗深吸了一口气，又继续道："然后，阿皮尼亚还通缉了我！因为那个愚蠢的塔萨尼把权力都交给她了，那支恐怖的军队对她言听计从……比如让她们杀掉我，保住她的秘密！"

"这样是不对的！"小晴攥紧拳头，"我们必须做点什么，奶奶！"

奶奶沉思道："我们的首要任务是找到爷爷需要的材料，但如果时机合适，而且没有危险的话——确实可以尝试一下。不过我们必须先见到塔萨尼，你们有什么头绪吗？"

"如果真的像利弗说的那样，那个面霜的效果已经消退了，我们只要让她走出家门，大家就会知道她已经恢复正常了。"小晴分析道。

"真了不起,我怎么就没想到呢?"利弗讽刺道,"要是真的这么简单就好了!阿皮尼亚的守卫无时无刻不在看守塔萨尼,除了她本人,谁都不能进去!"

"你这么聪明,那你来想个办法啊!"

"我告诉你该怎么办:放弃!"他喊道,"听着,麻烦可不止我刚刚提到的那些。那个狡猾的阿皮尼亚说她得到了天启,只有音乐才能解开塔萨尼身上的诅咒。"

利弗看着她们,说:"而且,听好了,还不是随便什么音乐都行。她说能够治愈诅咒的,必须是比她的魔法笛琴还优美的乐声。"

他冷笑道:"但这只是她的借口!为了不让任何人得逞。所有人都知道,阿皮尼亚的笛琴奏出的乐声,是整个迷雾之境最优美的!"

"呃……笛琴是什么东西?"小晴问道。

"我不是说过了吗?是整个迷雾之境最动听的乐器。你知道这些就够了!"树妖不耐烦地说,"我知道你很需要文化教育,但我又没有义务当你的老师。"

小晴翻了个白眼。

"利弗,告诉她。"奶奶命令道。

"行吧,行吧。你们人类不是有两种乐器吗?小提琴和长笛。笛琴就是这两种乐器的结合体,演奏的时候用琴弓拉动琴弦,就像小提琴那样,但是奏出来的音乐却要通过一根长管……就像长笛!"

树妖憧憬地看向半空。

"笛琴的声音,根本无法用语言描述。我是说……我当然可以说,它奏出的也只是空气的振动,但是那种音乐……天哪,那是我的牧笛永远也比不上的天籁!"

"你听着那种音乐,会觉得灵魂都变成了一根根琴弦,被乐声拨动,直到整个灵魂都唱起歌来。注意了,是魂弦,不是心弦,哈!"

小晴皱着眉头,踱起步来。思考!好好想想!到底什么能比迷雾之境最优美的乐器还要动听?

利弗抱怨道:"别走了!我看着你头晕!"

可是我们手头只有利弗的牧笛!

"嗯,我也有点晕,"奶奶赞同道,"咱们继续往前走吧,没有什么比散步更能缓解头晕、厘清思绪了。"她指着前方不远处一条小溪。"去那里吧,我们可以在那边吃饭休息,顺便构思计划。我带了你最喜欢的沙丁鱼三明治,小晴。"

他们走向小溪。小晴忽然想到了什么,说:"奶奶,利弗对塔萨尼做的恶作剧,是不是有点像爷爷讲过的一个故事,就是有一个穷人,梦想着能一夜暴富那个?"

奶奶笑了起来。"不愧是你爷爷的孙女，满脑子都是故事，就像圣诞节清晨堆满的礼物盒！"奶奶停顿了一下，缓缓点了点头，"嗯，确实有点像。"

"你们在说什么？穷人的梦想和我的魔法面霜有什么关系？"树妖不解地问。

"这是爷爷给我讲的一个睡前故事。曾经有一个穷人对智者说：'我想要变得富有。'智者答应了，说：'没问题，给我几分钟时间。'他要走了穷人的钱包，然后带着钱包逃跑了！"

利弗吸了吸鼻子说道："呃，好吧，但是这个故事只让我想起了你偷我笛子的事情……接下来呢？"

"那个穷人吓坏了，追着智者跑了起来。他追啊追，终于抓到了智者。智者投降了，把钱包还给了穷人，然后说：'瞧吧！'"

"呃，这……然后呢？"

"然后……瞧吧！故事结束了！"小晴咯咯笑了起来。

"哼，我还是不明白，"利弗沮丧道，"这故事太傻了。"

正当小晴想要解释一番的时候，一个愤怒的声音从他们身后响起，吓了她一跳。

"站住！你们三个，不许动！"

10
登上生命之树

一队全副武装的女战士从侧后方包围了他们。

她们的身高接近人类，甚至连长相也很接近，样貌却比普通人类要美得多。她们比普通人稍矮一些，身材优美，穿着丝绸制成的莎笼，繁花和落叶点缀在波光粼粼的绸缎上。她们手握长矛，两端安有哨片，锋利的矛尖直指三人——小晴、利弗，还有奶奶。

小晴的心脏几乎停跳了一拍，利弗的牙齿开始打战，四肢抖得像筛子一样。

糟糕。她们肯定就是利弗刚才警告过的树精战士了。

"是南……南塔坤吗？"小晴拽了拽奶奶的衣袖，希望自己认错了。

老人点了点头。

完了！

"她们手里拿的是什么？"小晴颤声问道。

"是风笛矛，可以射出淬了毒的暗器。"奶奶说着，冷静地把一只手放进了口袋里。

"我说过了，不许动！也不许说话！"其中一个南塔坤说道。

"不能动的是你们。"奶奶反驳道。她忽然将手放至唇边，用力吹了一下。

一道蓝光自掌心飘出，"呼"的一声，暴风雪瞬间笼罩了那些树精。

南塔坤战士变成了一尊尊雕像,被牢牢地冻在了原地。

两把刚刚发射的暗器停在了空中,然后叮当一声落在了地上。

"太……酷了!"小晴惊呼道。比起讶异,她更觉得惊奇。

星星点点的黄色粉末从奶奶的指尖飘落。

是魔粉!

奶奶呻吟了一声,踉跄了几步,抓住小晴的手保持平衡。

"怎么了,奶奶?你受伤了吗?不会是被暗器刺到了吧!"

"我没事,没受伤,只是有点精力透支,使用法术是有代价的。"

忽然,惊天的战吼声响起,十几个南塔坤战士从树上荡了下来。她们将风笛矛竖起,身后很快又集合了一排士兵,单膝跪下,用矛指着小晴三人。

他们被包围了,而且对方人数众多!

南塔坤士兵们让出一条路,一个身材结实有力的树精走了出来。她穿过被冻住的那几名士兵,冷笑道:"我倒要看看,这下你还能不能冻出一条生路来!"

她手中的风笛矛指向利弗:"这个柯尼特犯下了不可饶恕的罪行,我们要将他逮捕。不要反抗,也不要耍小伎俩,不要说我没警告过你们。"

她示意两名士兵走上前来，将利弗一把抓起。显然，她就是发号施令的人。她同样穿着绸缎制成的莎笼，只不过其他人穿着紫色的制服，而她的衣服则是天蓝色的。

奶奶缓过神后上前一步，"我正是为此才将他带来的。"她说，"我是特里西娅公主，精灵大帝的独生女。这只树妖认识到了自己的错误，正是为解开咒语而来。为了能让塔萨尼女王重见光明。"

身材健硕的南塔坤惊讶地睁大了眼："天哪，天哪，真的是你吗？被王国流放的……公主殿下？我都要认不出你了，你的头发……变白了很多。"

"是的，是的，岁月无情，"奶奶有些不耐烦地打断道，"现在，你能带我们去见塔萨尼女王了吗？"

"哼！你已经不是公主了，但还是忍不住要给人下令，是不是？很抱歉，我才是这里的老大。我就是皇家护卫队长兼南塔坤的女王……"她纠正了一下自己的说法，"南塔坤的女王代理，阿皮尼亚。我命令你，快将我的士兵们解冻！"

小晴认得这个名字。**阿皮尼亚！是那个背叛了塔萨尼女王的叛徒！**

奶奶板着脸说道："当然了，但是我要先见到塔萨尼。"

听到这句话,阿皮尼亚的脸变得通红,但她很快就控制住了自己,有些刻意地咳了一声。"公主殿下,虽然我很乐意带你去见女王,但她现在拒绝接见任何来客,"她刻薄地说道,"曾经的皇室成员也不例外。这倒是提醒了我,你头上还挂着悬赏呢,我为什么要浪费时间在这里跟你理论,而不是直接把你抓去领赏金呢?"

"我回到迷雾之境,正是为了去见父亲!当然,也是为了让这个树妖改正犯下的错误。我还想在去皇宫之前,先来看一看自己最喜欢的森林,毕竟我已经很久没有来过了。"

奶奶继续说道:"你尽管去喊德明大帝来吧,他肯定也很想拜访一下自己的老朋友塔萨尼女王!"

说得好,奶奶! 小晴笑了起来。

阿皮尼亚显然不想见到这样的事情,勉强笑出了声:"哈哈,放松点!我只是在开玩笑!你在地球上住了这么久,幽默感都没了吗!"

她扯出一个假笑。"就像我刚才说的那样,塔萨尼女王拒绝接见客人。当然,除非你们拥有治愈她的能力。不然,我就只能请你们离开这里,并留下这个犯人……"她指着利弗,"让他接受法律的制裁。"

树妖呜呜地哭起来。奶奶皱起了眉头,思索着挽回局面的方法。

不好。小晴想道。如果我们现在离开,就见不到利弗了。虽然他是活该,但这样我们也拿不到材料了——尤其是他的眼泪!必须要想点什么办法。嗯,首先要想办法登上生命之树,然后再接近塔萨尼女王。然后,呃,呃……唔……啊!总之一个一个来吧,看我的……

她清了清嗓子,说:"尊敬的女士,我听说过许多关于笛琴的传说,不知道您能不能拿出来让我看一看呢?"

阿皮尼亚嗤笑道:"我怎么可能带着它来抓捕犯人呢!"她不耐烦地指了指天上,"在上面呢。"

"可是我真的很热爱音乐!可以让我看一眼吗?只看一眼!我做梦都想见识一下真正的笛琴!"话刚出口,小晴就觉得这个借口蠢极了。

阿皮尼亚怒道:"我的笛琴可不是什么旅游景点!"她对士兵们示意道:"送客!"

小晴看着士兵们围过来,心脏怦怦直跳。**快点!快想点别的办法!随便什么都行,总比就这样放弃要好!**

"等下!呃……正如特里西娅公主所言,我们确实能够治愈塔萨尼女王。"

"是吗?你们能奏出比笛琴更加优美的乐声?"

"是、是的。"小晴咬着嘴唇,控制住自己的牙齿不要打战。

阿皮尼亚脸色发白地说:"拿来看看。"

小晴走到利弗身边,拿出了他别在腰间的牧笛。

树妖一脸不可置信。"你疯了吗?我不是和你说过了吗?我的牧笛……呃!"控制住他的两名士兵之一狠狠地给了他一拳,让他闭上了嘴。

阿皮尼亚哈哈大笑起来,笑完之后,还擦了擦眼角的泪花。"牧笛!小姑娘,不要浪费大家的时间,尤其不要浪费我的时间。"

小晴鼓起勇气反驳道:"我不是什么'小姑娘'!我是德明大帝的曾孙女,你一定要让我尝试一下!"

"哎呀,真的吗?"阿皮尼亚看向奶奶,奶奶冷淡地点了点头,于是她又看向小晴,"哈!看来我们的前公主殿下不光外表像个奶奶,实际上也真的当了奶奶!真是笑死人了!"

她身边的一名战士鞠了一躬,说道:"将军,不如就让他们试一试?万一真的有用呢?我们也不会有什么损失。"

阿皮尼亚的脸色沉了下来,仿佛酝酿着一场暴风雨。她握紧了手中的长矛。

又有一名战士建议道:"是啊,长官。让他们试一试吧,也许女王殿下能被治愈呢。"另外那名战士微微点头,表示赞同。

阿皮尼亚瞪了她们一眼，不情不愿地说道："好吧，小姑娘，算你今天走运。我心情好，正好想看点乐子，就依你说的。"

然后她又转向奶奶，说道："但是如果你孙女的音乐不够格，我就把你们两个都踢出我的——我是说塔萨尼女王的地盘。我可不想照顾老人和小孩，也不想惹到德明大帝。但那个树妖我肯定不会放走的，感谢你们把这个逃犯抓来。"

利弗呜咽了一声。

"你可以吹奏那支可笑的牧笛了，小女孩。你吹得够好，我才会带你去见塔萨尼女王。"阿皮尼亚怒道。

小晴感觉自己的心脏碎成了摇摇晃晃的果冻块。

啊啊不行！必须再想一个借口！

"不。"小晴努力作出一副平静的面孔说道，"我……这支牧笛中蕴含的魔法……只够使用一次。并且……为了打败你的笛琴，两种乐器必须先后演出。但是你没有把笛琴带在身边，而是留在了上面。"

小晴深吸了一口气又说："最重要的是，如果要治愈塔萨尼女王，她就必须在场聆听……所以，我必须登上生命之树，在塔萨尼女王身边才能演奏。"

阿皮尼亚的额头绷起青筋，双眼通红。

"你这个油嘴滑舌的小浑蛋，"她冷哼一声，用矛尖指向小晴的喉咙,"你只是在浪费时间。无论被施过怎样的魔法,都没有任何乐器能够打败我的笛琴。"

她低声喃喃几句,把长矛戳向了地面。

"但是,民众想要娱乐,我怎能拒绝?她们时不时也要放松一下。好,我就带你们登上生命之树。前路漫长,做好准备吧!"

* * *

确实如阿皮尼亚所说,向上攀登的路漫长得仿佛没有止境。巨大的橡树上嵌着小小的台阶,顺着树干无限盘旋向上。利弗被士兵拖着走在前面,小晴和奶奶跟在最后,隔着很远都能听到他疲惫的喘息声。

奶奶拍了拍小晴,说:"我明知道旅途危险,真的不该带你来的,唉,我现在就送你回家,我手头的魔粉应该足够把你和利弗送回去。"

"不,奶奶,再等等,好吗?我想到了一个计划,让我试试吧。爷爷需要那些原料,如果错失这次机会,就要浪费宝贵的时间再想一个新的方案。"

奶奶没有说话。

小晴坚持道:"别担心,阿皮尼亚说了不想惹到德明大帝，所以她肯定不会伤害他的曾孙女。如果我的计划失败，你再送我回去也不迟，好不好？"

奶奶想要反驳，但最终还是放弃了。她摇摇头，说："你确实是你爷爷的孙女，但显然你也是我的孙女。倔得像头驴，和我年轻的时候一模一样。所以，你想到了什么计划？"

小晴在奶奶耳边小声说了几句。老人呵呵笑了一声，伸手捏了捏她的肩膀。"真厉害！确实值得一试。"

就在这时，阿皮尼亚转身对他们说："好了，好了。看着你们苦兮兮地爬树我眼睛都疼，我们现在可以去搭乘升降梯了！"

11
最动听的声音

摇摇欲坠的木质升降梯挂在树枝上,借着滑轮系统缓缓上升。梯上的铁钉吱嘎作响,发出了金属秋千一样的摩擦声。

每次升降梯前后摆动,小晴的心都跟着悬了起来,感觉就像在坐海盗船。

吱嘎,吱嘎,吱嘎。

她不敢看外面,但她很确定就算看了也什么都没有。升降梯向上,穿过层层叠叠的云雾,下面是白茫茫的一片,就像北极圈一样。

终于,升降梯的门打开了,他们走了出来。

幸亏有升降梯,不然等我们爬到这里都要到夏天了!

走出升降梯的瞬间小晴的腿就软了,她跌跌撞撞地走了几步。

"可以让她缓一下吗?"奶奶问身后的守卫。

"快点。"

小晴双手撑着膝盖,努力呼吸着稀薄的空气,抬头看了看周围。

天哪。她一时失去了语言,眼前的景象再次夺走了她的呼吸。

整座小镇都是木头制成的,建在一片翠绿色的海洋中。

生命之树庞大的树干伸向四面八方,像一张高速公路织出的巨网。宽敞的木质平台点缀其间,仿佛一摞沥水的盘子。每个平台上都有木质的房屋。奇特的商店、精致的住宅,皆由木材或竹子搭建而成。长长的屋檐伸出,盖住底下的玄关。屋顶隆起,就像一双正在祈祷的手,指尖相触,搭出尖锐的顶棚。平台与平台之间悬挂着编绳吊桥,远远看去,就像一张将木质小岛连在一起的网。

"时间到了,快点走吧。"士兵命令道。

他们加快脚步,跟上前面的大部队,走向生命之树的中央树干。抬头望去,树干一直向上,仿佛没有尽头。

真不敢相信!我们居然刚爬到这棵树一半的高度!

阿皮尼亚用风笛矛点了两下地面。"这里便是王宫!"她宣布道。

他们面前是一片茂密的花园,种满了品种各异的花草,花瓣像蝴蝶翅膀一样点缀在橄榄绿的枝叶中。这片花园是从中央树干中开凿出来的,入口挂着椰子大小的蜜色蜂巢。

是南塔坤蜜蜂!

就像利弗说的那样,女王的宫殿有重兵把守。四名穿着绿色战服的士兵伫立在门前,神情肃穆。

阿皮尼亚示意小晴和奶奶到队伍前方,树妖利弗在她们身边瑟瑟发抖。

忧虑加深了奶奶脸上的皱纹。"我手里握着魔粉,如果有危险,我会直接把你送回家。不要离得太远,记住了吗?"

虽然我很喜欢迷雾之境,但回家听起来也是个不错的选项。尤其是在现在。

小晴点了点头。

阿皮尼亚面向人群,说道:"根据女王的命令,没有人能够进入她的宫殿,她也不会出来。所以为了听到演奏,我会请她站在门边……"

小晴咽了咽口水。对,计划:**冲进去把塔萨尼女王带出来,让大家都看到她已经恢复了原样。**

"……之后,她会在大门闭合的情况下听完演奏。结束后,我会进屋确认咒语是否被打破。当然,如果未能成功,我就只能请你们离开了……"阿皮尼亚坏笑道,"只不过,你们必须用自己的双腿走下生命之树。"

小晴的心跳漏了一拍。为了达成计划，我必须要见到女王，如果门上了锁就做不到了！

于是她抗议道："但是……但是门太厚了，窗户也都封了起来。我的乐声很轻柔，所以，如果不将门打开，她就听不到乐声，法术就起不到作用！"

"你怎么这么多要求？行吧，就应你的要求，将门打开一条小缝。你只能尽量吹得大声一点了。"

阿皮尼亚对四个门卫说道："你们注意着点儿，如果有除我之外的人接近，格杀勿论！"

"是，长官！"她们应道。

阿皮尼亚面向小晴："我就站在你旁边，所以你别想耍什么花招。现在，所有人都在这里等我回来。"

她走进了官殿。

人群渐渐聚集起来。很快就有许多人围了过来。

好极了，我现在正需要观众来给我点压力——才怪！

几分钟后，阿皮尼亚出来了。

"天哪，看看来了多少人！"她和民众们打了招呼，"女王已经准备好聆听接下来的演奏了，让我们鼓掌致意！"

人群中响起一片掌声和欢呼声。

"你随时可以退出，小朋友，"背叛了女王的南塔坤不屑道,"至少比输得体无完肤要好!"

小晴浑身都在颤抖,但是并没有退缩。

"哼,看来你是要坚持到底了?"阿皮尼亚嘲笑道,"愚蠢和勇气可不是一回事。"

她击掌两次,大声喊道:"将我的乐器拿来!"

一个士兵鞠着躬,双手呈上了传说中的乐器。

"既然你这么想听我演奏笛琴,那么就由我先来。"

阿皮尼亚面向听众:"那么,演奏开始!"

听众们兴高采烈地欢呼出声。

"你们今天很幸运,一般人可没有机会听到我演奏!"阿皮尼亚自豪地说道。

他们确实很幸运。笛琴的曲声仿若仙乐,乐声婉转流过耳畔,萦绕在半空,闻者内心陶然,好似浮在粉色的云端。世界上没有比这更动听的音乐了!即便是苦练了千年的演奏大师都无法奏出这么优美的曲调。

现在我终于明白利弗为什么会那么说了。灵魂真的像是变成了无数根琴弦,被轻轻拉动,开心得让人忍不住想要唱歌。

听到演奏声,更多人聚了过来。南塔坤们从自己的树屋中探出头。头顶,身着银色华服的少女优雅地从空中飘落,脚踩云雾,随着乐声翩翩起舞,缀满珠宝的头巾随风飘摇。

"是飞天神女!"小晴惊叹道,"仙女下凡了!"

演奏结束时,如雷的掌声响彻生命之树,风暴般席卷全场。

利弗垂头丧气地哀号道:"我死定啦!"

天哪,他说得对。相比起来,我刚才的计划简直就像儿戏,我脑子里到底进了什么水?

小晴的手抖得厉害,她不得不把手背在身后,努力不露怯。她努力表现得不为所动,装出一副淡然的样子。

"轮到你了,小丫头!"阿皮尼亚哼道。

小晴之前还没有那么担心,但现在她已经慌得不行。

她看向奶奶,奶奶给了她一个鼓励的眼色,让她稍微放下了心。她依然双手背后,悄悄把手伸进外套里,在T恤上擦了擦掌心的汗。

我现在不能让爷爷失望。好,加油吧。

小晴深深地吸了一口周围稀薄的空气,然后缓缓呼出。

她拿出牧笛,放在嘴边,忍不住看了阿皮尼亚一眼。这位将军毫不掩饰脸上得意的笑容。

她又看了一眼奶奶,奶奶对她点了点头,然后轻轻把手捂在了耳边。

小晴再次深吸了一口气。

瞬间,她翻转手中的牧笛,用牙齿叼住笛子,双手捂住

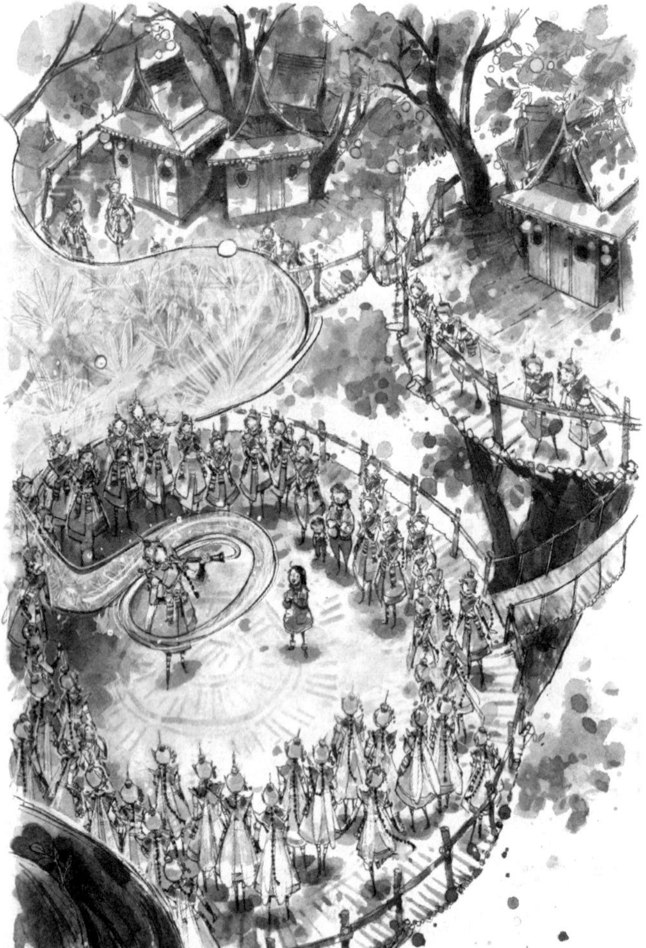

耳朵，然后用尽全身的力气狠狠地吹了一声！

虽然她已经堵住了耳朵，但还是隐约听见了那可怕的声音。牧笛发出的声音和阿皮尼亚的乐声正相反，甚至是成倍的刺耳。就好像有一千双手用指甲抓过黑板，一千把刀叉彼此撞击，一千块泡沫塑料互相摩擦！

吹完后，除了她和奶奶，其他人都痛苦地倒在了地上，双手抱着头，忍受着耳膜阵痛和头痛的双重折磨。

守卫也倒下了，小晴趁机冲到塔萨尼的门前，用肩膀撞开木门，冲进了屋内。

震耳欲聋的噪声终于消退，留下满场痛苦的呻吟声、呜咽声、怒吼声，还有哭声。守卫低声咒骂着站起身，抓住了自己的长矛。

然而，这些声音都在小晴从屋内出来的时候化作了一片静默。好像她身后出现了一个黑洞，吸走了所有的声音。

她身后确实有一个人，抓着她的手，但她并不是黑洞。

那是一个美得惊人的树精，身上穿着金色的绸缎。

她脸色煞白，痛苦地皱着眉头，神色茫然。显然，她已经很久没有晒过太阳了，而且刚才的噪声同样给她造成了很大的冲击。

人群惊呼出声，然后跪倒在地。

"奇迹出现了！"有人喊道。

站在她们面前的,正是恢复了原样的塔萨尼女王!

"女王痊愈了!"她们鼓起掌来,欢呼着庆祝道。

小晴看到眼前的景象,也不由得振奋起来。

计划成功了!我简直不敢相信!居然真的成功了!

她看向人群,忽然意识到有一个人不见了。

等等!那个叛徒阿皮尼亚去哪儿了?

那只狡猾的狐狸肯定是发现自己的奸计即将败露,落荒而逃了!

算了,反正任务也完成了。

小晴转身面向女王,恭敬地鞠了一躬。"女王殿下,欢迎回归!"

塔萨尼仍然一脸茫然。"但是亲爱的,我刚才只听到了一声刺耳的噪声,那个声音绝对不可能赢过阿皮尼亚的笛琴!那甚至不能算是音乐!然而此刻我却站在这里,咒语已经被打破了!这怎么可能呢?"

呃,感觉当着大家的面,还是最好不要告诉女王她被人耍了。

小晴调整了一下站姿。"嗯……其实,赢得比赛的并不是牧笛的声音!"

"什么?"塔萨尼女王疑惑地抬起了眉头。

"赢得比赛的,是我吹过牧笛之后的声音!"

群众间传来一阵窃窃私语。

"小妹妹,你这是什么意思?"

"嗯……我想大家都会同意,听过刚才那么刺耳的噪声之后,没有任何音乐能比——令人安心的寂静更加动听!"

顿时,人们都安静了下来。

她们你看看我,我看看你,终于,爆发出了一阵赞叹的呼声!

12
礼物

人群散去后,塔萨尼女王在宫殿大厅召见了她们。

宫殿墙上镶嵌着宝石、珍珠,还有各种闪闪发光的小物件,晃得小晴都快睁不开眼了。

女王坐在金色的宝座上,她们终于可以和女王单独对话了。当然,身后还有两个守卫,紧紧地抓着利弗。第三名守卫则在承受女王的怒火。

"你们这么多人,竟能让一个叛徒逃走?我不管,派出更多人!一定要在一周内把那个死刑犯阿皮尼亚给我捉回来!"

死刑!太可怕了。小晴缩了缩脖子。

"遵……遵命,陛下!我们立刻出动!"守卫鞠了一躬,迅速退离宫殿。

塔萨尼女王抚摸着身上的绸缎,转向小晴和奶奶,抬起了一只手臂。"现在,把你们知道的都告诉我吧。"

奶奶讲述了整个事情的经过,讲完之后,塔萨尼摇了摇头,拉起了小晴的手。"我和我的子民欠你一个人情,若不是你,我们就都会被阿皮尼亚玩弄于股掌之间!谁知道她会掌权多久……"

塔萨尼严厉的目光扫向利弗:"都是因为你,你必须为自己的所作所为付出代价!"

利弗缩起了身体,呜咽了一声。

他确实是活该!不过,虽然很不情愿,但是为了救爷爷,我们还需要他,至少需要他悔恨的泪水……

小晴轻轻咳了一声,说:"尊敬的……塔萨尼陛下,我同意,他的恶作剧太过分了。但他其实并没有恶意,而且,如果不是利弗……"她指着那个抖成一团的树妖说道,"如果不是他给了我灵感,我是想不出这个计划来救您的。"

"哦?"塔萨尼将信将疑。

"他拿出魔法面霜,只是想用自己的方式告诉您,有的时候我们只有在失去之后才会懂得珍惜。

"也正是这一点启发了我:既然我无法吹出比阿皮尼亚的笛琴更动听的音乐,就可以往相反的方向尝试。用恐怖的噪声污染大家的耳朵,这样所有人都会对噪声过后的寂静心怀感激!"

女王抬了抬眉头，倾身向前，用手托住面庞。

小晴继续说道："于是我就想到了利弗的牧笛，我意识到它还可以帮我打倒守卫，将您从屋内带出来，告诉大家您已经恢复了正常！"

南塔坤女王拍了拍手。

"能想到这样的妙策，还是在这样小小的年纪，真不愧是德明大帝的曾孙女！"

小晴羞红了脸。

塔萨尼女王抿了抿唇，沉思片刻。

"好，看在你的面子上，我会减轻对利弗的刑罚。他会被判处监禁三个月，而不是一年。"

小晴惊讶地张大了嘴。不！我们没有这么长时间！

"但是……但是……"她抗议道。

"我意已决。"

小晴觉得自己快要爆炸了，她慌乱无措地看向奶奶，奶奶伸手扶住她的后背，让她冷静下来，也可能是为了让她不要再做什么出格的事。

她低下头，努力控制住自己的情绪。

好了，好了。一步一步来。首先找到需要的原料，然后再担心利弗的事情。总不能冒险被逐出去，空手而归吧！

塔萨尼女王温和地笑了笑："现在，我们来聊一些开心的事吧。非常感谢你帮我脱离了困境。首先,为了让你永远不要忘记寂静的甜美,我要送给你们一份非常实用的礼物!"

她拍了拍手,一个可爱的小树精托着银盘,羞答答地走了过来。银盘里盛着四粒花朵形状的种子。

塔萨尼解释道:"如果你下次还要演奏那个牧笛,你们最好给自己——还有听众——都戴上这副耳塞!"

几人都哈哈大笑了起来。

奶奶和小晴笑着接过了这份礼物。

"要是我刚才也戴上了该多好!"塔萨尼笑道,"这些魔法耳塞可以保护你的耳朵不受魔音侵扰,但你还能听到普通的声音。好了,接下来才是正题。请你从这间宫殿里随意选择三样东西带走吧!"

小晴谢小心翼翼地看了看奶奶,奶奶对她点头道:"去选吧,亲爱的。"

"非常荣幸能帮到您,女王陛下,"小晴有些羞涩地鞠躬了一躬,"一般情况下,我是不会要求回报的。但是我现在确实需要一杯南塔坤的蜂王乳,还需要一些迦楼罗巢穴的碎片。这两样东西可以帮我找回爷爷的记忆。"

塔萨尼女王温和道:"失去记忆确实令人痛心,希望你爷爷能快点好起来。我现在就派人去取你想要的东西。"

女王对小晴笑了笑:"那么,好孩子,你还有第三份礼物,请为自己选一份大礼吧。你想要珠宝吗,或者钻石王冠?"

有那么一瞬间,小晴心动了。

可恶啊啊啊……我一定会后悔的!

"我的第三个愿望,女王陛下,"小晴屈膝道,"是那只树妖。"她指向利弗。"我请求您……宽恕他。"

13
谜团重重

升降梯缓缓落在生命之树的底部。门打开后,树妖终于松了一口气,顿时跌坐在地上。

"啊!我爱陆地,美好的大地!"他亲吻着地面说道,"天哪!我从来不知道,尘土的味道竟然如此甜美!"

奶奶拿出了记忆胶水的卷轴,清了清嗓子说道:"利弗,你是不是有话要对小晴说?"

利弗掸了掸破破烂烂的裤子,站起身来,扬眉点头道:"对,唉,那个塔萨尼真的不知感恩,完全没意识到我给她的宝贵教训!这绝对是我最后一次助人为乐了!"

奶奶的脸色变得越来越阴沉。"利弗……"她不赞同地盯着他,厉声说道,"说到感恩,小晴刚刚救了你一命!难道你连一句谢谢都没有吗?"

"算了吧,奶奶。我就应该把他留在那儿,带钻石王冠回来!"当然,她也只是说说而已。不过话说回来,我们真的需要这只树妖吗?

利弗对两人的指责充耳不闻,一边吹着口哨,一边探头去看奶奶手里的卷轴。"哈!下一个材料是鲛人的汗水。你们这下走运了,我恰好知道在哪里能找到鲛人!跟我来,就在东边不远处,我家附近。呃……但我家已经被人压坏了,多亏了某个愚蠢的人类。"

"你!"小晴伸手想去抓利弗,他一溜烟跑远躲开了。

奶奶抓住孙女的手,用两只手握住。

"唉,我总有一种感觉,卷轴上最难得到的原料,就是他悔恨的眼泪,"老人摇了摇头,"施咒人眼中的悔恨之盐。"

小晴的手攥成了拳头。"哼,看我给他揍出来!"

"如果是你的话,肯定没问题,"奶奶笑了起来,推着她向前走,"好了,亲爱的,咱们得快点儿了。在春天到来之前我们还有很长的路要赶。"

小晴点点头,走在奶奶身旁。"那个树妖到底怎么回事?他对爷爷做了那样的事,怎么一点儿都不觉得抱歉?简直是个没心没肺的怪物!"

"好了,好了,别生气了。我从小就认识利弗,他确实是头老倔驴,但人并不坏。和他相处确实需要适应。"

她顿了顿,继续道:"当然,这次他真的做得太过分了。

居然对你爷爷施那么危险的法术。他嘴太硬,肯定不会道歉。但是……你看,他现在也和我们一起,努力挽回自己犯下的错误。很多时候,行动比语言更能说明问题。"

小晴抱起胳膊,哼了一声。"希望你说得没错,奶奶。"

看向周围时,小晴忽然发现景色有些熟悉。太奇怪了,这明明是我第一次来迷雾之境,怎么可能觉得眼熟呢?

然后她想到了。

但……也许我真的来过?嗯……利弗确实说了他家就在附近。

意外发生的那天晚上起了浓雾,我和爷爷肯定是不小心走到了这里!

地势缓缓上升,在远处聚成一座小丘。树妖停下奔跑的脚步,回头一看才发现她们被远远地甩在了身后,于是在小丘顶端找了一块石头坐下来休息。

"奶奶,你说你小时候就认识他了,到底是怎么回事?你们是同学吗?"

奶奶笑了起来。"同学?当然不是!在我的印象中,利弗一直是个老爷爷!"她回忆起往昔,不禁露出了怀念的笑容,脸上的皱纹变得更深了,"柯尼特是很喜欢恶作剧的种族。他们擅长逗人开心,为派对带来活力。年轻的利弗就是这样,他当年是最开心、最有趣的小丑,口袋里装满了各种把戏、笑话和段子。他非常有名，所以我的父亲德明大帝便将他封为了宫廷弄臣。"

小晴惊讶不已。"弄臣，那个讨厌的老家伙？完全想象不到！"

"嗯，看他现在这么暴躁易怒，确实很难想象。但有时笑得最开怀的人只是藏起了比常人更加苦涩的泪水；越是能逗人开心的人，越是承受着常人无法理解的悲痛。每个人都有自己的理由，利弗自然也不例外。"

小晴还想开口问些什么，却被一粒白色的冰晶打断了。雪花轻轻飘落在她的鼻尖，她不禁打了个寒战，把外套的拉链拉得更高了些。

奶奶忧虑地说道："不好，已经到冬天了。我们必须加快脚步。迷雾之境的冬天很短，春天到来之前我们还有一半的材料需要收集。"

两人匆匆向前，终于气喘吁吁地爬上了小丘。树妖正坐在石头上不耐烦地敲着手指。

"你们两个，明明腿比我长，怎么走得这么慢？"他趁奶奶还没走到跟前，对小晴抱怨道。

"可能是因为我们的脑容量比你更大，脑袋更沉。"小晴反驳道。

"里面怕不是塞满了石头吧！"树妖拍着身下的石头回

敬道。见奶奶走来,他从石头上跳下来,夸张地鞠了一躬。

"欢迎二位来到——入海口!"

她顺着树妖手指的方向看去,原来他们此时就站在悬崖边。她本能地向后退了一步,生怕一不小心跌落深渊。

眼前的风景开阔壮丽,寒风凛冽,小晴一时间忘记了该如何呼吸,过了许久才回过神来。

右侧,一条蓝色的大河穿过金黄的田地,流向绿松石一般的大海。左侧,海面上波光明灭,宛如繁星闪烁的夜空。河流与大海在中间相汇,彼此交融。

入海口,她仿佛能听到爷爷在耳边说,**是河流汇入大海的地方,但入海"口"指的到底是谁的嘴巴?**

"看到那些船了吗?"利弗出声打断了她的思绪。

小晴眯眼看去,几艘木质划艇停靠在河岸边。木船上漆着五彩缤纷的图案和纹路,画着各种鱼类和海洋生物。每艘船的船头都雕着凶猛的海蛇,露出尖锐的獠牙。

"那是他们的船。"树妖指向一群聚在岸边的人。他们正围在渔网旁,整理今天的渔获。这些人无论男女都留着乱蓬蓬的长发,被太阳晒黑的皮肤上文着刺青,胯上绑着波浪形的匕首,一副不好惹的模样。

"他们是奥姆巴克族,也叫海上游民,"奶奶解释道,"他们一生都是在船上度过的。奥姆巴克族在深海航行,随洋流漂浮，行踪不定，十分难寻。他们很少上岸，就像你在海上会晕船一样，他们在岸上也会晕陆地。"

小晴笑着说："晕陆地！这太稀奇了。"

奶奶思索道："嗯，说到陆地，这些人确实很奇怪。大海里的鱼取之不尽，他们为什么要来河边捕鱼呢？"

树妖咯咯笑了起来。"没错，殿下！这伙人已经在这里待了好几个月了！大龙不吃小鱼干，为什么要在这儿耗着呢？"

奶奶瞪大了眼睛问："几个月？太奇怪了！利弗，你知道原因吗？"

"我还真知道。因为他们都被施了咒语，鬼迷心窍了！"

小晴欲哭无泪地说道:"天哪,你这次又干了什么,利弗?"

"什么,我?喂喂!"利弗怒道,"不是我干的!我什么都没做……只是偷了一两条……十来条鱼,根本不算什么,真的!"

"偷东西也是犯罪!而且,你这个偷鱼贼居然还敢指责我偷你笛子,虚伪!无耻!"说着,她又歪了歪头,"等一下,如果不是你施的法术,那么施术人是谁呢?"

树妖指向远处,海对面有一座石头堆成的小岛。

"看见那个了吗?那是行舟岛,是奥姆巴克人建造、维修船只的地方。今年早些时候,有一只鲛人住了进去。顺便一提,鲛人一般都住在远离陆地的深海地带,但不知道为什么,这一只特别爱吃淡水鱼,所以搬到了离河流比较近的这座岛上。只可惜这群奥姆巴克人发现得太晚了,回到小岛的时候已经中了咒。"

小晴没听懂,求助着看向奶奶。

奶奶露出了一个同情的微笑。"可怜的孩子,突然来到一个全新的世界,有太多要学要记的东西了,肯定很辛苦吧!"

她继续解释道:"鲛人就是一种海妖,海妖的歌声也是世界上最动听的音乐之一,仅次于阿皮尼亚的笛琴。但人一生也只能听一次，之后就会失去意识。这种歌声蕴含魔力，会将听到的人变成海妖的奴隶……除非能打破二者间无形的羁绊。"

利弗插嘴道："没错！所以那帮奥姆巴克人就变成了她的奴隶，等着海妖发号施令，献上她最爱吃的淡水鱼。好消息是，我住得够远，在她歌声的影响范围外，后来也从没靠近过那个地方。"

小晴做了个鬼脸。"太糟糕了，那些人真可怜！我们要怎么打破咒语呢？"

"一般情况下，需要距离和时间，"奶奶回答道，"要让受害者离鲛人越远越好，直到法术的效果逐渐消退。或者，阻止鲛人继续唱歌。"

小晴一阵头疼，揉着太阳穴说："天哪，我们还要为爷爷收集鲛人的汗水。所以我们不能和她保持距离，必须走到她面前才行！"

奶奶点头道："是的。为此，我们有两种选择。第一，保护自己不受魔法的影响；第二，让她停止唱歌。"

"让她停止唱歌，要怎么做？"小晴问。

"确实，该怎么办呢？"奶奶揉着脸说道，"嗯，魔法对她不起作用，所以我们必须用普通的办法。"

"不知道为什么，我觉得直接请求她应该是没用的。"利弗讽刺道。

"也许我们可以把她打晕?"小晴斗胆提议道。

利弗开心地指着一节断落的枯枝说道:"这主意不错!"

奶奶呻吟了一声道:"太暴力了,我不喜欢。我们要收集的是汗水,不是血液!"

"哎呀,我可以下手轻一点嘛!"利弗摇着头说道,"唉,你们真是,挑三拣四的。要怎么才能不使用暴力又让她晕倒?太难了!要是碧瑞那个屁王在这里该多好……"

碧瑞?哦,那个可爱的岩石人。小晴想起来。对,她打的嗝真的很臭!她那时没放屁真是太幸运了!

忽然,她想到了:"山怪臀!对啊,我们可以用我书包里的臭气果!"

"好主意,小晴!"奶奶拍手道,"只要闻一下,就能让海妖晕过去,我们的问题也就解决了一半。"

小晴脑筋动得飞快,又说道:"我们必须注意自己不要吸进那个气体,不然也会晕倒……"

"是的,我们要憋住气,二十五秒之后就可以呼吸了。"奶奶说道。

"呃,话说,你们是不是忘记海妖还会唱魅惑人心的歌了?"柯尼特不厌其烦地警告道,"就算有臭气果,我们也得先接近她才能用上!但只要靠近她方圆百里,就会变成她的俘虏！"

小晴反驳道："哦？你是不是忘了我们从塔萨尼女王那里得到的礼物？魔法耳塞！"

树妖闷闷不乐地闭上了嘴，但很快又说道："呵呵，还说我呢，你也忘记我没有耳塞了吧？那我该用什么？自私鬼！"

利弗一脸阴沉地抱住手臂，哼了一声。渐渐地，他露出了一个不怀好意的笑容。

他从自己破破烂烂的上衣里抠了几团棉花出来，在小晴震惊的目光下将手指戳进右耳，挖出了一小坨棕色的物质。然后他将那坨物质和棉花揉成一个小球。他喃喃自语着什么，手指发出绿光，射向小球，显然是在施法。

树妖露出了一个自豪的笑容。"好了！我的独家耳塞……魔法耳屎！"

最恶心的是，利弗之后将小球一分为二，塞进了自己的两只耳朵里！

小晴被恶心得说不出话来，奶奶用手扶住了额头。

她真的不知道该如何评价刚刚看到的那一幕。

"太、恶、心、了！"她喊道，"呕！！"

奶奶也抬起了头。"好了，咱们忘记刚才发生的事情，再也不要提，好不好？"

小晴笑了。

"什么,你再说一遍?"树妖大喊道。虽然外表很恶心,但那副耳塞还是很管用的。

奶奶无视了他,继续道:"我们的计划还差一点。让鲛人晕倒只是第一步,我们还要采集她的汗水。所以必须要让她出汗才行。"

"啊?大声点儿!"树妖说。

小晴沮丧不已。"唉,这怎么可能做到?外面这么冷!我们刚刚一路小跑过来都没出汗,怎么可能让鲛人出汗呢?再说了……如果她晕倒了,是不是就没法再让她运动了?除非……"她倒吸了一口气,"除非在我们把她熏晕之前,先让她出汗!"

怎么这样!这个计划已经很危险了,现在更是难上加难!

树妖挥手道:"我还是听不到你说话!"

"很有挑战性,是的。但并非不可能,我有一个想法……"奶奶告诉了小晴。

小晴开心地笑了起来。"天哪,你太聪明了奶奶!爷爷肯定会很喜欢这个计划!"

"喂,你们这样背着人讲话很没礼貌!"

小晴不胜其烦,指着自己的耳朵说:"我们没有背着你说话!"

"哦,对!我的耳塞!"他抖了抖耳朵,摘下了自制耳塞。

奶奶无视了他。"我们现在知道该怎么让她出汗并昏过去了,接下来就要想想该怎么到她身边去,毕竟有这么多奥姆巴克人守着她。"

老人继续说道:"不过,我正好还有一个想法,待会儿告诉你们。小晴,你能把你的午餐盒拿出来吗?"

14
海妖的汗水

利弗穿着拖鞋,鼓起勇气,战战兢兢地走向正在整理渔网的奥姆巴克人。

奶奶跟在他身后,双手紧紧地抓着一只银盘,盘子上盛着几块她最拿手的沙丁鱼三明治,周围还点缀着装饰用的花瓣。这个盘子是从利弗倒塌的房屋残骸中找出来的。

利弗在奶奶的指导下为小晴施了一个隐身咒。她小心地跟在他们身边,安全地躲在奥姆巴克人的视线之外。即便如此,她还是颤抖不已。一方面是因为害怕,另一方面则是因为刺骨的寒风。此刻她正抓着奶奶的手臂,努力让盘子保持水平。

奶奶刚才说,奥姆巴克人虽然中了咒,却会表现得如常人一般,但这种"正常"只是假象。他们外表是一个空壳,内心只想遵从海妖的命令。就算远离海妖的控制范围,也要花上好几个小时才能恢复心智。他们会在这时完成委派的任务——比如捕鱼。当咒语的效果快要消失时，他们就会迫不及待地想要回到她身边。

奶奶低声问小晴："我要再和你确认一遍，如果计划失败，遇到危险，你该怎么做？"

"我会拿出你给我的魔粉，撒一把，召唤出回家的传送门，然后走进去。"小晴回答道。

"不错。还有，别忘记进门之前要闭上眼睛，想象你要去的地方。"

"我都记着呢，奶奶。"

"你们两个小声点！大块头来了！"利弗警告道。

一个身材魁梧的男性迎面走来，他是那群奥姆巴克人里最可怕的一个。弯刀出鞘，正明晃晃地指着他们。

"不许动！"被利弗称作大块头的男性说道，"你们是什么人？为何而来？快点儿离开这里，不然……"他看了看弯刀，又看向他们。"不要怪我不客气。"

小晴听到利弗咽了一口唾沫，她从未如此庆幸自己是一个隐形人！

利弗深深地鞠了一躬。"我自德明大帝的宫殿而来，这位……"他指向奶奶，"是我的仆从。"小晴能看出来，他很享受说出这句台词。"为了欢迎远道而来的贵客，我们代表大帝为海妖女王献上礼品,以表敬意。"

"德明大帝送的礼物?"大块头哼了一声,"看起来也不怎么样嘛!白乎乎的,平平无奇,一副寡淡无味的样子!"

"请您注意言辞,不可对陛下出言不逊!这是只有皇族才能享用的珍馐,你我这样的普通平民都没有资格品尝。"

大块头瞪大了眼睛,利弗瑟缩了一下,但很快又鼓起勇气继续道:"这是由一种皇家淡水鱼制成的美味。这种鱼生活在遥远的地球,只能在撒丁岛的圣泉中捕到,是一道名副其实的御用美食。"

利弗煞有介事地说着,神情肃穆而庄重。他给了奶奶一个眼神,示意她将那盘沙丁鱼三明治呈上来。

"是吗?"大块头怀疑地说道,"拿过来!我尝一尝,谁知道你们有没有下毒……"

他迅速从盘子上抓起一块三明治,利弗甚至来不及反应。

"如果真的有毒,我就把你的脑袋拿去献给女王!"

他将三明治丢进了嘴里。

小晴屏住了呼吸。

希望那块加了料的三明治藏得够深!

大块头睁大了眼睛。

现在轮到小晴忍不住吞口水了。

大块头张嘴,用厚厚的舌头舔了舔嘴唇。"好吃!"他惊呼道。说着他就伸手想去拿第二块,但最终还是控制住了自己。

小晴不由得松了一口气。

大块头对着利弗哼了一声,说:"好吧,这东西确实,呃,很符合女王的口味。我会带你们过去,把这个撒丁岛特产献给她。"

忽然,他用弯刀指向利弗,刀尖停在了他的脖颈边。

"但是我警告你们!如果她不喜欢你们,或者不喜欢这份献礼,你们这趟就是有去无回!"

利弗被吓得气都不敢喘,生怕被那把锋利的刀给劈成两半。

大块头一声令下,奥姆巴克人纷纷回到了船上。小晴抓紧奶奶的衣角,跟在后面登上了一艘晃晃悠悠的小船。大块头跳上船,船身晃得更厉害了。她不得不拼命抓住船帮,避免跌到冰冷的水中。

大块头低哼一声,摇了摇头,挥手让他们坐到船尾。他们立刻坐好,抓紧船身。小晴挤在奶奶和树妖中间,大块头站在船头,铜铃般的眼睛怒视着他们。另外四个奥姆巴克人各执一把船桨跳上船,坐在了另一端。

大块头深吸一口气,吹响一只带有斑点的大海螺。海螺发出了一声浑厚的低鸣,仿佛游船的汽笛声。几艘划艇离岸，一同航向大海。

划艇就像南飞的大雁一样，排列成人字形驶向那座岩石堆积的小岛。大块头的船位于最中间，领着船队快速划过水面。

海风呼啸，浪花飞溅，雪飘如絮，小晴不由得抱紧了自己，贴在奶奶身侧取暖。

"奥姆巴克人用行舟岛和大陆上的硬木造船，"奶奶小声对小晴说道，"最神奇的是，他们的工匠一根钉子都不用，只靠木桩就能将船拼在一起。而且他们造船的时候不用蓝图，完全凭印象搭建，这种技艺是一代代传下来的。"

奶奶沉思道："我像你这么大的时候，父亲曾带我来过一次。他请奥姆巴克工匠为他打造了一支皇家舰队。"

随着离小岛越来越近，岸边飘来了若隐若现的歌声。利弗悄悄戴上了自制耳塞，小晴和奶奶也戴上了魔法耳塞。

戴上耳塞后，海妖悠扬的歌声瞬间变成了低沉的白噪声。但是小晴依旧能听到划桨人的喘息声，还有船桨拍打浪花的声音。

天哪，魔法耳塞也太厉害了！除了海妖的歌声，其他的声音都听得一清二楚！

他们离行舟岛越来越近，奥姆巴克人的表情也变得越发如痴如醉。小晴再次感慨，还好她有这副耳塞做铠甲，帮她挡住魔法攻击!

光秃秃的树干覆盖着整个岛屿,码头旁停靠着一艘巨大的帆船。船上雕刻着繁复的花纹和图案,和划艇上的有些相似。一张巨大的橙色帆布系在桅杆上,露出的边角被寒风吹得猎猎作响。码头前的空地上摆着一个巨大的木质骨架,那边应该通往奥姆巴克人的造船厂。那艘船还未诞生就被遗弃在了沙滩上,埋在了皑皑白雪下。

海浪愤怒地冲刷着岸边嶙峋的礁石,奥姆巴克人熟练地驾着小船穿过暗礁,航向侧面的一处山洞。

那里就是鲛人的巢穴了。 小晴想道。

大块头再次吹响海螺号角,船员们点起火炬,排成一列,将小船划进漆黑的洞穴。

小晴抖得更厉害了,但这次不是因为寒风。一个可怕的念头突然浮现在她的脑海中:**隐身术的效果不会快消失了吧!** 她紧张地抓住奶奶,奶奶也安慰地捏了捏她的手。

海妖的歌声回荡在山洞之中,越来越响亮。歌声在嶙峋的石壁间跃动,不断反射的回音震得小晴耳朵发麻。她怕自己也会像那些奥姆巴克人一样失去意识,于是又把耳塞往里推了推。

船划进一个开阔的石窟,冰冷的空气中有一股烂鱼臭虾的腥味,远处的石堆上散落着吃完的鱼骨。

洞窟后方有一块干燥的平台，上面围坐着一圈茫然无助的奥姆巴克人，有男有女，有老有少。他们穿着单薄的布衣，在冰冷的洞穴中瑟瑟发抖。**进入寒冬之后，他们会被冻死的！**小晴愤慨地想道，甚至忘记自己的手指也被冻僵了。

人群分开一条路，路的尽头是一尊石头制成的王座。王座的一半浸在水中，另一半探出水面，上面坐着一个长发飘飘的人。

这里太黑，看不清楚，但小晴知道那就是传说中的海妖。

小船终于触到岸边，火把的光芒照亮了整座洞窟，也照亮了那个王座上的生物。首先是下半身，一条巨大的鱼尾替代了双腿，拍打着王座下方的水潭。然后是她的面庞——

小晴惊讶地张大了嘴。

她本以为海妖会长得像巫婆一样，手指蜡黄、满口烂牙。

但是面前的这个鲛人却美得令人窒息。绿色的皮肤，粉色的长发，头戴一顶华美的王冠，两边垂下几串珍珠，摇曳生辉。

奥姆巴克人跳下船，冰冷的海水随之翻滚。大块头粗暴地把奶奶和利弗领上岸，带他们走向王座，人鱼怀疑地盯着突然到访的不速之客。

趁大家的注意力都集中在奶奶和利弗身上，小晴悄悄从船里爬了出来。她缓缓走向人鱼，努力不在蹚过浅滩的时候激起水花。

小晴小心地绕过人群，来到了不远处一块岩石后。这里既能和人鱼保持安全距离，又不至于看不到现场的状况。虽然她的隐身术还未失效，但她还是藏在了人群的视线外，只从角落窥探外面的情况。

大块头对着人鱼鞠了一躬，低头说道："女王大人，我为您带来了一份礼物，是德明大帝遣人送来的御用美食，来自神圣的……撒丁泉。我已经为您确认过安全，您应该会喜欢。但如果不合您的口味……"他指向利弗和奶奶，"您可以随意处置这两个贱民。"

人鱼点了点头，贪婪地舔了一下嘴唇。

大块头转向奶奶，夺走了她手中的银盘，来到海妖座前，单膝跪下，将银盘举过头顶，双手奉上。

鲛人倾身向前，看了看盘子上的三明治，伸手拿了一块看起来最大、最美味的。她甚至没有先闻一闻味道，就将整块三明治都丢到了嘴里。

天哪，好戏开始了！小晴忍不住露出了一个笑容，期待地搓了搓手。

鲛人闭上眼睛，尝试着嚼了一下。

所有人，甚至连奥姆巴克人都一动不动、聚精会神地看

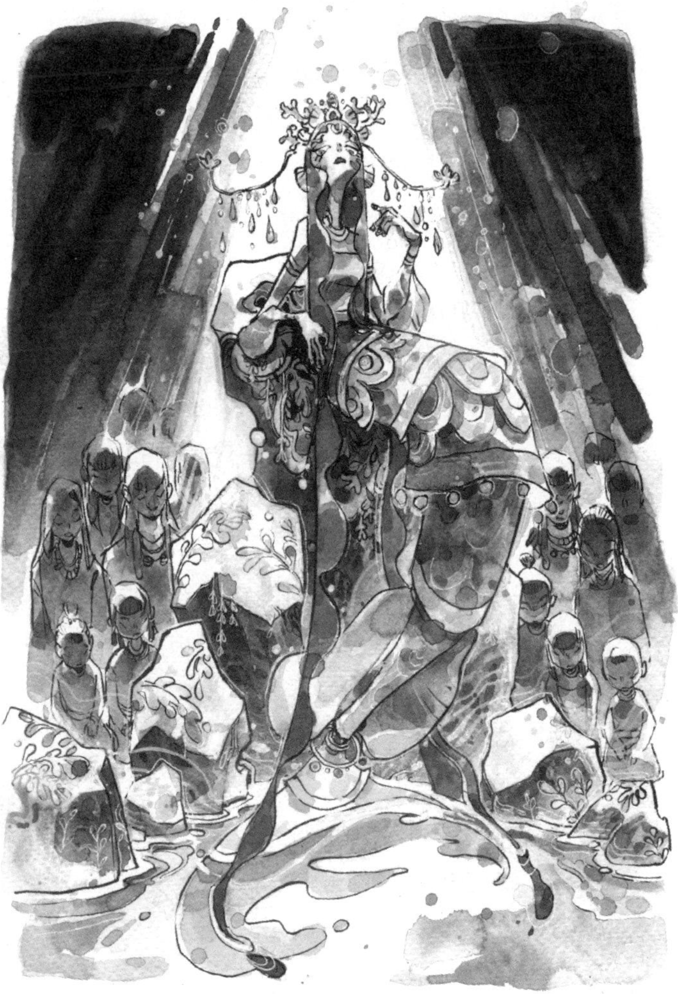

着她。

最初，什么都没发生，然后……

她用手扶住额头，向后仰去，发出了一声喜悦的呻吟。

"哦——"她幸福地叹息道。

不一会儿，鲛人嘴里响起了奇怪的噗噗声。

"噗！"

但是她被美味虏获，沉醉地咀嚼着嘴里的食物，细细品尝它的滋味，完全没有注意到这种奇怪的声音。

"噗，噗，噗……"她越是咀嚼，发出的声音就越频繁。

终于，一声响亮而悠长的"噗——"回荡在山洞中！

奶奶取出手绢，捂住口鼻。利弗努力憋住笑，憋得脸都紫了。

忽然间，鲛人惊恐地瞪大了眼睛。她将剩下的三明治丢在了地上，双手无助地抓着脖子，下巴因为惊吓紧紧地绷着。

她的整张脸都变红了！像甜菜根一样！

要来了！准备憋气！

小晴深深吸了一口气，把肺叶充满。

终于，鲛人张大了嘴，舌头吐了出来，似乎想要放声尖叫。

小晴憋住气，开始倒数。

二十五……二十四……二十三……

奥姆巴克人像多米诺骨牌一样一个接一个地倒在了地上。

臭气果起作用了！海妖吃下了三明治，气体爆发，然后当她张开嘴，这股臭气就被她喷了出来！

十八……十七……十六……

海妖晕倒在了石座上。火把照亮山洞，也照亮了她额头上如钻石般闪耀的汗滴。汗水滑过脸颊，滴落在她身下的水潭里。

鲛人的汗水！奶奶的计划成功了！

十二……十一……十……

所有人都昏倒了。

最后站着的只剩下他们三人。

二十秒过去了，臭气果的效果应该已经渐渐消退了。小晴憋得难受，但还是坚持了最后几秒。

三……二……一……

"呼——"她深深地吸了一口气，然后开始不停地咳嗽干呕。虽然不至于把人熏晕，但这味道还是十分惊人。她绝对不想直面威力全开的臭气果。光是刚才的那一下，就让她想到了体育馆里的臭袜子。那味道堪比一桶放在太阳底下晒臭了的腐烂沙丁鱼。

奶奶用手绢捂住嘴咳嗽了几声。"你们都还好吗？"她对隐身的孙女喊道,"小晴,你在哪儿?"

"我就在这儿!在你旁边,"她伸手抓住了奶奶的胳膊,"我们的计划成功了,奶奶!"

"是的,是的,非常成功!"奶奶递给她一个容器,"快用这个去把鲛人的汗水装起来吧!能装多少装多少,等下就都蒸发了。"

奶奶回头看了眼利弗,点了点头。"至于你,先生,请你看着点海妖,以防她突然醒过来!"

"遵命!"利弗说道,"……但我想先问个问题。"

奶奶扬起眉毛,说:"什么问题?"

"你们是怎么让她出汗的?肯定不是臭气果。你们是给

那个三明治加了魔药,或者施了咒语吗?"

"哈!"奶奶和小晴交换了一个眼神,"我们确实加了东西,但既不是魔药,也不是咒语。你忘了吗?魔法对鲛人不起作用。"

"那到底是什么?快告诉我吧!"

小晴笑嘻嘻地回答道:"是爷爷的魔鬼椒!"

15
远航

"这下她肯定再也不敢跑到陆地边来觅食了!"利弗一边用绳子绑住鲛人的嘴巴和双手,一边哈哈大笑道。他刚才给绳子施了个小法术,几个小时后就会自动松绑。

隐身术的效果也已经完全消退了。小晴收集鲛人汗水的时候,大块头呻吟着醒了过来。鲛人浑身汗如雨下,没一会儿，小晴的瓶子就装满了。

"呜呃……头好痛……"大块头嘟囔道。奥姆巴克族的其他人也渐渐苏醒，一时间山洞里充满了各种痛苦的呻吟声。

"发生……发生了什么？你是谁？这是……"大块头的眼睛瞪得都要掉出来了，"……你怎么会带着一只鲛人？她们是很危险的生物！"

奶奶解释了一番，将事件经过告诉了他们。整个部落的人都脸色惨白，他们刚刚逃过了一劫，不然等待着他们的命运就是灭亡！

大块头名叫萨利赫，是这群奥姆巴克人的族长。他紧紧地握住了奶奶的手，说："公主殿下，您救了我和大伙的性命。谢谢您帮我们打破海妖的魔咒。鲛人竟然会游到离大陆这么近的地方来，真是任谁都想不到！"

他将手抚上胸口，鞠了一躬。"特里西娅殿下，您说您在为丈夫寻求解药，需要梦貘和蕊晴花，您可能已经听说了，这两样物品都能在迷雾边缘的穷途岛找到。"

奶奶对小晴解释道："蕊晴花就是春天的第一朵花。太阳自东边升起，而穷途岛就在迷雾之境的最东边，所以它也是第一个迎来春天的地方。"她示意萨利赫继续说下去。

"除非你能飞跃这片大海，否则要想到达穷途岛，就必须搭乘我们的帆船。整个迷雾之境，只有奥姆巴克人才能在不翻船的情况下驶过世界尽头的激流。其他人不但做不到，甚至连想都不敢想。"

萨利赫再次鞠躬道："为了表达对您的感激之情，请允许我们将您护送至穷途岛。至于那只鲛人，等航至大海中央，就将她放归故乡吧。"

* * *

小晴很兴奋，她从来没坐过船，更别提像这样漂亮的大船了。船上有两百多名乘客，男女老少不一而足，家族几代齐聚一堂。这简直不像一艘船，而是一整座漂浮在海洋上的村庄。

萨利赫的妻子阿齐拉带他们在船上转了一圈。阿齐拉的儿子赞恩也在，他大概五岁，头发像拖布一样，很可爱。赞恩有点认生，一直黏在妈妈身边，躲在她的裙子后面。

整艘船一共有四层：两层在甲板下，两层在甲板上。当然，还有甲板本身。最底层主要是储物和生活空间，除了仓库外，还有卧室和一间大图书馆。厨房、餐厅、诊所和活动中心则在上面一层。甲板上主要是洗衣房和农场，后者明显抓住了小晴的注意力。农场里不光种了许多蔬菜和香料，还养了动物。有鸡舍鸭棚，还有羊圈，里面养着会产奶的山羊。

同样位于甲板上的还有四艘划艇,悬挂在大船的左右两侧,他们刚才就是乘着这些小船去的海妖洞穴。如果要上岸,这些船就会派上用场。比如入海口的海滩,那里水位太浅,大船容易搁浅,只能用划艇。桥楼和船长的房间都在上层甲板,五根高大的桅杆贯穿船体,此时船帆全部拉满,正在全速航行。

看过整艘船的构造后,他们来到了萨利赫的船长室。几人围坐在一张气派的圆桌旁,桌上铺着各种地图和图表,用来标记航线。

利弗晕船晕得厉害,脸色都绿了。小晴也没好到哪里去。她现在终于理解陆地的美好了,至少陆地永远都是静止不动的!

萨利赫忍俊不禁地看着两人说:"待会儿我让人拿生姜来给你们闻闻。记得要深呼吸,我把门窗都打开了,这样你们能呼吸到外面的新鲜空气。视线最好看着海平线,很快你们就能适应海上的生活了!"

利弗呜咽了一声,努力不让午餐从嘴里喷出来。他刚才吐得昏天黑地,这艘船上所有的厕所都被他踏遍了。

"呃……萨利赫先生,我能问一个问题吗?"小晴想要转移一下注意力,让自己不要那么难受。

萨利赫开怀大笑道:"不用叫我先生,直接喊萨利赫就行!当然了,你想问什么?"

"你刚才说,穷途岛位于世界的边缘,是真的吗?所以迷雾之境是有边界的,到了某个位置就突然没有了?消失了?"

海上游民的族长点了点头。"是,也不是。迷雾之境的尽头,也是大海的尽头。在那里,大海从世界的边缘落下,形成一个巨大的、没有止境的瀑布。我们叫它世界之瀑。为什么呢?因为全世界的海水都从这里落下……"萨利赫做了一个下落的手势。

"穷途岛就在世界之瀑最东边的一角,所以航行到那里才会这么危险,"他抬高手臂,"只要一个不小心……"又忽然垂下,"呼——的一声!你就完蛋了!"

"如果掉下去的话,会落到哪里呢?"

"希望我们永远不必知道!"他呵呵笑了起来。

阿齐拉打断了他:"世界之瀑是迷雾之境的尽头,那之外的世界是被禁止踏足的,那是属于烟雾和暗影的世界。"

"阴影加上水汽就变成了雾!烟加上雾就成了霾!"萨利赫的儿子赞恩终于从妈妈的裙子后面探出头来,自豪地说道。

"哇,谢谢你帮忙说明,赞恩,我还是第一次听说!"

小晴笑着揉了揉男孩的头发。

男孩羞涩地回答道:"不客气!"然后又躲回了母亲的身后。

奶奶忽然说道:"好了,言归正传。萨利赫,你能再详细讲讲穷途岛的情况吗?我从来没去过那里,不怎么了解。"

"当然了,殿下。穷途岛是一个鲜少有人踏足的地方。整座岛呈新月形,月牙向西,面对大海,月弯背靠瀑布,所以它中间便是一处天然的港湾。港湾内水流平缓,可以保护访客不受外面汹涌波涛的侵扰——你们将会从那里登岸。登岸后,整座岛的地势逐渐攀升,最终在东边形成一片连绵的山脉。翻过山顶便是悬崖,悬崖下方是世界之瀑,湍流就是从那里跌下深渊的。

"东部的山脉名为暗影山,因为它常年笼罩在一片漆黑的烟雾——或者用赞恩的说法——雾霾中。

"你们需要的两种原料都可以在暗影山上找到。梦貘住在山洞里,蕊晴花则在山顶。登顶后,你们会看到一片淡水湖,湖的中间有一座小岛,也就是岛中岛!蕊晴花就生长在那座小岛上。"

"有一首古老的童谣就是关于蕊晴花的。"阿齐拉哼唱起来:

冬日的第一缕寒风，
春季的第一滴露水，
都始于这座山顶，
这黄昏与朝阳相遇，
春花初绽的地方……

"嗯……听起来很耳熟……"奶奶又问道，"岛上还有其他东西吗？有没有需要注意的危险？还是说，我们只要爬上山就可以了？"

萨利赫严肃地点了点头。"要登上穷途岛就已经很难了，但是在上面行动更是难上加难！那里生活着各种凶恶的魔物，树巨人、火山怪，还有许多其他的危险生物……"

萨利赫看向奶奶和利弗。

"但是，对你们这种会使用魔法的迷雾之子而言，最糟糕的是——穷途岛上不能使用魔法。"

16
诅咒之岛

奶奶警觉地看了一眼小晴，利弗也呜咽了一声。

"这座岛曾经受到过诅咒，所以无法在岛上使用魔法。"奥姆巴克人的族长解释道。

小晴的心沉了下来。好极了，更多怪物，难道我们遇到的阻碍还不够多吗？这次甚至不能用魔法自卫。

利弗又呜咽了几声。

坐在椅子上的奶奶向前弯着腰，用手揉起额头。

萨利赫换上了一种更乐观的口吻，说道："不过……我也有好消息。首先，因为现在是冬天，所以大部分魔物都在冬眠。其次，目前还醒着的魔物都生活在寒冷的黑夜中。他们中有一些害怕热，绝大部分都怕光。所以，只要你们白天出行，就不需要用魔法来保护自己了！

"夜幕降临后，火焰就是你们最好的朋友。只要点起篝火,你们就是安全的,也不会变成怪物的盘中餐。"

萨利赫走到桌前,拉开了一扇布满灰尘的抽屉,从里面取出了一个皱巴巴的卷轴。

"当然,我这里还有一份穷途岛的地图。"

萨利赫将那张羊皮纸铺在了桌面上。"如果你们跟着这上面的标记走,就能从最安全的路线抵达暗影山。"

他用食指点着地图。"看到这里了吗?你们会从这里登岸,然后走这条路向前……"萨利赫顺着那条路指去,"然后,避开致命的流沙、沼泽和火坑……"他分别指了三个位置又说:"比如这里、这里和这里。还要注意远离怪物巢穴,只要跟着这个路线走,就能顺利到达目的地……"他指着占了大半张地图的山脉,"暗影山。"

虽然这只是一张地图,但小晴已经开始有种不祥的预感了。

利弗哀号道:"啊!也就是说我们会在暗影山被吃掉!"

"如果你们不按我的指示行动的话,是的,"萨利赫沉声道,"山上只有两种需要注意的怪物:山鬼和魔雾马。"

利弗的脸色煞白,紧紧地环抱住自己,缩在椅子上前后摇动。

萨利赫继续道:"山鬼也叫雪怪,是大型的食肉怪物。好消息是,它们害怕光。这种怪物盘踞在山脚下,主要是因为畏惧魔雾马。

"至于魔雾马,顾名思义,是一种长得像马的怪物,但它们其实是一团烟雾。这种怪物经常盘旋在山顶附近,这也是暗影山名字的由来。因为当魔雾马成群飞舞在山顶的时候,这座山看起来就像是被暗影笼罩了一般。"

萨利赫又对小晴解释道:"魔雾马来自世界之瀑彼端的禁地,它们沿着瀑布,从深渊中飞了上来。"

利弗忽然挺直了身子,一掌拍在桌面上。"不行!我不能去!山鬼最爱吃柯尼特了!而且……只要闻一下魔雾马身上的毒气,内心就会充满恐惧!不行,真的不行,我要回家了!"

萨利赫将手放在了利弗的肩膀上。"都到这里了,怎么能悬崖勒马!"树妖瞪了他一眼,他回了一个笑容,"哈哈!抱歉,我实在忍不住,想讲一个带马的成语。"

萨利赫看向小晴:"魔雾马之所以叫这个名字,就是因为它们是梦魇的化身。它们是会让你做噩梦的马!"

他继续道:"别那么紧张,利弗。你往好的方面想,这两种生物都害怕光和水,所以,只要你们记得在白天行动,晚上点好篝火,就不会有危险!"

萨利赫再次点了点地图说:"而且,去山顶是有一条捷径的,也就是春天第一朵花所在的位置。只要走那条捷径,

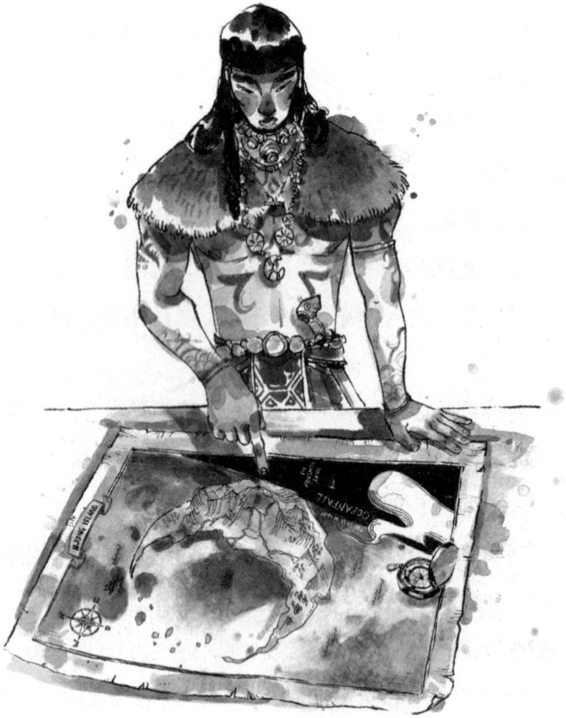

就能躲避大部分怪物,直接到达山顶。你们还记得我刚才说过,山顶上有一片淡水湖吗?"

他们点了点头。

"那片湖水从山顶流下,形成了一左一右两个瀑布,落在半山腰处的池塘里。就是这里,"他指着地图上的一点,"那两个瀑布后面,各有一个山洞。"

萨利赫抬头看向他们,说:"其中一个山洞通向山顶,而另一个则是死路。"

他咳嗽一声,接着说道:"呃,我必须坦白,我已经不记得是哪个了。可能不是右边的那个,这样的话就是左边的……但我也可能记错了。"

小晴抓了抓头发。*好晕,听完他说的话我晕船晕得更厉害了。所以他是要让我们走左边的山洞吗?*

"抱歉,我听得不是很明白,你是想说,左右总有一个是对的吗?"

利弗无语地举起了双手:"真有道理,小晴!说了相当于没说!"

萨利赫耸了耸肩,说:"对不起!我也记不清了。这样吧,不如你们多留出点时间,左右两个山洞都试试,这样是最保险的。"

说完他自己也点了点头。"是的,这样是最保险的。总之！一旦你们找到正确的路——只要穿过瀑布，山鬼和魇雾马就不敢跟过去！这两种生物都怕水，瀑布相当于一个天然屏障。山鬼很讨厌洗澡，魇雾马遇水就会溶解——毕竟它们是烟雾马，不是海马！哈哈！"

萨利赫发现没有人和他一起笑，于是继续讲道："哦，对了，差点儿忘了和你们说。山鬼的大本营就在那两个山洞附近，所以你们必须小心行动。"

"好极了，听起来真是一点也不危险，谁爱去谁去！"利弗怒道，"那些雪怪隔着十万八千里就能闻到柯尼特的气味……当然，谁都不觉得这是个问题，对吧！"

"确实不是个问题。就像我刚才说的，你们只要在白天行动就好了。因为山鬼在白天必须躲避阳光！"萨利赫反驳道。

"唉，我刚才说到哪儿了？被人打断我都想不起来了。哦，对，你们穿过瀑布之后就安全了。因为山鬼和魇雾马都讨厌水，而且它们害怕住在洞里的生物。"

奶奶一直安静地听着，听到这里忽然用手扶住了额头，说："等下，山洞里还有其他的怪物？我以为你说只有山鬼和魇雾马。"

"不必担心，殿下，"萨利赫说，"山洞的居民并不会伤害你们。虽然他们看起来可能有点吓人，但并不危险，他们只是有些烦人罢了。"

他继续道:"如果你们没有进入死路,而是进了正确的山洞,就会到一个叫叹息之穴的地方。隐者就住在那里,他是个挺和蔼可亲的老山神。如果他心情好,就会带你们去见梦貘。但你们去的时候,梦貘应该都在冬眠,所以我建议先去山顶摘蕊晴花,回来的时候再去找梦貘。"

阿齐拉插嘴道:"抱歉,小晴,这么多名字你肯定听得一头雾水吧?你知道梦貘是什么吗?"

"我知道!它们会吃掉你的梦。"

族长的妻子点了点头说:"更准确一点儿说,是吃掉你的噩梦。它们会吃魇雾马,保护人们不受噩梦侵扰。事实上,这座岛上的大部分怪物都害怕他们,包括山鬼。"

奶奶追问道:"那个山神,我们该怎么让他心情好起来?"

"唔……这是个好问题。说实话,我们也不知道,因为他很讨厌我们。所以你们只能自己摸索了,"萨利赫顿了顿,有点难为情地笑了起来,"呃,我刚才说他和蔼可亲,确实是有点夸张了。"

小晴呻吟道:"好极了!利弗已经够难以忍受的了,结果又来了一个臭脾气老头!"

"嗯,他也没有那么糟糕。只是对梦貘有很强的保护欲,行事有些古怪。毕竟以前发生过那样的事,你们可能需要花些时间说服他你们不会伤害梦貘。"

"以前发生过什么?"小晴疑惑地看着萨利赫,"你为什么对这座岛这么了解?我以为奥姆巴克人平时都生活在海上,很少在陆地停留。"

阿齐拉笑了起来:"真是什么都瞒不过这位小姐的双眼呀,殿下。有这么聪明的孙女,您肯定很自豪吧!奶奶也笑了。"

她转而回答了小晴的问题:"奥姆巴克人也不是一直都生活在海上的。很久很久以前,我们的祖先居住在一座岛上,那座岛的名字就叫作——穷途岛。"

* * *

我的祖先也是渔民,靠海为生,但大部分时间都生活在陆地上。他们生活简朴,会使用简单的魔法维持生计。

她停顿了一下。

最初,他们很少外出狩猎。但是渐渐地,他们的胃口越来越大,尤其喜欢猎杀梦貘。梦貘的肉可以填饱肚子,毛发可以制成衣物,牙齿可以雕成各种首饰、工艺品,还有家具,用以满足他们的虚荣心。他们把这些昂贵的商品卖给迷雾之境的其他种族，赚得盆满钵盈。他们的贪欲渐涨，开始利用魔法捕猎梦獏。随着猎杀越来越频繁，梦獏的数量也越来越稀少。

梦獏的数量减少，魇雾马就没有了天敌。于是，岛上的魇雾马越来越多，终于，穷途岛变成了一座噩梦之岛。

小晴倒吸了一口气："怎么会这样！之后发生了什么？"

危机之时，隐者站了出来。他失去了众多心爱的梦獏，伤心欲绝。于是他夺走了奥姆巴克人的魔法。为了保护梦獏不再受到伤害，他也对整座岛施了法术，让任何人都无法在岛上使用魔法。于是奥姆巴克人就只能依靠自己的双手维生，也停止了狩猎。

力量被夺走，祖先们愤怒不已。他们聚在一起，想要报复隐者，逼他归还魔法。

但是狡猾的隐者法力高强，作为惩罚，他将奥姆巴克族永远地逐出了穷途岛。只要奥姆巴克族的子民踏上这片土地，就会化为灰烬。

祖先们吓坏了，于是登上船，离开了家乡。那之后又过了许久，奥姆巴克人成了海上游民，永远漂泊在大海上，盼望着某天能够回到故乡。

萨利赫插嘴道："所以我们只能带你们到穷途岛附近，但是不能登岸，也无法同行。很抱歉，这次你们只能靠自己了,但我们的船会一直停在附近,为你们加油!"

奥姆巴克人的族长拍着大腿说道:"好了,已经很晚了。抱歉说了这么久,你们肯定都累坏了,一下子要消化这么多信息。"

萨利赫站了起来。

"从这里前往穷途岛需要一个月,在此期间,这艘船就是你们的家。我已经叫人为你们准备好了房间,希望你们喜欢。"

*一整个月都要在船上!*小晴嘴里泛起苦味。*我真的能撑得住吗?奶奶说过,迷雾之境的时间比地球快,但是一个月!到时候爸爸妈妈肯定会奇怪我到底去哪儿了!*

利弗哀号道:"不!快让我下船!我受不了了!我已经把能吐的都吐出来了,再吐就只能吐内脏了!"

萨利赫没有理会树妖的抗议,而是忧虑地说道:"嗯,一个月,也就是说我们抵达穷途岛的时候,正好是冬末春初,时间有些紧张。"

他用手指点着地图,指着暗影山的山顶。

"蕊晴花在春天的第一缕阳光照耀时绽放,到中午就会枯萎。你们只有一个上午的时间,必须在这段时间内摘下那朵花。时间真的很紧张,太紧张了。"

他握紧了拳头。

"不必担忧,我会让手下以最快速度航行,从这里开始就要全速前进了!我会尽力为你们争取更多时间。"

他走向门口,又忽然停住,转过身来。

"对了,千万不要忘记我说过的话。在那座岛上,光明带来生命,黑暗带来死亡。请各位将此铭记于心,那么,晚安!"

他对自己最后这句话很是满意,离开的时候还呵呵地笑了起来。

"非常抱歉,请不要太介意,"阿齐拉有些不好意思地说道,"我丈夫总爱讲些不合时宜的笑话,让人很尴尬,但是他没有恶意。"

她露出了一个安抚的笑容:"不过,他说得没错,夜晚确实很危险。你们要小心谨慎,就像民谣里唱的那样——"

> 当你走到穷途末路,
> 绝望充满柔软的心,
> 请一定要记住,
> 黎明前的夜色最浓,
> 在这最艰难的时刻,
> 春光才会到来……

17
变故

深夜，暮色悄然流向破晓时分。

小晴在床上翻来覆去，睡意全无。

听过萨利赫对穷途岛的介绍，她无论如何都睡不着了。更糟糕的是她还晕船。就在刚刚，她刚陷入浅眠，却又马上惊醒，浑身冷汗。

唉……这样躺着也不是办法，我想出去透透气。

她踢开一层层被子，伸手去够藏在枕头下的手电。打开手电后，电光闪了几下。**该换电池了。**她想道。**幸好我书包里带了很多备用电池。**

她使劲敲了一下手电筒，灯光亮了起来。

小晴小心地从上铺爬下床，才发现下铺也是空着的。

这么晚了，奶奶会去哪儿？

她刚想开门，又忽然想到：对了，差点儿忘记还有KC。

它可能也想呼吸一下新鲜空气。

因为晕船,小晴的双腿软得像果冻。她摇摇晃晃地走到床边的桌前,为了不让小虫被强光直射,她半摸着黑在桌上寻找烟盒。终于,她找到了烟盒,调整了一下手电的角度,看向里面。

她惊恐地发现,KC不见了!

小晴的心怦怦直跳,紧张地打着光仔细看去。

在烟盒的角落里有一个棕色的鼓包,像一个包得很严实的新月形包裹。

她这才意识到:KC化蛹了!我得去告诉奶奶!

小晴走出卧室,趔趔趄趄地爬上通往甲板的楼梯。船随着海浪上下起伏,她不得不用尽全身的力气抓紧栏杆,小心翼翼地往上爬。

终于,她来到了甲板。一阵海风迎面吹来,她深吸了一口气。

啊!大海的味道。

海风尝在嘴里有一点咸咸的,但是很清爽干净。就像一张洗干净的床单拂过面庞,每一次轻抚都让她的晕船逐渐好转。

"亲爱的,你也睡不着吗?"耳边忽然响起一个声音,吓了她一跳。小晴拿着手电转过身去,发现是奶奶。

奶奶正靠在船的栏杆上，看向大海。

小晴点点头。

"我也是，看起来我们都有很多烦心事。"奶奶承认道。

小晴赞同道："是啊！尤其是听过萨利赫说的那些之后。"

"没错，是的。"奶奶说完，停顿了片刻。

她看向远处漆黑的水平线，海浪卷起，又落下。

终于，她再次开口道："所以我决定了，接下来的旅程，就由我和利弗两个人来完成。"

什么？

小晴抿紧了唇。"不行！我不能现在回家，我们都走了这么远了，马上就要成功了！"

她握紧了拳头。

"奶奶，我不能回家，我必须要救爷爷……"

奶奶摇了摇头，转过身，轻轻用手托起孙女的脸。

"对不起，亲爱的，但是我已经决定了。你也听到萨利赫说的话了，即便是对成年人而言，那也是一个危险的地方，更何况你只是一个孩子？之前面对南塔坤和鲛人的时候，我就已经让你冒了太大的风险。"

她用手指帮小晴梳理着头发，像爷爷那样帮她把刘海抚开。

"魔法在穷途岛上不起作用,我和利弗都没法保护你,连你的那瓶应急魔粉都会失效。"

但是我不能走!我还没准备好!我还不想离开迷雾之境……这里还有那么多我没见过的东西,比如真正的梦貘……

小晴张口想要反驳,奶奶却伸手制止了她。

"我已经决定了。你还记得吗?当初跟过来的时候,你说过会听我的话。"

小晴沉默了。

"我可能会失去自己的丈夫,我……我真的不能再失去你了。"奶奶停下,用手指擦了擦眼角。

她清了清嗓子，振作起来。

"明天我就送你回家，那些负责照顾你爷爷的森林牧灵会帮忙照顾你的。"

小晴还是没有说话。她灰心丧气地想道，自己说什么都没用了，奶奶这次是真的下定了决心。

她后退了几步，看向一片漆黑的大海。

她其实知道，奶奶说得没错。

虽然她不愿承认，但穷途岛确实把她吓坏了。

还说要救爷爷呢，他会变成那样全都是我的错，现在我又要半途而废，让奶奶一个人帮我清理烂摊子。

她呼吸了一口潮湿的海风，嗓子里面都能感觉到咸咸的盐味。

幸好现在风很大，能把她的眼泪吹干。

还有奶奶……我刚开始了解奶奶，不想失去她！万一，万一她在穷途岛上遇到了什么危险呢？

这一次强风没能吹干她的眼泪，泪水顺着脸颊滑落至脖颈。

万一……我再也见不到她了呢？

小晴转身，紧紧抱住了奶奶，放声大哭起来。

奶奶也用尽全身的力量抱住了她。

终于，这位坚强的老人也哭了出来。

她曾经用寒冰和钢铁为自己筑起了一堵坚不可摧的围墙，但如今，她坚如磐石的意志，她撑起世界的脊梁，都开始逐渐瓦解、粉碎、坍塌。每一滴眼泪都像冰刃一样滑过脸颊，落在木质的地板上。

看到奶奶哭得这样伤心，小晴觉得自己的心脏好像被奥姆巴克弯刀刺穿了一样难受。

不能再这么幼稚了，奶奶要承受的比我更多。至少我可以听她的话，现在就回家去。

小晴憋住眼泪，小声说道："好的，奶奶，我会回去的。"

"谢谢你，孩子，"奶奶吸了吸鼻子，"你真的不知道，我也不想和你分别……"

终于，她们擦干了眼泪，重新振作起来。她们在甲板上拥抱着彼此，耳旁只有翻滚的浪花声。

小晴苦思冥想，既然她的迷雾之旅即将结束，她还能如何帮到奶奶呢？

忽然，她的手电又闪了一下。

"啊，奶奶，你们在穷途岛上需要稳定的光源。所以你的手电筒也必须保持满电状态，"她使劲敲了敲自己的手电，光重新亮了起来，"我把剩下的电池都留给你。"

老人亲了亲她的脸蛋。"谢谢你,亲爱的。"

"还有……"

"嗯?"

"请你一定要带着解药回来,好吗?不对,请你一定要活着回来……没有解药也没关系。"眼泪又流了出来,她用手擦了擦。

奶奶沉默了片刻,然后露出了一个浅浅的微笑。她抚摸着小晴的后背,低头吻了吻她的额头。

"孩子,我向你保证,我一定努力带着解药回来。"

一排巨浪打上船身,船体倾斜。奶奶和小晴都紧紧抓住围栏,一只水桶滚入黑暗中,还有一个拖把紧随其后。

这一幕把她们都逗笑了。

小晴忽然打了个响指。**我就知道我忘了一件事!**

她就是为此才来找奶奶的。

"对了,奶奶,你知道吗?我的那只虫子化蛹了!"

奶奶露出了一个大大笑容:"真是个好消息!"

"是啊!它会变成一只蝴蝶,或者蛾子!"

"嗯,记得保护好它,蛹是很脆弱的。"

"我会的,奶奶。"小晴想象着 KC 会长出什么样的翅膀,上面会有什么样的颜色和花纹。

多亏爷爷阻止我把它丢掉,不然它冬天肯定会冻死的。

忽然,仿佛有一股暖流冲向了她的胸膛,她想起来了。

爷爷。她还记得爷爷刚看到 KC 的时候对她眨着眼说:"**有的时候……最弱小的人,也能成为最伟大的人。**"

"他是知道的!奶奶,他一开始就知道。"

"什么,谁知道什么?"

"爷爷!他让我把 KC 当成宠物来养,是因为他早就知道它不是一只普通的虫子!"

"当然了,亲爱的,你爷爷总是充满惊喜。他送的礼物总是很奇特,永远不是表面上看起来的那样。"

"真希望……"小晴觉得喉咙肿了起来,"真希望能给爷爷看看 KC,看看它现在的样子……将来的样子……"

记忆的闸门打开,无数回忆涌上心头。

她想念爷爷,想念他们一起绕着"办公室"散步的日子,想念睡前的闲聊,还有……那些故事。如果她能回到那晚,告诉爷爷自己很喜欢他的故事该多好!但是她却装出无聊的样子,还笑话那些故事荒谬。

那天晚上,明明是她压坏了利弗的家,失去记忆的也应该是她,而不是爷爷。但是现在她甚至无法帮忙救他,只能让可怜的奶奶独自踏上旅程……

眼泪再次涌了出来。

奶奶蹲在她身边,用力捏了捏她的肩膀。

"要有信心,亲爱的,我们会成功的。我们会成功找到解药的。"奶奶用手绢擦着小晴的眼角说道。

小晴用力抱紧了奶奶:"你说得对,我们就要成功了,只剩下最后几种原料了。"

就在这时,刚才提到的一个词浮现在了她的脑海中。

礼物。

"奶奶?"

"嗯?"

"说到礼物,那天我们遇到利弗之前,爷爷和我讲了你们相遇的故事。"

奶奶捂住嘴笑了起来。"哎呀……别告诉我,他是不是说自己从臭烘烘的矮人国王和诡异的暗影领主手里把我救了出来?"

"对!他就是这么说的!"

"嗯,所以你想问什么呢?"

"最后,他说自己用希望的种子——也就是他的故事,赢得了比赛和你的心。"

奶奶笑着点了点头。

小晴继续道:"他还说,希望只是他献上的三个礼物之一。但是他没告诉我另外两个礼物是什么,让我来问你!"

帆船再次被浪花卷起,像是打了个大大的哈欠。

奶奶摇晃了几步,用手抓住小晴的肩膀,稳住自己。

她露出了一个怀念的笑容:"是的。第一个礼物是希望。第二个是信念,或者信心,就像在最绝望的时刻,我也相信我们能救回你爷爷那样。当希望消失,人们就会抓住信念。"

奶奶轻轻捏了下小晴的肩膀。"你现在肯定已经背下记忆胶水的配方了吧?但其实,利弗的配方里还有最后一样原料没有写进去……"

小晴睁大了眼睛:"什么?居然还要加上一种原料吗?不要啊!"

老人笑了起来:"这最后一种原料,也是最关键的!如果没有它,我们就很难找到其他的原料。而这,也是你爷爷的第三份礼物。"

奶奶用双手捧住小晴的脸颊。

"世界上最珍贵的三样东西:希望、信念,还有最后一样,让我们踏上这次旅程的关键……"

奶奶亲吻着她的额头说道:"希望、信念,还有最重要的……"

"爱。"

第三部
迷雾尽头

18
雾窗

从迷雾之境回来,又过了一周。

小晴回到了爷爷奶奶的林间小屋,时间过得就像蜗牛爬一样慢。

在迷雾之境,他们不得不争分夺秒。必须要赶在冬天结束之前完成任务,困难和试炼一个接一个,忙得团团转。

但是在这里,时间却宽裕得很。最大的难题就是无聊,每天都无聊透顶。她只能百无聊赖地盯着时钟,数着秒针,盼着一秒、一分钟、一个小时、一天能过得快一点,再快一点。

她只能焦虑地等着奶奶回家。

爷爷失去了记忆,奶奶去了迷雾之境,她不知道自己还能把这件事隐瞒多久。每次妈妈打来电话,她都要找借口搪塞过去。爷爷奶奶为什么不接电话?妈妈肯定很快就会起疑心了,她也快找不到借口了。

哦,爷爷刚刚睡下了!啊,奶奶正在洗澡!唔,我只是趁着去店里的时候打了个电话。嗯,嗯,好的,我会记得让爷爷给爸爸回电话的,他肯定是忘记了。

好在她父母的工作也很忙,只能时不时地抽空打个电话,确认情况。能听到女儿的声音他们就很欣慰了。而且森林牧灵很擅长模仿其他人的声音,偶尔可以装出奶奶的声音,从厨房喊一句:"我在做饭呢!晚些再聊。"

她一点也不喜欢对父母撒谎的感觉,尤其讨厌对最亲近的妈妈撒谎。但是她还没准备好把实情告诉他们,也不想面对那之后一连串的质问。她到时候该怎么解释这些事呢?她该怎么告诉父母,爷爷讲的童话故事其实是真的?或者奶奶并不是带她出国,而是带她去了另一个世界?

她还没准备好,至少现在还没有。她要等到奶奶安全回家,爷爷恢复记忆。

如果告诉了妈妈,她肯定会立刻飞回来,把爷爷送到医院或者养护院,让事态变得更加复杂。奶奶不见了,妈妈没准会报警。而奶奶和利弗此时正在争分夺秒地寻找解药,不能因为这样的事情妨碍到他们。

但是无论如何,再过两周新学期就开始了。到时候爸爸妈妈还是会来,把她带到柬埔寨准备入学。他们迟早会发现这里发生了什么，小晴觉得这种事情还是当面说清楚比较好。

现在，小晴只觉得无聊透顶。冬天仿佛永远不会结束，但是在取得解药之前，她也绝不敢祈祷春天的到来。

KC还未化蛹，没法当她的玩伴。善良的牧灵们每天忙于打扫房间的每一个角落，抽空也会陪她玩游戏，但无论是蛇梯棋、象棋，还是UNO她都已经玩腻了。

还有爷爷。

唉。

爷爷失去了记忆，很难说出连贯清晰的句子。他总是看着远处，脸上挂着迷离的笑容，好像在做白日梦。

这还是他状态好的时候。

状态不好的时候，他暴躁得就像一阵飓风。有时，森林牧灵给他准备了美味的食物，他却被突然激怒，说那是垃圾、大便，用各种激烈的言辞咒骂，一骂就是好几个小时。

最可怕的是看着一个温柔善良的人逐渐变成一只暴躁易怒的野兽。他会突然发怒，把食物打翻，打掉看护者手里的勺子，甚至直接攻击对方。有一次，他把一个牧灵扔到了屋子对面。他当时一直喊着要关掉电视，那个牧灵则在努力和他解释电视从没打开过，他不信，于是大打出手。

毫无疑问，爷爷的情况正在逐渐恶化，他发怒的间隔也越来越短。

幸好,今天他的状态不错。

小晴喂爷爷吃饭的时候十分顺利,什么都没有发生。

他甚至还对她微笑,说了一句"谢谢"。

听到那句话,她开心极了,喜出望外地说道:"不用谢,爷爷!你记得我是谁吗?"

她殷切地看着他。

老人和她对视。

但是,视线却直接越过了她。

小晴叹了一口气,继续盯着爷爷看,他的眼中一片空白。

他真的还在这具身体里吗?

人们都说,眼睛是心灵的窗户。

会不会爷爷的窗户只是起了雾,他此时正站在窗前,透过雾蒙蒙的窗看她,敲着窗户想和她说话,向她求救?

也许,他被困在冰封的湖下,正绝望地想要敲碎层层坚冰。她就像岸上一个遥远的影子,无论他如何挣扎,如何努力,都无法传达自己的声音。

他在挣扎吗?他在求救吗?

他是否正在那扇起了雾的窗户背后,抓挠、撞击、大喊,却没有人能够听到他的呼声?

爷爷会不会已经不在了？

会不会，已经救不回来了？

小晴打了一个寒战。

不行，不能这么想。爷爷肯定还在，我们肯定能把爷爷救回来。

又过了一会儿，小晴叹了口气，收拾好碗筷，在牧灵的帮助下扶爷爷回床上睡觉。

嗯，阅读时间到了。

她拿着一本书，径直走向爷爷的温室——他的室内办公室。四周绿意盎然，这些植物被她照顾得很好。小晴走向温室中央的摇椅,这曾经是爷爷最爱的地方,现在也成了她最爱的地方。

她深吸了一口气。

呼……

空气闻起来像蜂蜜、生姜和柠檬草的味道。

她忽然睁开了眼。

等一下,我是不是在哪里闻过这个味道?

"对了!"她打了个响指,说,"是哨音森林!"

爷爷说过,古代的中国园林想要在人间重现天上的仙境。

所以,这座温室就是爷爷为奶奶打造的哨音森林!一小片地球上的迷雾之境——专属于奶奶!

她靠在椅背上,对自己的推理十分满意。

摇椅一前一后地摆动着,令人昏昏欲睡。小晴继续想道……

奶奶说过,迷雾森林立春时,地球正好是圣诞节,所以只剩下几天了。

他们现在应该在穷途岛上,是不是已经在爬暗影山了呢?

不知道他们会怎么说服老山神?真正的梦貘又长什么样子?地球上的大象可没法像梦貘那样,跳得那么高,还能飞起来!

"有人吗?"

一声大喊将她从遐思中惊醒。她一个挺身坐起,摇椅正在向后摇,起身的作用力推着摇椅向后倒去,她被吓了一跳,还以为要翻过去了。

"有人吗?有人在家吗?喂!"那个声音吭哧吭哧地咳嗽起来,然后又继续道,"喂!小晴,你在哪儿?"

那个熟悉的声音是从客厅传来的。

"别喊了!"另一个声音怒道,是一只牧灵,"小晴小姐在温室休息,不要打扰她!而且,天哪,你快去洗个澡吧!"

"利弗,是你吗?"小晴喊道,"等一下,我现在过去!"她满怀期待地跑向客厅。

确实是利弗,但他看起来比分别的时候要凄惨多了。

他上气不接下气地喘着,仿佛刚刚冲刺了几万里,已经精疲力竭。这只树妖浑身湿漉漉的,衣衫褴褛,像是刚刚穿过了水潭、雪原和泥泞的沼泽。他弯腰扶着膝盖,像金鱼一样喘着粗气,努力站稳脚跟,然后取下装满柴火的背包,丢在地上,发出了"咚"的一声巨响。

"利弗,你回来了!你们拿到蕊晴花和梦貘的毛发了吗?"

利弗扶着膝盖,蹲了下去。他浑身抖得厉害,喘着气,缓缓抬头。小晴看到了他充血的双眼。

最初的欣喜逐渐被忧虑取代。

"怎么了？你还好吗？等一下，奶奶在哪儿？"

"我……就是……为此……回来的。"他喘道，"出、出了……意外。"

小晴的心就像跌落世界之瀑的帆船一样沉了下去。

"出了意外是什么意思？快告诉我！"

"被伏击了。我们被山鬼伏击了。"他努力平复呼吸，"篝火……熄灭了……特里西娅殿下……醒了……好多……好多趴在外面，我们被包围了。"

小晴如坠冰窖，她内心最深的恐惧成真了。

"殿下……殿下救了我……把我喊醒……让我跑，然后……她……她……"

不要，不要，不要！不要再说了，求你了……

"她怎么了？！快告诉我，奶奶还好吗？"

"她……她喊着……跑向了山鬼……"

"什么？为什么！怎么会这样？！"

"为了转移他们的注意力……"

"奶奶她……她还……"小晴抽噎着，无法继续说下去了。

千万不要告诉我……

利弗看向她。

"……还活着吗？"

她只觉得头晕目眩。

"什么？不，不，不……她当然还活着。"

啊！可恶，吓死我了！天哪，太好了……

"她……她说：'不用担心，它们不会伤害我。就、就算是愚蠢的山鬼，也知道……不能伤害德明大帝的女儿。但是你……利弗，它们会吃掉你的，所以……快跑！'"

小晴终于松了一口气。"太好了。"她双手合十，追问道，"然后呢？之后发生了什么？"

利弗整理了一下情绪，深吸了一口气，然后停住。

"我、我拿上那包柴火……"他指着地上的书包，"这是下船之前奥姆巴克人给我们的，用来生火。"

他顿了顿。

"我用尽全力逃跑，躲了起来，然后偷偷跟在它们后面。它们把特里西娅公主带回了湖边的大本营。"

"它们想做什么？"

"不知道，也许是想索取赎金？那些家伙不怎么聪明，不，它们根本就是蠢！但是她没事，只是累了。它们给她准备了食物和水。"

树妖停下，喘了口气，然后继续说道："我不知道该怎么办，奥姆巴克人也帮不上忙，他们无法登上穷途岛。我只能回来告诉你。"

"谢谢你回来告诉我,利弗。但是……如果你没有回到奥姆巴克人的船上,又是怎么离开小岛的?"

"用划艇。我和殿下就是乘划艇登陆的,然后我们把船藏在了沙滩上。离开山鬼的巢穴后,我找到这艘船,划着船到禁止魔法的结界外,一出结界,我就施法传送到了这里。"

"厉害!现在轮到我来思考了。"

她用手指敲着胯。

"利弗,你是准备乘那艘小船回岛上吗?你能把自己传送回船上吗?"

"啊?呃……我过来之前,把船泊在了原地。萨利赫说如果我弄丢了船,他就要砍下我的脑袋,所以理论上……如果我想回去的话,当然可以。但我绝对不想再回去了,你为什么这么问?"

小晴很快下定了决心。

"带我过去。"

"什么?不行!"

怒火逐渐燃烧起来。小晴问:"为什么不行?"

"我不是告诉过你了吗?我差点儿被吃掉!好不容易逃出来,为什么要回去?"

"因为事情会变成这样都是你的错!我们必须去。"

"不行,真的不行!"利弗结巴道,"特、特里西娅公主让我发誓，发誓不能带你回迷雾之境。"

她的血液开始沸腾。

"但是我们必须去救奶奶！"

"怎么救？山鬼数量太多了！一只柯尼特加上一个小孩能敌得过一群饥肠辘辘的食肉动物吗？我绝对不去它们的大本营，进去就相当于在给它们送免费外卖！"

小晴攥紧拳头，随时准备揍到他同意为止。

"我们必须试一试！萨利赫说过，我们可以白天行动，晚上点火，就算没法立刻救回奶奶，也可以先去找到爷爷的解药！现在距离春天还有多久？"

利弗垂下头说："几乎没有时间了。就算我们现在立刻出发，到那里的时候肯定也只剩一天，或者一天都不剩了。"

小晴只觉得浑身血液倒流，好像要昏倒了。

她觉得自己快要崩溃了。她想要放弃，缩成一团，痛哭出声。

就在这时，在卧室睡觉的爷爷咳嗽了一声，又叹了一口气。

小晴咬紧牙关。

我不能让爷爷失望。

她攥紧拳头，面对着树妖。

"利弗，我不会坐在这里，眼睁睁地看着爷爷的病情恶

213

化。也不会把奶奶丢在一群山鬼手里。"

她正要抓住树妖的脖子,电光石火间,忽然想到了一个主意。

她的手停在了半空中。

"你不带我过去?无所谓,既然不能指望你,我就自己过去!"

利弗被吓呆了。"什么意思?你自己过去?但是你不会魔法!"

"等着瞧吧,我们要去把爷爷奶奶都救回来。好了,你待在这里,哪儿都不要去。我马上回来。"她冲出了客厅。

树妖摇了摇头。"放心,我哪里都不去……我倒要看看,你脑子里进了什么水,怎么会疯成这样!"

小晴没有听他说话,已经冲回了自己的房间。

还好我没有收拾回来的行李,可以直接拿上就走!

她穿上紫色外套,背好书包。自从她回来之后就没动过这些东西,现在它们派上了用场。出门前,她看到了桌上的烟盒,顺手也带在了身上。

你跟我一起来,KC!我可不想错过你破茧而出的那一刻!

她匆忙回到楼下。

"我准备好了,走吧!"

树妖怀疑地看着小晴。"行吧,随便你。虽然不知道你打的什么算盘，但请随意！"

"你还是不相信我？"小晴伸手从外套里拿出了一个闪亮的水晶瓶，是奶奶送她的瓶子，来自矮人王国。

她打开瓶盖，倒了一些在手心里。"看！"

利弗瞪大了眼睛。

她手中的粉末闪着金黄色的荧光，是魔粉！

"你记得吗？奶奶给了我这个，用于应急。现在就是最紧急的时刻！"

"呃，行吧，"树妖只能憋出这么一句话，"特里西娅殿下会杀了我的……"

"她不会的！"小晴坚持道，"奶奶只让你发誓不带我过去，但是没说我不能自己去！"

利弗哑口无言。

她又说道："我们可以告诉奶奶，我擅自去了迷雾之境之后，你为了保护我的安全，勇敢地追了过来。"

利弗挠了挠脸颊。

小晴看着手上空荡荡的水晶瓶，正想把它放在旁边的茶几上，又突然想起了它的材质。

坚不可摧的水晶。

奶奶之前说过，蛹非常脆弱，她忽然有了个主意。

她小心翼翼地把KC放进了水晶瓶里。

好了！这样你就安全了！

她找到一张纸，用皮筋把纸箍在瓶口，在上面戳了几个洞。

"好了，利弗。我准备好了，你先去，我随后就到。"

"呃……我刚才已经说过了，我才不要回到那个可怕的地方！我费了好大的劲才逃出来，差点儿就死了！"

小晴坚定地摇了摇头。她必须带利弗一起去，必须。

"抱歉，但是我也说过了，选择权并不在你。这是你欠我爷爷的，你弄丢了他的记忆。而且奶奶救了你的命，你理应回去救她。"

利弗骂骂咧咧地嘟囔了几声，终于放弃了抵抗。

"你就是一头倔驴，知道吗，一头倔得要死的驴！"他伸出一只手指，"记住要告诉你奶奶，是我勇敢地追着你过去，为了保护你的安全，带你回家！"

"好，等回来之后记得提醒我。"

利弗不情不愿地挥了挥手，念念有词地吟唱着咒语，召唤出了一个传送门。

"好，现在快进去！不然我就把你丢进去了。"小晴半真半假地威胁道。

利弗咒骂着将一只脚踏进门，回头对小晴怒道："你要是没过来，我绝对不会回到那座该死的岛上！我只等你五分钟,五分钟之后我就走人!"

他穿过了传送门。

树妖离开后,小晴吹开了手心的魔粉。

好了,成败在此一举!

她将手心的魔粉全部吹散,手向下一指,面前就裂开了一道迷雾之门。

她闭上眼睛,全心全意地祈祷着:**带我去利弗所在的划艇!**

然后,她深吸一口气,踏入了迷雾之中。

19
穷途岛

呼——

小晴睁开眼睛,发现自己仰面躺着,手脚悬空,眼前是一片烟雾缭绕的天空,世界在旋转。

"快从我身上下来,你这个巨怪!你要把我压死了!呃啊啊!"

糟糕,她跌在了树妖身上!

总比掉进海里强!

"对不起!"她滚到一边,坐起来。小船摇摇晃晃,头也昏昏沉沉,她紧紧地抓住了小船的一边。

好在海上无风无浪,水面平静。新月形的港湾保护他们不受急流侵扰,就像萨利赫说的那样。终于,小船停止了晃动,利弗摸着自己,检查有没有骨折。小晴看向四周。

上次来迷雾之境的时候,雪花飞舞,还是深冬时节,现

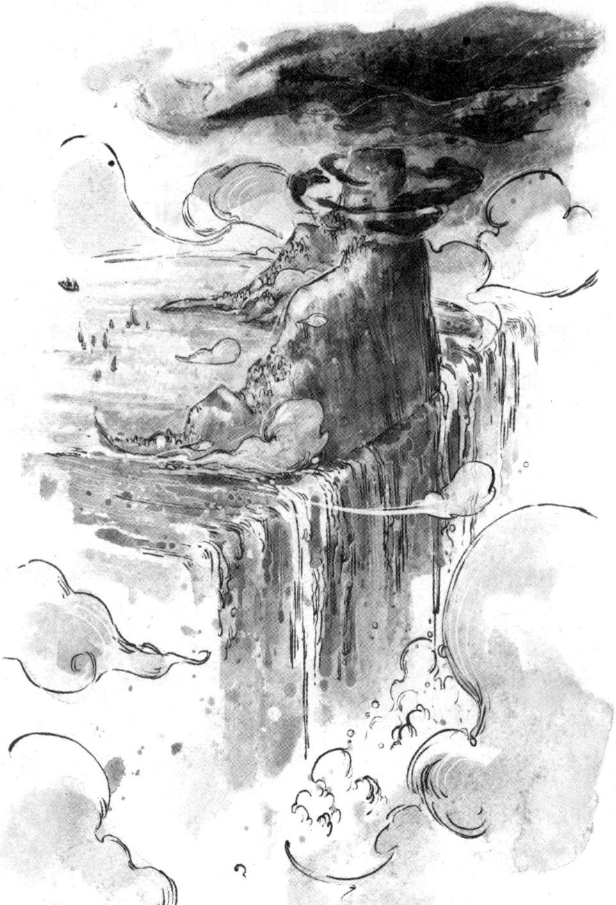

在雪已经停了。空气还有些凉飕飕的,却不再有刺骨的寒风。冬天快要结束了。

远处有一艘巨船的影子,笼罩在迷雾间,看不真切。是奥姆巴克人的船。他们还在等着奶奶和利弗从岛上回来。船周围是一圈嶙峋的礁石,礁石浮出水面,就像一道尖牙组成的栅栏。

她回头望去。

虽然被迷雾遮掩,但眼前的景象还是夺走了她的呼吸。

这种感觉就像是夏天打开冰箱,想找一盒香草冰激凌,却发现里面装了一整座巨大的冰山!

只有一个词能代表她现在的心情。

天哪。

穷途岛就像一座巨大的冰山,通体雪白,摇摇欲坠地立在一望无际的瀑布边。

那个肯定就是"世界之瀑"了。天哪,和它比起来,尼亚加拉瀑布就像是小溪流!

奔腾的湍流翻滚过岛的两侧,越过狭窄的地平线,骤然俯冲,垂直扎向无底深渊。这座冰山看起来随时都有可能掉下去,落到很深很深的地底。

高耸的山脉散发着不可忽视的威严和存在感。它立在小岛的另一端,就像一座冰雪铸成的堡垒,从瀑布边缘探出身去，窥探着世界的尽头。

暗影山不愧为暗影山。雾霾环绕在山顶，像黑灰色的纱布一样从山麓上垂下。黑霾浓厚的地方，就像一张许久未曾清洗的破旧布料，被撕扯得支离破碎。

仿佛为了加强戏剧效果一样，利弗低声说道："没错，那就是暗影山。很吓人，不是吗？准备好跟我一起传送回家了吗？"

小晴皱起眉头，说："除了那座山，你哪儿也别想去！我们还剩多少时间？"

见小晴不愿放弃，自己也没法趁机脱身，利弗又变得垂头丧气起来。他抬头看了看天空，伸出舌头尝了尝风的味道。"这地方都是雾霾，但太阳接近天顶，应该快到正午了。空气里有春天的味道，所以今天是最后一天，明天蕊晴花就会绽放。"

"太好了，我们没有错过花期。从这里到山顶需要多久？"

"从这儿到双子瀑需要半天，就是萨利赫说的山洞那里。然后我就不知道了，既然萨利赫说那是捷径，需要的时间应该更短一些。但别忘了，我们还要对付那个隐者老头。谁知道要花多久？"

只能走一步看一步了。就像爷爷说的，谋事在人，成事在天。尽力而为吧。

小晴思量片刻,说道:"按你说的,我们还有足够的时间赶在天亮之前到山顶。虽然时间很紧张,但如果我们加快脚步,还是有希望的,对不对?"

利弗翻了个白眼。"嗯,对对,前提是我们没有被吃掉、消化掉,再变成屎被拉出来……"

小晴耸耸肩。

"没时间细想了,只能尽量避免被吃掉了。"

利弗鼓掌道:"厉害,我怎么没想到呢?这计划真妙!"

她翻了个白眼。

"我们别无选择。今天白天和晚上……只剩下这点时间了。不成功便成仁,没时间睡觉了。"

糟糕!要避免被吃掉的话……

小晴问利弗:"你那里还有萨利赫那张穷途岛的地图吗?上面标着各种捷径和安全路径。"

树妖摇了摇头:"没有!那张地图在你奶奶身上……"

她瞪大了眼睛。

这下该怎么办?这下该怎么办?

"但是……"就在小晴濒临崩溃的瞬间,利弗继续道,"无所不能的本大爷已经全都记在脑子里了!"他点着自己额头说,"我跟着你奶奶到了洞穴,又自己跑回了海岸,不是吗？这都是小菜一碟！"

小晴松了一口气。"吓死我了，看来你还有点用处！"

"用处大得很！没了我你该怎么办？"

"要是没有你，我肯定还在家里和爷爷奶奶下棋呢。更不用在这里看你的臭脸！"

"那种无知又无趣的生活有什么好的？还不如变成怪物的大便呢，至少还能为世界出一份力。"

"别废话了，快赶路。你不是说你把地图都记在屁股里了吗？带路吧！"

"是记在我的脑子里。哼，但是我的屁股都比你的脑子聪明！既然你想赶路，我个头太小了，所以交给你了！"

利弗把船桨扔给了她。

"开始划吧！"

* * *

哗啦！

小晴划得太用力，掀起了一大片浪花。海水浇在了正在呼呼大睡的树妖身上。

"妈呀！"他跳起来，差点儿跌下船，"喂！注意点！你这蠢蛋，我差点儿淹死！"

"你应该感谢我！你真的该洗澡了。"小晴哂笑道。

"你才臭呢！"树妖把手伸到海里，趁小晴还没反应过来，泼了她一脸水。

"呸！"她擦了擦脸，吐掉嘴里的海水。

好咸！这也太咸了！

她转而问利弗："你知道海水为什么是咸的吗？"

"因为里面都是鱼尿吧。"

"什么？好恶心！才不是！"她一边划船一边说道，"根据菲律宾人的传说，很久很久以前，大海里全是淡水。"

"又是你爷爷跟你讲的故事？哼，你说吧，正好给我解解闷儿。"

小晴继续讲道：

在一座远离大陆的小岛上，有座盐堆成的高山。

陆地上的居民都从这座山上取盐，运回来，再用于调味。有一天，盐用光了。当时正值季风期间，海面上狂风肆虐，波涛汹涌，人们无法出海取盐。

但是没了盐，做出来的饭也没有滋味。终于有一天，人们再也受不了了。族长决定去求助安加罗。安加罗是一个巨人，居住在人类社会中。他身材高大，就算站在最深的海底，水面也仅仅及腰。安加罗心地善良，答应了族长的请求,决定帮助人类。

他坐在海滩上,腿一伸就到了盐岛!他的腿连通了大陆和小岛,人们欣喜若狂,拿起麻袋和木桶,沿着他的腿走向小岛,丝毫不受海浪的影响。

然而,安加罗的脚正好踩到了一个蚁穴。那不是普通的蚂蚁,而是红蚂蚁。被红蚂蚁咬一下,比被黄蜂蛰还疼!人们在他腿上来来往往,运回一桶又一桶的盐。但是与此同时,蚂蚁正在啃食巨人的脚趾。

安加罗恳求道:"求求你们快一点儿,快点儿回到岸边,不要拿更多盐了!蚂蚁咬得我好疼,我要受不了了!"

但人们听过便一笑置之,仍然不急不忙地运盐。他们暗自嘲笑道:"这巨人真娇气,这么大的个子,竟然害怕小小的蚂蚁!"他们无视了巨人,他喊得越大声,他们就笑得越开心,把自己的盐桶装得满满的。

终于,巨人再也无法忍受了。他收回脚,把脚泡进了海水中。海水冲走了蚂蚁,也冲走了他腿上的人类,还有他们手中一桶又一桶的盐。

安加罗努力救下了几个人,把他们安全地带回岸边。但是掉入海中的盐都溶解了,已经无法挽回。

小晴吐了吐舌头,说:"所以,大海才会是咸的!"

树妖嗤笑一声,说:"故事还行,但我还是坚持自己的论点。"

他们笑了起来,小船载着笑声渐渐驶向岸边。

20
暗影山

靠岸后,他们用树叶遮住小船,向着内陆走去。多亏了利弗,他们很快就赶了大半的路程。他们平安无事地穿过了树巨人居住的沼泽,绕过魔雾马出没的地带,避开了传说中吸烟的食人树怪,还有各种其他骇人的魔物。

确实,大部分怪物都在冬眠,但最好还是不要把它们吵醒。尤其是现在,春天马上就要到了,它们随时都有可能从沉眠中醒来。

小晴忽然感到一阵不安。这些怪物会不会在他们归程的途中醒来?它们刚刚睡了一整个冬天,饥肠辘辘,肯定迫不及待想要饱餐一顿!

她尽量不去想这件事。

还是先集中精力解决眼前的问题吧!以后的事情以后再说。

岛上的积雪已经开始融化，盖在白色羽绒下的大地渐渐裸露出来。

他们向着山上进发，蹚过泥泞的雪地，顶着刺骨的寒风。这股风从山顶吹来，呼啸着、怒吼着，想要把他们赶下山去。

太阳已经开始西下，渐渐沉向身后的大海。整个世界都被笼罩在夕阳的余晖中，一片金黄。很快，冬天就要过去了。

"天要黑了，我们还是先点个火把比较保险。"利弗紧张地催促道。

"好，我们还剩多少柴火？"

他拍着背包说："足够两三个晚上的。"

"好极了，光在这里就是救命稻草。哦，对！我们还有我的手电筒！"

但是小晴突然停下，猛地拍了一下自己的额头。

"糟糕！我忘记了！我的手电筒快没电了，而且我把电池都给了奶奶，刚才也忘记要装新的电池了，怎么办！"

利弗哼了一声，点了一支火把。"看来你也派不上什么用场！"他将火把递给小晴，"好在奥姆巴克人给了我一堆火把！"他刚想再给自己点燃一支，却被小晴阻止了。

"就算我们还有很多，也该省着点用。万一我们要在这里待更久呢?我们可以靠得近些,共用这支火把。"

"你要是这么说……"树妖一把夺走了小晴手里的火把,"我就把这个收回来了。自己拿着更安全!你要是想被吃掉,请自便!"

小晴刚想好好教训一下这只树妖,却愣在了原地。

前面有两个影子正在朝这边走来,两个怪物的影子。

"嘘!利弗,看那儿!"她指着那边说。

影子越来越深,越来越近,它们脑袋上还有尖尖的犄角。

利弗看向小晴手指的方向,惊恐地睁大了眼睛。

"山鬼!但是……但是……但是……现在还没到晚上呢!太阳还在,它们怎么可能在阳光下行动?"

"我怎么知道?你去问它们啊!显然那两个不怕阳光,所以也不怕火把!我们必须躲起来!现在立刻!"

利弗急忙四下看去。"快点儿!躲到那个冰冻的灌木丛后面!"

他们躲到灌木丛后,小晴的眉毛差点儿被利弗的火把烧掉了。

"疼!快把那个东西熄灭,不然灌木要被点燃了!"

树妖将火把插入雪地,火焰熄灭了。他们努力把自己埋进积雪中。

两个影子越来越近,近到她已经能看清它们的模样。小晴屏住呼吸，气都不敢喘一下。

虽然那两个怪物直立行走，体形也和人类相似，但绝不是人类！它们的爪子像刀一般锋利，从毛茸茸的手掌中伸出，下颌长着一对野猪般的獠牙，额头上还有两根脏兮兮的犄角。它们的个头比一般男性大得多，赤身赤脚，只有腰上裹着一块破布，浑身覆盖着浓密又凌乱的蓝色毛发。

她憋住了一声惊呼。

右边的山鬼戴着一个很眼熟的东西……

是奶奶的墨镜！

她浑身的血液都开始沸腾。**他们肯定是从奶奶的背包里翻出来的！**天哪，她现在就想冲过去给那家伙一拳，把奶奶的墨镜夺回来！**要不是他们实在太可怕了，我就……**

另外一只山鬼走在旁边，紧紧闭着眼睛，一只手搭在同伴肩上。它们越来越近。

她只觉得毛骨悚然！

那两个怪物在他们正前方停了下来！

小晴的心脏在胸膛里怦怦直跳，好像有人在她心脏上跳踢踏舞。

要是这丛灌木有树叶遮挡该多好！

希望积雪可以为他们提供足够的掩护。

走在前面的山鬼扶了扶奶奶的墨镜。"眼镜，好！好！

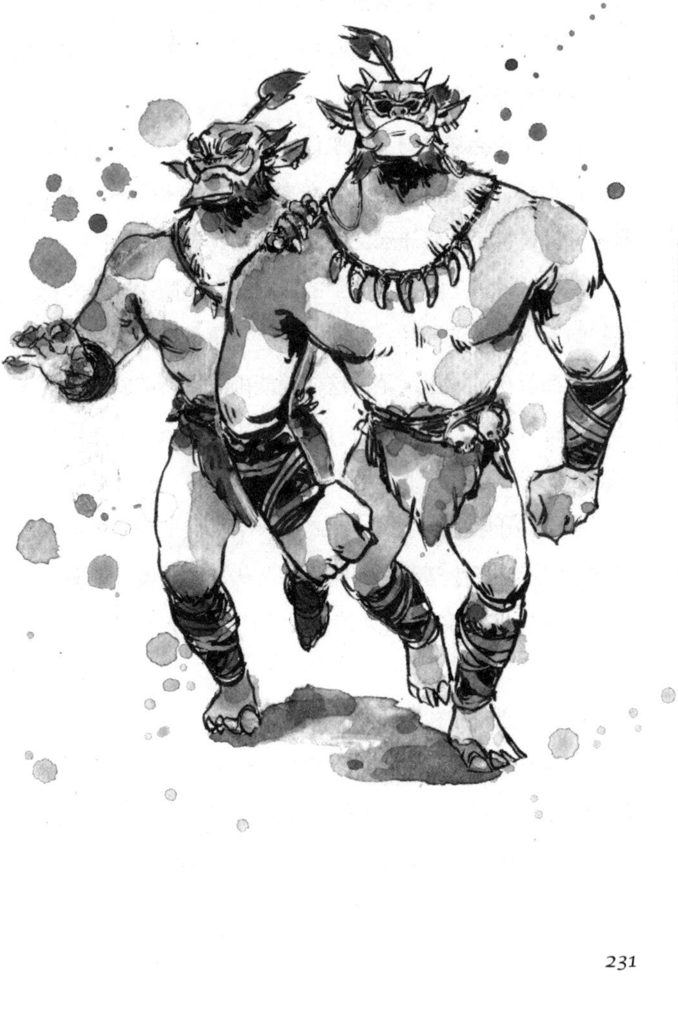

眼镜！"它愉快地将墨镜递给另一个山鬼，对方也开心地戴上墨镜，欢呼道："好！很好！看！能看！"

墨镜能防止阳光直射他们的眼睛！

显然，它们还沉浸在获得神奇墨镜的快乐中。戴上墨镜，它们就能在白天外出了。

它们不会弄坏奶奶背包里的其他原料吧！她都带着哪些来着？小晴努力回想道。**对，有魔鬼椒和香水——这些家里都还有。还有海妖的汗水，这个丢了就找不回来了！**

幸好从塔萨尼女王那得到的原料都在小晴手上——蜂王浆和伽罗楼巢穴的碎片。此时此刻，小晴无比希望自己把这些东西都留在了家里。至少这样就能确保原料的安全，而不是一路背着过来，面临随时有可能被破坏、盗走的危险！她气得狠狠掐了自己一下。

怪物又开始前进了。这次是那只刚刚戴上墨镜的山鬼领路，它们走过了小晴和利弗藏身的树丛，树妖慌乱地对她耳语道："现在它们能在白天外出，我们死定了死定了死定了啊啊！"

小晴一把捂住利弗的嘴，她的心脏跳得飞快，像一包洒落在地的弹球跳个不停。虽然利弗压低了音量，但她可不敢抱一丝侥幸心理！万一山鬼的听力像狗一样好呢？

突然，其中一只山鬼停住了脚步。她的恐惧成真了。

跟在后面的山鬼闭着眼睛,昂起头使劲嗅了嗅。

"肉!我闻到!我闻到肉!柯尼特!柯尼特肉!"它喊道。

"好吃,好吃!柯尼特肉!好吃,好吃,好吃!"另一只也兴奋地喊道。它开始号叫,很快同伴也一起叫起来:"嗷呜!嗷呜!嗷呜呜呜!"

千万千万不要找到我们。小晴闭紧眼睛,祈祷道。

她做好了被抓住的准备。两只山鬼最后吼了一声,然后……冲下了雪山。

小晴简直不敢相信,他们竟然逃过一劫。感谢这股从山顶上吹下来的风!

肯定是风把我们的气味吹到了山下,让它们以为我们还在山脚!

利弗吓坏了:"它……它……它们……走了……吗?"

"暂时走了,但我们必须快点离开,它们还会回来的!"

树妖的牙齿开始打战:"我……我们……无路……无路可逃了!天要黑了……山鬼的……大本营就在上面。我们……我们不能下山……那些怪物……还在下面!"

"没事的。"小晴努力安慰他,但更多的是在安慰自己。

我们必须尽快赶到那个有捷径的山洞。

"要有信心,利弗。从这里去双子瀑还有多远?"

"呃……我、我们已经……离得非常近了。还有十分钟吧。"

"太好了,你看,我们已经快到了。十分钟,太阳还没落山。而且奶奶只有一副墨镜,那两只山鬼也不能一起戴,不是吗?所以其他的山鬼也没法出洞,我们可以的,肯定可以的。"

树妖看起来并没有被说服,他垂头丧气地迈着步子,两人别无选择,只能继续前进。

他们沉默地走着。踏上旅途之后,小晴第一次感受到了真正的恐惧。她明白为什么奶奶会极力阻止她跟来了。但是现在,她就在这座岛上,奶奶也不在身边。没有隐身咒,也没有魔法。每走一步,她都在祈祷:**请一定要保佑我们平安无事。**

直到刚才,她都还相信那些山鬼不会伤害她,就像它们不会伤害奶奶一样。毕竟,她是德明大帝的曾孙女。但是近距离接触过那些可怕的怪物之后,她的信心动摇了。她不敢去验证这一点。就算它们同意不吃她,又怎么可能同意不吃掉利弗?

一路上寂静无声。又过了几分钟,小晴竖起了耳朵,她隐约听到了瀑布的声音,是双子瀑!她振奋起来。**我们快到了!**

她对利弗说:"你听到了吗?打起精神!我们马上……"

山下传来两声熟悉的怒吼，穿透冰冷的空气，淹没了小晴的声音。利弗骤然蹲下，捂住耳朵，恐惧地颤抖着，哭了起来。

小晴努力鼓起勇气，小心地走到悬崖边缘，向下看去。

山下，一只山鬼扶着另一只，时而双腿，时而三腿，时而四肢并用，像狼一样号叫着向山上奔来。

它们发现了气味的源头在山上！

小晴浑身冰冷，毛骨悚然。

虽然距离还很远，但它们奔跑的速度那么快，肯定很快就能追上来了！

"快跑，利弗！快！它们回来了！"

这次不用她说，利弗拔腿就跑。他满眼惊恐，跳起来就往前冲。"啊啊啊啊——"他边喊边跑，像只尾巴着火的兔子一样又蹦又跳。

"等等我！"小晴喊道。

小晴努力追赶利弗，但是两人之间的距离还是越拉越远。利弗还在全速狂奔。

前面有一个大转弯，弯道的另一侧就是悬崖，悬崖的彼端就是世界尽头。下方，世界之瀑气势汹汹地冲向暗影弥漫的深渊。

在雪地里奔跑十分费力，小晴就像一只东倒西歪的企鹅,曲着腿向前跑。她又一次险些跌倒,只能伸长胳膊保持平衡。

"利弗,地面上有冰!慢点儿!"

但是他已经听不到了。她喘着气,只能无助地看着前面的急转弯。很快他就将消失在她的视野中。她告诉自己不要惊慌。

我们可以在双子瀑集合。

但是很遗憾,她想错了。

接下来的一系列事件仿佛被拍成了慢动作。

首先,她看到树妖踩到冰面,摔了一跤。

紧接着,为了保持平衡,利弗仰面跌倒,开始滑行。

最终……他消失在了悬崖的另一端。

21
晚餐时间

"不!利弗!"

小晴停下了脚步,她的心也仿佛跟着利弗一起跌落悬崖。

我害死了他。我害死了他。

他不想回来的,是我逼着他来的。

小晴冲到悬崖边。在向下看之前,她疯狂地祈祷着:拜托了,千万,千万不要让他……

一声熟悉的呼喊打断了她的祈祷。

"救命啊!"

是利弗!

他还活着!他没有死!感谢上天,谢谢,谢谢你回应我的请求!

她探出头,向下看去。

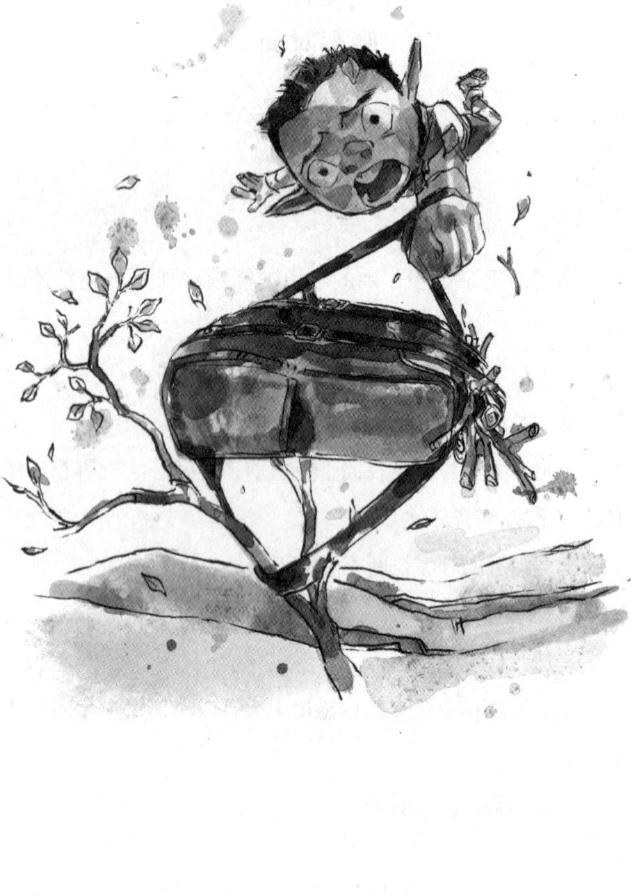

利弗无助地挂在一根从岩壁凸起的树枝上,像挂在晾衣架上的衣服一样摆来摆去。掉落的时候,他的背包挂在了树枝上,他用左手死死地抓着书包,抓住这最后一根救命稻草。

利弗满脸惊恐地看着她。

他脚下什么都没有,除了奔腾向下的海水,还有深不见底的黑暗。

那根树枝看起来撑不了多久了!

嘎吱——

树枝要断了!

"救命!救命啊!我不想死!"柯尼特的手指发白,开始向下滑。

没时间思考了,也没时间担心那两只冲来的山鬼。

小晴立刻匍匐在地,使劲向下伸手够去。

"快点儿,利弗!快荡起来抓住我的手!"

"不……不行!树枝会……会断的!"

"就算你不荡起来也会断!你必须试试!我保证,一定会抓住你的!"

树妖意识到自己别无选择,将双腿往相反的方向荡去。

然后借着钟摆原理的作用力,使劲伸出了自己的右臂。

"就是现在!"小晴喊道。

啪嚓！树枝断了，缓缓落入深渊。

"啊啊啊啊啊啊啊啊啊啊！"树妖喊道。

"抓住你了！"

树妖一只手紧紧抓住了小晴的手。

就在这个瞬间，背包从他的肩上滑落，和树枝一起掉进了深不见底的黑暗之中。

他想伸手去抓，却只抓到了空气。

"别管那个包了，我先把你拉上来！"小晴拼尽全力将他拉了上来，还好利弗并不是很沉。

很快，两人就气喘吁吁地躺在了悬崖边上。

"你还好吗？我还以为你掉下去了！"

"我也以为我掉下去了！"他心有余悸地说道。

嗷啊啊啊啊……嗷啊啊啊……嗷啊啊啊啊啊！

那两只山鬼又开始号叫，这次声音离得更近，音量也更大了！

小晴瞬间跳了起来，一把拉起颤颤巍巍的利弗。他的手还像蚌壳一样紧紧地抓着她。

"得快点儿逃！它们要追来了！"

小晴拔腿就跑，半拖半拽地带上了利弗。

此时太阳已经落山，阳光藏到海面下，天空黑得像……夜晚。

已经到晚上了。

他们没有柴火,也没有光。

我们必须赶快到达洞穴……小晴一边喘一边想道。**我们必须立刻赶到洞穴!**

前方,隐约的水声逐渐变成轰隆的瀑布声。就快到了!小晴已经尝到了空气里弥漫的水汽。

再努把力。

他们跑啊跑,就像两只盲目的老鼠,想要穿过重重暗影和雾霾。唯一的路标是瀑布的水声。

她的肺疼得要命,腿开始打战,但她必须坚持下去。

就快……到了……不能……停下!

忽然,尖锐的号叫声此起彼伏地回荡在他们耳边。

嗷嗷嗷啊……嗷啊啊……嗷啊啊……嗷嗷嗷啊啊哦哦哦!

嗷啊啊……嗷啊啊啊……嗷啊啊啊啊!

嗷嗷嗷!嗷嗷啊!嗷啊哦哦哦!

但是这次,声音不是从身后传来的。

小晴和利弗停下了脚步。

那片湖水就在他们面前,左右两侧各有一条银色的瀑布,像两只被拧开的水龙头一样。

双子瀑布。

但是在他们和目的地之间,挡着一群凶神恶煞的山鬼。

它们像狼群一样放声号叫。

二十多只粗壮的山鬼拦在他们面前,不知道是在龇牙还是在大笑,可能二者皆有。脏兮兮的毛发和从未刷过牙的嘴里散发出阵阵恶臭。

这么多山鬼挡着,根本无法前往瀑布。

"完……完了,完蛋了……"利弗牙齿打战,哆哆嗦嗦地说着,躲在了小晴身后。

那两只曾戴着奶奶墨镜的山鬼也追上来了。入夜之后,它们不再需要用墨镜遮挡阳光,于是便将它挂在了脖子上。它们虎视眈眈地站在两人身后,嘴边还挂着口水。

这下跑回山脚也不可能了。

小晴的心一下子沉到了谷底。

一只山鬼舔了舔嘴,说:"好香,好香。晚饭来!晚饭时间,来!"

"谁想先吃?"另一只吸了吸口水。

"等等!"小晴大喊了一声。

山鬼没料到她会喊出声,犹豫着后退了一步。

小晴的心脏跳得飞快,就像一只被关在笼子里的小鸟,扑腾扑腾地拍着翅膀。她迅速观察了一下周围的环境。

湖水就在山鬼身后。有一排石头露出水面,连成了一条小路。路在湖中央分成两条,各通往一道瀑布。

可恶！明明湖水就在眼前了，走两步就能到！

近在眼前，却又远在天边。

好，要乐观。从这里到湖边非常近，但是要绕过这些山鬼。怎么办？快点儿想……快点儿想！

小晴闭上了眼睛。

最令人恐惧的，是恐惧本身。爷爷在她脑海中重复道。勇敢并不意味着不害怕，而是即便害怕，也愿意继续向前。

不要放弃。

小晴鼓起勇气。

她用最傲慢的语气对刚才那只咂嘴的怪物说："没错！我们确实饿了。晚餐听起来很好，你为我们准备了什么？"

对面的山鬼有的哈哈大笑，有的低吼出声，也有的仰头长啸。

"有趣！这个食物，有趣！食物有趣！肯定，味道有趣！哈哈哈！"其中一只吼道。

"我不是在开玩笑，"小晴怒道，"我是德明大帝的曾孙女，我饿了，需要用餐。"与此同时，小晴的手悄悄地探进了口袋里。

山鬼们窃窃私语，小晴一鼓作气，继续说道："我奶奶在你们那里做客，不是吗？德明大帝派我来查看她的状况，并探讨赎金的问题。你们想要什么？金银财宝，各类肉食，很多很多的肉?"

窃窃私语变成了兴奋的交谈声。

她摸到了口袋里的那个东西。**拜托了,拜托你不要出问题,只要几分钟就好。**

脖子上挂着墨镜的山鬼发出了一声狮吼,其他的怪物瞬间安静下来。显然,它是这群家伙的老大。

"你!"他指着小晴,"我们,带去,见公主。但是,他!"他贪婪地盯着缩成一团的利弗,"我们,吃!"

其他山鬼欢呼出声,显然对他的决定十分满意。

"不行!"小晴喊道,"他是我的皇家卫兵!你们不能吃!德明大帝会生气的!"

这群怪物再次大笑起来。为首的那只擦了擦眼角笑出来的泪水,说:"哈!哈!哈!卫兵?他?哈哈哈!我,想看!看他,保卫自己!"

小晴瞬间把手从口袋里抽了出来。

她一边虔诚地祈祷着,一边按下了开关。

但是没有灯光。什么都没有。

她一下慌了神,使劲晃着手里的东西,并用另一只手敲打它。

求你了,求你了。

一丝微弱的灯光出现,然后又消失了。就像渐渐熄灭的余烬。

"什么？什么？停下！"山鬼见她形迹可疑，开始向两人逼近。

"不许动！"小晴大喊道。

那群山鬼没想到她会喊得这么大声，愣住了片刻。

"这……这是……来自德明大帝的礼物！这是一个……"她使劲将手电筒砸向自己的大腿。

仿佛祈祷终于应验了一般，手电筒里射出了一道光。

"……净眼器！"她大喊着，像挥舞利剑一样挥舞着手电筒。

山鬼们吃惊地尖叫起来，遮住了自己的眼睛。"啊啊啊！光！疼！疼啊！"

"快让开！不然我就用它给你们洗洗眼睛！"她抓着利弗走向前去，用手电筒画着圈。"利弗，听我的口令，然后跑向山洞。"她对瑟瑟发抖的树妖说道，树妖弱弱地点了点头。

怪物们龇牙咧嘴，哀号着向后退去。

"呃啊啊啊！现在，你，我们也吃！"山鬼首领用前臂挡住脸喊道，然后用另一只手去抓挂在脖子上的眼镜。

奶奶的墨镜！

小晴倒吸了一口气。**不能让它戴上，戴上就完蛋了！**

她用手电筒直射向首领的双眼，让它一时间失去了视觉。

245

"呃啊啊啊!"它大喊一声,松开了手里的墨镜。小晴赚得了一些宝贵的时间。

"我说了,让开!"她更加急切地对挡住瀑布的山鬼喊道。

小晴挥着手电向前移动,怪物们不情不愿地后退,渐渐让出了一条路。

再加把劲……

"准备好了吗?"小晴紧张地问道。

树妖疯狂地点起头来。

但是就在这时,手电筒的光开始闪烁。

闪烁,闪烁。

闪烁。

闪。

闪。

然后熄灭了。

之后,无论小晴多么用力地捶打它,手电筒都没有再亮起。

光源熄灭,山鬼们又壮起了胆,小心翼翼地开始接近二人。刚刚被让出的一条小路就这样消失了,他们通往安全的道路被阻断了。

耳旁再次响起了恐怖的吼声。

嗷啊啊啊,嗷啊啊啊,嗷嗷啊啊啊!

"光,没了!你们,死了!"

她闭上了眼睛,这群怪物随时有可能扑上来把他们撕碎。

完蛋了,这下真的完蛋了……

忽然,利弗低声对她说:"捂住耳朵……快!"

她堵住了耳朵。霎时间,刺耳的噪声响彻云霄。小晴睁开眼,只觉得这幅景象似曾相识:所有的怪物都倒在地上,痛苦地呻吟着。

利弗吹响了牧笛的另一端!虽然作为一只树妖,他吹出的声音杀伤力没有小晴那么大,但依旧十分有效。

小晴拍了拍他的肩膀,说:"干得漂亮!"

"快跑!快!"利弗喊道。

他们手拉着手,越过倒下的山鬼,一同向湖边冲去。

到岸边了!

"准备!一……二……跳!"小晴喊道。

他们跳到了第一块石头上。没时间停下休息了!

"一……二……跳!"

第二块石头。

"一……二……跳!"

第三块。

他们跳了一次又一次,终于来到了分叉口。

该往左还是往右? 萨利赫说只有一个山洞通向捷径,另一个是条死路。

但是，到底是哪个？

"我，现在就，吃你！"身后传来了愤怒的吼声。

"利弗，再吹一次笛子！"小晴转身喊道。

首领山鬼正向两人奔来！

利弗再次用尽全力吹响了牧笛，但是山鬼并没有受到影响。

怎么办，牧笛不起作用了！

那只怪物用手捂住了耳朵！

它一口气跳过了好几块石头，一下子缩短了距离，只要再跳一次就能追上他们了！

然而，湖中的石头湿滑，它用双手捂住耳朵，一时间无法保持平衡，滑倒了。

它哀号着掉入冰冷的湖水中。

他们没时间庆幸，后面的山鬼也学着首领的样子，捂着耳朵走了过来！这次它们吸取了教训，跳得很小心。

它们随时都可能追上来。

嗷啊啊！嗷啊啊啊！嗷啊啊啊啊啊！嗷啊啊啊哦！

没时间了，必须选一个！就算是死路也比现在这样安全！

萨利赫好像说左边那个是对的，那就去左边！

小晴扯着嗓子喊道："利弗，去左边！快，快，快！

一……二……跳！一……二……跳！"

一……二……跳！！

终于，他们来到了瀑布前。

嗷啊啊！嗷啊啊啊啊！嗷啊啊啊啊啊啊！

小晴一把抓起树妖，抱在胸前。

"屏住呼吸，我们进去了！"她喊道。

"啊啊啊啊啊！"树妖喊道。

两人对瀑布前方的世界一无所知，但小晴还是戴上了外套的帽子，闭上眼，祈祷着……

向前跳去。

22
至黑之夜

小晴抱着树妖走向瀑布,水声震耳欲聋。

他们穿过水帘,湍流压得小晴抬不起头,下巴都碰到了胸口。感觉就像是有人把一整缸的冰水倒在了她身上。

终于,两人穿过了瀑布。小晴本以为自己会直接栽进冰冷的湖水,但是万幸,瀑布的另一端是坚实的陆地。

她睁开了眼。

目之所及是一片黑暗,和她闭着眼睛的时候没有什么区别。

完全没有区别。

失明的人是不是就是这种感觉呢?

身后传来了瀑布的哗哗声,还有山鬼的号叫声。

它们肯定是在抱怨丢了一顿晚餐,哈哈。

"嗷啊啊啊啊!我们,等!我们等,你们,出来!嗷啊啊!嗷啊啊啊!嗷啊啊啊啊!"

记住了。不能走回头路。

肾上腺素的影响褪去后,小晴发现自己浑身都在颤抖。

利弗也一样。他们就像地震时的两块果冻,哆哆嗦嗦的。她把利弗放在了地面上。

"呃……利弗,你、你还好……吗?"她结结巴巴地问道。虽然防水夹克帮她保持了干燥,但她的头发和牛仔裤都湿透了。冷气深入骨髓,几乎要冻住她的大脑。

"冻、冻死我了。太、太冷……无法思考……应、应该,没事……"

小晴使劲敲了几下手电筒,但是它毫无反应,一丝闪光都没有。

什么都没有。

只有一片漆黑。

夜晚才能看到璀璨的星空。她记得爷爷似乎引用过这句话。好像是马丁·路德·金。

我们如今就在这样一个地方：没有群星，也没有月光，只有黑暗。

黑到连影子都消失了。

什么都看不到，什么都没有。

没时间在这里害怕了。必须继续前进，把能做的事情做好。首先要恢复体温。

她忽然想到，书包里有个东西能派上用场。于是小晴取下书包，蹲下身，摸着黑拉开拉链，拿出了两条毛巾。

毛巾是干的，防水布料万岁！

她将其中一条递给利弗。擦干身体后，她感觉好多了。

好在山洞里很暖和，渐渐地，她感觉没有那么冷，也不再发抖了。

小晴听到利弗起身，四处走动的声音。

"你要做什么？"她问，"我们最好不要分头行动。这里什么都看不见，如果你掉进了洞里，我都没法帮忙。"

"我就是查看一下周围的情况，"他回答道，"我们好像在一条隧道，或者是一个小山洞里。还有可能是通向山洞的隧道里。"

小晴向两侧伸出手，指尖触到了坚硬且凹凸不平的表面。

是岩石。

她伸手向上,摸到了同样的石壁。也许这里是一条隧道?

小晴咬住下唇。只能向前走了,继续坚持!

"好吧,利弗,咱们继续前进。我们可以用手脚代替双眼。"

她在黑暗中摸索树妖的手臂。

他叫了一声:"喂!你抓的是我的脖子!注意点!"

"对不起,好了,好了。我抓住你了,你也握住我的手,站在我右边。我摸着左边的墙走,你摸着右边的墙,好吗?"

"我还以为去过碧瑞那个破洞之后,再也不用钻隧道了!我真是太倒霉了,居然又跟你一起进了地洞,更糟的是,还得握着你的手!"

"等春天到了再抱怨吧。走吧,慢点儿,落下脚之前先试一下地面能不能踩,好吗?这地方这么黑,我一点儿也不想掉进坑里。"

"行吧,行吧。你只要别跟那个岩石人一样打嗝就行,不然我就放屁熏死你。"

"别废话了,走吧。"

小晴和利弗扶着石壁向前,就像怪异的蜘蛛,小心翼翼地探出脚,晃着身体,一步一步地挪动。

随着两人越来越深入洞穴,身后的瀑布声也逐渐消失了。他们不知道自己正在往哪儿走,但至少应该是在前进。

直到小晴的额头撞上了一块东西。

"哎哟!"她揉着额头,头顶鼓起了一个包。

她小心翼翼地伸出双手,摸向四周。

头顶没有东西,所以这里的高度应该比较可观。但左右全都是石头,前面也是一块高高的石壁。

他们撞上了一堵墙。

是死路。

小晴十分沮丧。

不是这座山洞!

她用头去撞面前的石壁。

可恶,可恶,可恶!早知道我们就应该去右边的山洞!

她又用拳头砸向那堵墙,关节火辣辣地疼。

现在我们也没法回头了!外面都是山鬼,可恶,可恶,可恶!

"现在怎么办?"树妖怒道。

忽然间,黑暗中响起了一个令人毛骨悚然的声音。

呜呼呜呜呜呜呜呜!

两人吓得浑身发抖,本能地抱住了彼此。

阴森的哭声回荡在山洞中,每一次响起都变得更加诡异而悲伤。

呜呼呜呜呜呜呜呜呜!

呜呼呜呜呜呜呜呜呜呜呜!

树妖松开手,歇斯底里地大哭起来:"快停下,快让它停下啊啊啊!"

小晴蹲下,抱住了自己。

怎样的怪物,或者鬼魂,才会发出这么可怕的声音?最吓人的是,他们不知道它的模样,周围一片漆黑,什么都看不到。

它到底在哪里?他们甚至无法判断它是不是正趴在身边!

或者,就在他们头顶?

哭声继续回荡在山洞中。

呜呼呜呜呜呜呜呜呜呜呜呜呜呜呜呜呜!

呜呼呜呜呜呜呜呜呜呜呜呜呜呜呜!

呜呼呜呜呜呜呜呜呜呜!

她用手臂捂住了头。拜托了,谁来救救我们吧,谁都行!求求了,求求了!

"是魇雾马!肯定是魇雾马!"利弗哭喊道。

魇雾马?她的心脏仿佛要跳出胸腔,想率先逃出山洞。

呼呼呼呼呼呜呜呜呜呜呜呜呜呜呼呼呼!

"啊啊啊！快跑！快逃命啊！"利弗喊道。

小晴能感觉到他从身边飞奔而过。

"等等！小心点！"

太晚了，他已经跑向了来时的隧道，小晴只能跟上他。

一片漆黑中，她只能手脚并用地向前追赶。她跌跌撞撞地跑了一阵，前方忽然传来"砰！"的一声巨响，紧接着是"啊！！"的一声惊呼。

"利弗？利弗？"

他不会掉进洞里了吧!

"你还好吗？你在哪儿？"

小晴摸着黑赶向树妖身边。

又走了几步，她听到了瀑布声和山鬼的号叫声，提醒着他们这些怪物还没吃上饭。

至少现在听不到那个哭声了。

萨利赫说过魇雾马怕水，所以它是害怕瀑布才没追过来吗？

她又驻足听了片刻，确实听不到了。

没错，应该就是害怕瀑布！也许待在这里会更安全一点。

她走向山洞入口，听到了利弗抽泣的声音。

原来他在这儿。

她在那个声音旁边坐下，问道："你还好吗？受伤了吗？"

树妖没有回答,而是继续哭了起来。

他应该是摔了一跤。

"我们现在大概……安全了。魔雾马怕水,所以逃到这边是正确的。"

"如、如果我没有把木柴弄丢就好了……现在我们被困在这里,周围这么黑,也不知道那些东西是什么……"

"没事的,你看,我们不是冲出了山鬼的包围吗?我们还活着,也还有时间……"

树妖忽然大喊道:"不!没有时间了!不要再说我们还有时间了!"

"但是——"

"没有时间了!我知道你只是在安慰自己,但这是自欺欺人!还有几个小时就到春天了,我们又被困在了洞里!"

"但是……"小晴开口,却不知该说些什么。

树妖继续道:"我们不能向前,前面是条死路,还有烟雾怪藏在洞里伺机而动。而且,我们也不能后退,除非你想变成山鬼的晚餐!"

他吸了一口气。

"我们被困住了,懂吗?困!住!了!出不去了!困在这个臭烘烘的山洞里!我们还有多少食物?能撑多久?让我看看……完全没有!我带的食物都和柴火一起掉下悬崖了!

我们会死在这条可恶的瀑布旁边!"

小晴眨了眨眼。

她忽然发现,利弗说得没错。无论白天还是晚上,洞里都是漆黑一片。唯一的出口就是瀑布,山鬼就在外面等着。现在它们有墨镜了,甚至白天也不用回巢。

我太蠢了,脑子里只想着快点过来,完全忘记带食物了。

她的身体开始颤抖,精神开始动摇。她抱住双腿,把脸埋进膝盖之间。

我到底在想什么?怎么会这么傻?我为什么会觉得,一个愚蠢的小女孩能独自冲过来,救回爷爷奶奶?太傻了!太蠢了!

愤怒和悲伤充满了她的心灵,她努力让自己不要崩溃。

"对不起,利弗。全是我的错。是我执意要来这座岛,让你也陷入危险,我甚至有两次差点儿害死了你,现在……"她哽咽着说道,"现在,我们真的要死了。"

利弗沉默了很久。

"害死我?"忽然间,他抖得更厉害了。他抓住小晴的手臂,说,"你在说什么?不对!你……你救了我的命,不止一次!你明明可以丢下我,却没有这么做!刚才那些山鬼只说了要吃我,它们本来没打算吃掉你的!"

树妖哭了起来。

"要说这是谁的错,除了我,还有别人吗?我们都知道!所有人都知道是我的错,每次、每件事都是因为我!塔萨尼、碧瑞、特里西娅殿下……还有你的爷爷!但是我控制不住,我控制不住自己的脾气。那份怒火无时无刻不在灼烧我的灵魂……"

利弗啜泣了一声,用拳头狠狠地砸向了身边的石壁。

小晴的眼眶也开始发热,叹了一口气。

我的错,你的错,我们的错……光是承认错误有什么用呢?互相指责没有任何意义。

如果他们就要死在这里了,她不希望人生的最后时刻这么悲伤。他们被困在伸手不见五指的山洞里,周围还有怪物,本来就已经很压抑了。

该换个话题了。

"对了,利弗。奶奶说你以前在她父亲的宫殿里工作,是真的吗?"

利弗沉默了片刻,然后清了清嗓子。

"什么?呃,是啊。我以前是德明大帝的宫廷弄臣,哈哈,我知道,简直让人笑掉大牙……"

他停顿了片刻。

"但我也是在那里遇到的艾丽莎。"

"艾丽莎是谁?"

"她是我见过的最美的柯尼特,在德明大帝的宫殿里担任御医。"

小晴微笑着问道:"她是个什么样的人?"

"嗯……我当时无可救药地爱上了她。我用尽一切办法引起她的注意,甚至好几次装病,只为了见到她,让她帮我治疗。为此我缺席了好几次活动,德明大帝差点儿把我逐出宫殿……"

他又停下了。虽然周围一片漆黑,但小晴总觉得利弗好像露出了一个浅浅的微笑。

他咳嗽了一声。"总之,我确实引起了她的注意。最终她同意嫁给我,照顾我。那天我是整个迷雾之境最快乐、最幸运的柯尼特。我们一起在小河边建了一座木屋,虽然很简朴,但那是我们的家。只要有她在,那个家就是世界上最美的地方。"

"真好!她现在在哪里呢?"

利弗沉默了。

糟糕,我是不是不该问这个问题?

他长叹了一口气。

"结婚后不久,一场致命的瘟疫席卷了迷雾之境。艾丽莎坚持要留在一线工作,我试过劝阻她,但她说她是一名医生,这是她的责任。生病的人需要她。"

利弗的声音颤抖起来。

"于是她出发了,没日没夜地工作,后来也感染了疾病,去世了。"

他深吸了一口气。

"更过分的是……他们甚至不让我去看她、陪她。不让我见她最后一面,也不让我和她告别。"

他用拳头砸向地面。

"都是因为那场瘟疫。我求过她不要去,但为了救那些素未谋面的陌生人,她还是去了。最后却只能孤独地死去。"

树妖哭了起来。

"都是徒劳,一切都是徒劳!因为这种理由,我失去了艾丽莎。唯一剩下的就是那栋房子,那栋空荡荡的房子,那栋……"他抽泣道,"那栋被你爷爷压坏的房子。"

小晴想要吸气,却觉得喉咙哽咽,呼吸困难。

"利弗,压坏你家房子的不是我爷爷。"

周围一片寂静。

"是、是我……"

接下来是一阵漫长的沉默。

小晴颤抖着说道:"当……当时太黑了,我什么都看不清,就跌倒了,"她的声音越来越小,"本、本来应该是我的,但爷爷替我站了出来……现在他失去了记忆,可能再也回不来了……"

树妖打破了沉默。

"好极了!简直绝了!我不光施错了法术,还搞错了对象!真不愧是我,什么事都能弄得一团糟!"

树妖哭着说道:"对不起,我不该伤害你的爷爷。还有……还有你的奶奶!那天晚上轮到我守夜,但是……我睡着了!于是山鬼抓住了她……真的、真的对不起,我总会把事情搞砸。对不起,小晴,真的对不起……"

终于,他再也说不下去了,号啕大哭了起来。

眼泪,施咒人眼中的悔恨之盐。居然在这种时刻出现,小晴只觉得很讽刺。

看起来这趟旅程至少收集到了一种原料,真是可喜可贺。

喉咙里的肿块掉进了胸口,心中的阵痛越来越深。

有什么意义呢?已经太晚了,什么都没用了。

就在这时,洞穴深处的恐怖呼声再次响了起来。

呜呼呜呜呜呜呜呼呜呜呜呼呼呼!

呜呼呜呜呜呜呜呜呜呜呼!

呜呼呜呜呜呜呜呜呜!

小晴被吓得僵在了原地:魇雾马,魇雾马来了!

然后,又出现了一种完全不同的声音。

咔咔咔咔咔……咔啦啦啦啦啦啦啦。

紧接着，是一声沉重的鼻息，回荡在山洞中。

啦啦咔 咔咔咔啦啦啦啦。呼气。

啦啦咔 咔咔咔啦啦啦啦。呼气。

响声回荡在他们耳边。

"这到底是什么声音！？"利弗哭道。

"我也不知道！"小晴战战兢兢地说。

哭声再次响了起来。

呜呼呜呜呜呜呜呼呜呜呜呼呼呼！

呜呼呜呜呜呜呜呜呜呜呼！

呜呼呜呜呜呜呜呜！

"啊啊啊！快停下！快停下啊！！"树妖大喊道。

小晴缩成一团，头埋在膝盖间。

啦啦咔咔咔咔 咔咔咔啦啦啦啦啦啦啦啦啦啦！

声音变得更大了，回音响彻山洞。

啦啦咔咔 咔咔咔啦啦啦啦啦啦啦啦啦啦啦！

啦啦咔 咔咔咔啦啦啦啦啦啦啦啦啦啦啦！

两人紧紧地抱住了彼此，等待着结局的到来。

爸爸，妈妈，对不起，没能和你们道别。对不起，我之前不该因为搬家的事情对你们生气。

忽然间，她听到了微弱的振翅声。

扑棱，扑棱。

她看向自己的外套。

扑棱，扑棱，扑棱。

她将水晶瓶从外套口袋里取出，拿到眼前。

什么都没有，这里太黑了，什么都看不到。

扑棱，扑棱。

这个声音是从水晶瓶里发出来的！

突然，微弱的黄色光芒一闪而过。

又闪了一下。

然后……光亮了起来。

两人都震惊地张大了嘴。

小晴将水晶瓶举过头顶，想起了奥姆巴克族长夫人说过的话。

当你走到穷途末路，

绝望充满柔软的心，

请一定要记住，

黎明前的夜色最浓，

在这最艰难的时刻，

春光才会到来……

她不可思议地喃喃道："……并将黑暗照亮。"

矮人打造的魔法水晶瓶可以将光芒放大一千倍。她举着瓶子，耀眼的光芒从中折射出来，就像暗影之海中的一盏灯塔，在无云的夜空中闪烁。

瓶中的生物原来并不是蝴蝶，也不是蛾子，而是一只……

萤火虫。

23
老山神

"啊!哎哟!你!快把灯关掉!"

小晴和利弗都吓了一跳,他们看着彼此,什么都没说。刚才两人沉浸在萤火虫的光芒中,完全忘记了逐渐接近的哭声。

小晴的心跳再次加速,缓缓地转过了身。

天哪!

一个又高又瘦的老人站在隧道中,他穿着蓝色的长袍,两鬓花白。虽然秃顶,但长长的胡须像披肩一样垂在脖子和肩膀上。他手执长杖,木质的杖身布满青苔。此时他正举着右手,挡住被水晶瓶反射出的强光。

但他并不是小晴吃惊的理由。

天哪……那个是……不会是……

老人身后站着一只巨兽,几乎占据了整个山洞。乍一看,小晴还以为那是一只大象。它有一条长长的象鼻,嘴边还长着两根突出的象牙。

但除此之外,眼前的生物与大象并无相似之处。它的耳朵并不像巨大的扇子,而是又尖又小,像猫耳一样。它身体强壮,形似老虎,肌肉健美,尖锐的爪子分出四只悬趾,浑身覆盖着灰色的鬃毛,还有斑马一样的黑色条纹。它有一口尖利的牙齿,显然不是草食动物。

看起来就像是猛犸象和剑齿虎的合体。

但它浑身最不像大象的,还是背后那一双巨大的翅膀。和奶奶那双蜻蜓一样透明的翅膀不同,这个生物的翅膀上布满鳞片,就像一只巨龙!

咔咔啦啦啦啦啦啦。咔咔咔啦啦啦啦啦啦啦。

它的叫声低沉,就像哈雷摩托车的引擎。忽然,它抬起鼻子,像是要打喷嚏,却发出了熟悉的呼气声。

原来那些声音是它发出来的!

"这是一只……梦貘!"利弗小声道,"天哪,我从来没见过真正的梦貘。"

小晴激动不已。**一只梦貘!天哪!我居然见到了一只活的梦貘!**

老人再次喊道:"喂!我说你们两个!你们难道是聋子吗?我说,关掉那盏该死的灯!晃得我都要瞎了!我要是得

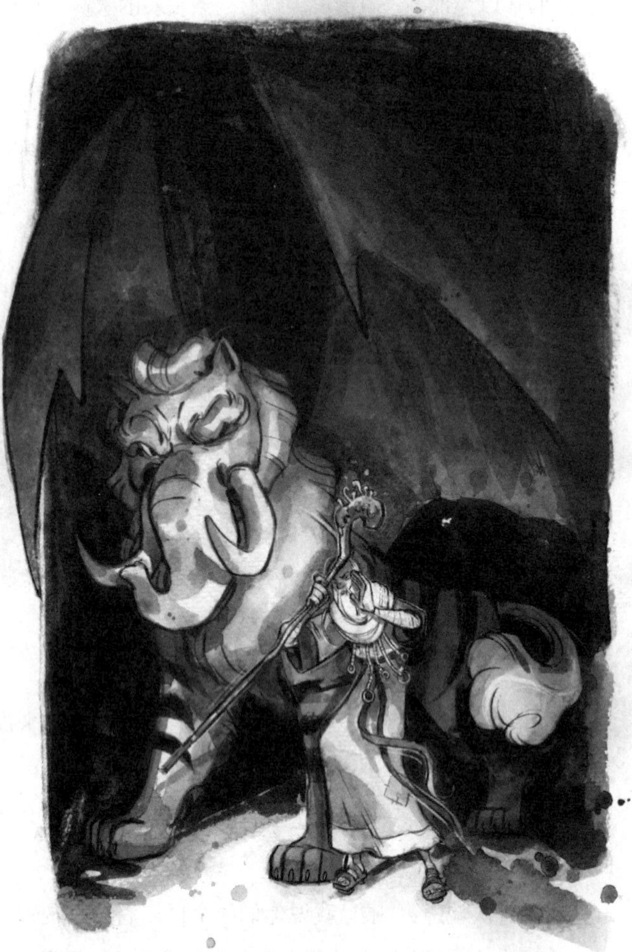

了白内障都怪你!"

"对不起……但是我没法关掉它,它是一只萤火虫,是我的宠物,没有开关!"小晴道歉说。

"萤火虫?真是怪了……这是我见过最亮的萤火虫!你喂了它什么?汽油吗?还有,你怎么能把它关在一个瓶子里?你们这些人都是一个德行!把动物当成自己的玩具,随意摆弄!"

小晴恍然大悟。所以说,这个老人就是隐者,是山神!

"不、不是的!冬天太冷了,爷爷救了它,等春天来了就会放它走!"

但是他并没有奥姆巴克人说得那么吓人,看起来还挺和蔼可亲的!

"是吗?"山洞的守护者怀疑地眯起了眼睛,"你最好说到做到。这座岛上有很多萤火虫,所以它肯定能找到伙伴。总之,在你把我晃瞎之前,赶快找块布把那个电灯泡遮上!"

小晴听话地用毛巾把水晶瓶包住,光芒变得柔和了许多,从舞台灯光变成了小夜灯。

换作是我的话,如果见到有人随意屠杀梦貘,肯定也会生气的!

"这下好多了!"老人眨着眼放下了手臂,"好了,你们是谁，为什么要擅自闯到我家来？"

但以防万一，还是得好好表现……

小晴行了一个屈膝礼。"您好，隐者先生。很荣幸见到您，我叫小晴，他是利弗。德明大帝是我的曾祖父。"

"有意思。"老人对梦貘说，"你听到了吗？贵人到访啦！啧、啧，怎么这么没礼貌？快鞠躬！"

老人和梦貘都夸张地鞠了一躬。

小晴咯咯笑了起来。梦貘弯下巨大的身躯，两只爪子伸出来。太可爱了！它还会表演呢！

老人也笑了："好了，别太在意，开个玩笑。我们这儿平时没几个人会来，好久没接待过客人了！若有冒犯，还请见谅！"

小晴耸了耸肩，想道：这个老爷爷与其说是可怕，不如说是古怪！肯定是因为一个人住得太久了！

隐者又说道："我都不知道德明大帝还有孙辈，更别说曾孙了！我只知道他的孩子被逐出了迷雾之境。唉，老人家真是孤陋寡闻，新闻报纸也送不到我这儿！"

"被逐出境的孩子是我奶奶。"小晴解释道。

"哦！特里西娅公主！她怎么样了？原来她都当奶奶了！"

"她还好……直到被一群山鬼抓起来做人质。"

"哼,是吗!幸亏她身份尊贵,不然就要被吃掉变成肥料喽!"

利弗深有同感:"可不是吗!我们都差点儿变成它们的盘中餐!"

"您……您能不能帮我们把她从山鬼手里救出来呢?"小晴斗胆问道。

"既然你都这么诚心诚意地问了,我自然可以助你一臂之力。再过一两天,冬眠的梦貘就醒来了。"

一两天?我们等不了那么久!

小晴双手合十,恳求道:"求求您了!您身后的这只梦貘可以帮忙吗?我们必须今晚救她出来,不,必须现在就去救她!"

隐者扬起眉毛,摇了摇头。"首先,我身后的这只梦貘是有名字的,她叫梦梦。其次,我真是大开眼界,没见过你这么得寸进尺的小姑娘!贪婪又没耐心,典型的小公主,是不是?啧、啧、啧!"

小晴羞红了脸。"非常抱歉,隐者先生,但是我们在赶时间。我爷爷中了一个咒语,失去了记忆。我们必须取得春天第一朵花——蕊晴花的花蜜,帮他制作解药。"

隐者重重地用手杖敲了两下地面。

"原来如此,所以你们才会跑来这种地方家庭旅行!既然是这样，我相信梦梦肯定也很愿意帮你赶跑，甚至吃掉几只山鬼。但是很遗憾，她得了感冒，现在身体不适，无法外出。"

老人抚摸着梦貘的头。

"她是唯一没有冬眠的梦貘，原因就是她的鼻子堵住了，无法入睡！"

树妖清了清嗓子，说道："呃，我们应该有个东西能帮上忙。我们这里有南塔坤的蜂王浆！"

他看了小晴一眼。

好极了！塔萨尼女王给了我们很多，所以可以分出来一些！

老人惊讶地睁大了眼。"当真？"他拍着梦梦的后背说，"如果你们能治好梦梦，她肯定会愿意帮忙的！她不光会帮你们救出奶奶，还会带你们飞上山顶。这样你们就能赶在天亮之前登顶，取得蕊晴花！"

小晴和利弗交换了一个惊喜的眼神。

这下终于要时来运转了吗？太好了！

"真的吗！"小晴开心地跳了起来，"谢谢您！太谢谢您了，隐者先生！您是我们的救命恩人！"她冲过去紧紧地抱住了老人。

隐者露出了一个大大的笑容，说："好了，好了，没什么。但是不要再喊我隐者了,听起来像忍者一样!好像我是个离群索居的老顽固,但我只是不喜欢人群!我一般让别人喊我'守护者',但你们也可以叫我山神。"

"好了,快跟我来吧。"老人挥动手杖,"我们要弄些热水,把蜂王浆泡开。"他和梦貘转身,走回隧道深处。

"你们先过去,我马上来!"小晴从口袋里拿出空瓶子,走到利弗哭出来的水洼边,装了满满一瓶眼泪。

小晴追上大部队的时候,他们正站在刚才她一头撞到的墙边。这次有了萤火虫的光,她才发现那并不是墙,而是一道悬崖的边缘。顶端垂下来一条软梯,供人攀爬。

他们爬上梯子,上去后,小晴四下看了看。这是一个巨大的山洞,大到能装下一整个足球场。山洞中,叹息声此起彼伏。

呜呼呼呼呜呜呜呜呜呜呼呼呼!

呜呼呼呼呼呜呜呜呜呼呼呼呼!

呜呼呼呼呼呼呼呜呜呜呜呼呼呼呼呼!

是我们最开始听到的哭声!

小晴试图找出声音的源头,但它好像是同时从山洞各处的缝隙中发出的。

难道这个山洞……是活的?

山神发现小晴正伸长了脖子找叹息声的来源,便说道:

"不错吧？这是我的立体音响！"

他继续道："我以前总是叹气，所以干脆让别人替我来做！这样很快就能改掉一个坏习惯，哈哈！我给住在洞里的蟋蟀施法，把它们的叫声变成了叹息声，这样还能吓跑入侵者，所以也算是一种安保系统！如果有不认识的人进来，就会触发入口附近的警报。"

原来如此，所以这个山洞才会叫叹息之穴。

"来，我演示给你看。"他抬头喊道，"这两位是客人，不是侵入者！"

叹息声立刻停止了。

他们继续向前。一路上，两侧的石壁上都点着火把，橙光照亮了洞穴，跃动的火焰提供了温度。几人来到一座池水旁，池子不小，水底冒着气泡，水面上升起一股股蒸气，把洞里的空气熏得又湿又热。

唔，这是水蒸气，不是雾气！

山神鞠了一躬，用手杖示意身后。"欢迎来到我的……浴室！无论是泡澡还是游泳，这里都能满足你的需求！尤其是在这样寒冷的冬天。但我们不是为此而来的，嗯。"

利弗蹲下，用手指摸了摸池水。"厉害，这是温泉！真想跳进去洗个热水澡，我已经好久没有洗过澡了！"树妖闻了闻自己的腋下，干呕出声。

老人皱起眉。"哼，你最好离我的池子远些！可不能让你污染了水源，这里面的水是能喝的！我平时都从这里取水喝。"

山神打了半桶滚烫的泉水。"现在，能请你把蜂王浆拿出来吗？"

小晴拿出装着蜂王浆的瓶子，滴了几滴到桶里。山神抱起桶，开始疯狂搅拌。就在这时，小晴忽然想道：**不知道KC吃不吃这个？**她滴了一滴到水晶瓶里，萤火虫立刻贪婪地扑了上去，每吃一口就变得更亮一些，于是她又给了几滴。

充分搅拌均匀后，山神示意梦貘过来。神兽动了动，利弗立刻跳到边上让出一条路，生怕自己被踩到。

"把这个喝下去，梦梦。"山神说，"先用嘴喝，再通鼻子。"

梦貘温顺地听从了老人的指示。

小晴惊讶道："她居然能听懂您说话吗？梦貘也可以说话吗？"

利弗插嘴道："理论上并不能，至少不是用我们的语言。魇雾马会让人做噩梦，同样地，只要你离得足够近，梦貘就能感受到你的梦，听到你的心声。"

"这种感受是双向的，"山神补充道，"如果你用心去听，而不是用长在脑袋外面的耳朵,就能听到梦梦对你说的话。"

山神抚摸着梦貘的头,轻轻梳理她的毛发。"好姑娘,现在躺下好好休息吧。"

仿佛被按下了开关键一样,梦貘的腿软了下来,紧接着,整个身体都放松了。渐渐地,她的头枕在了地上,蜂王浆开始起作用了。

"好孩子,"老人抚摸着神兽的颈部,"乖孩子……快睡吧,我的小宝贝。"

梦梦逐渐阖上眼帘,利弗突然跳到她面前说:"别睡太久了!"他指着梦貘说道,"别忘了,你还得带我们飞上山顶!我可不要爬上去,你听到了吗?"他不厌其烦地挥动着手指。

梦貘哼了一声,抬起鼻子,仿佛想要抗议。显然,利弗的举动让她十分烦躁。

"呼!!呼!"她用鼻子哼了两声,然后发出了像摩托车一样的低鸣。

忽然间,梦貘止住了动作,鼻子停在了半空中,睁大了眼睛。

她缓缓张开嘴巴,就像一扇打开的城门,露出嘴里的尖牙。

利弗警戒地向后退去。"呃,不好,呃,梦貘是不吃树妖的,对吧?是不是?"

梦梦动了动鼻子,然后又僵住了。

然后——

"阿嚏!!"

这是小晴听到过最大声、最震撼的喷嚏!

但下一声喷嚏竟然更加震耳欲聋!

接着,就像大炮一样,一团巨大的绿色黏液从梦貘的鼻子中喷了出来。

那团黏液球从小晴眼前飞过,她的视线也跟着球体从右到左看去。利弗张大了嘴,一副要尖叫出来的模样。

然后,"啪"的一声,那团黏液落在了利弗的脑袋上!

绿色黏液像头盔一样包裹住了树妖的脑袋。

一顶大象鼻涕做成的头盔。

"呃啊啊啊!好恶心好恶心好恶心!"利弗疯狂地抓开脸上的鼻涕,露出一个足够呼吸的洞,大声喊道。

紧接着,洞穴中爆发出一阵笑声。

"哈哈哈哈哈哈哈!"小晴笑道。

"呵呵呵呵呵呵呵呵!"山神笑道。

"呼呼呼呼呼呼呼呼呼呼!"梦梦欢呼道。

甚至连梦貘都加入了他们的行列。

山神擦了擦笑出来的眼泪。"看啊!梦梦的鼻子通气了！哈哈哈！现在树妖真的得洗澡了！"

小晴也擦着笑出来的眼泪，避开绿色黏液，拍了拍利弗的肩膀。然后给了他一个空的容器。

"干得好，利弗！你帮我们取得了倒数第二种原料！"她指着他的脸说。

利弗的脸上，那坨绿色的黏液中，漂着几根梦梦的鼻毛。

"你能帮我把它装进瓶子里吗？"小晴愉快地问道。

24
五重火之试炼

经过刚才的小插曲,几人都笑得上气不接下气。山神允许利弗用水桶接水,把身上的鼻涕洗干净。

"你可以直接舀水,倒在身上。不要跳进温泉里,也不许洗内裤!"

洗完澡之后,利弗再次归队。"呼,终于洗干净了。"他感叹道。

小晴笑话道:"你怎么可能洗干净呢?你都臭名昭著了!"

还不待利弗反驳,小晴就伸出一只手捂住了他的嘴。"小声点儿!别吵醒了梦梦。"梦貘已经陷入了沉眠。山神示意两人跟上他,他们悄悄地绕开正在酣睡的巨兽,走向山洞深处。

"服用蜂王浆后会变得嗜睡,"山神小声说道,"她睡一会儿就醒,等她醒来就能恢复到最佳状态了。不过在那之前,你们可以跟我来。"

山神带着他们走到山洞的最深处,墙壁上出现了三道石洞,分别通向三条隧道,每一条都更加深入暗影山的中心。

"左边那条通往梦貘的巢穴,右边是我的卧室,"老人最后指着中间的门说,"我们走这里。"

"首先,"山神盯着小晴说道,"请把你的萤火虫留在入口处。我正在这间屋里培育花苗,太强的光会伤到它们的叶片,它们要是出了什么事,我会很伤心。"

她听话地把萤火虫留在了门口,走进隧道。

这是一条上坡路。很快,岩石地面变成了石阶,引领他们向上攀登。石阶的尽头是另一个开阔的山洞。

石阶继续沿着岩壁螺旋向上,一直延伸到远处,停在了一个像是二楼的地方。山洞里挂着许多点燃的火炬,排列成旋涡形,让人感觉仿佛走到了一盏华丽吊灯的内部。

二楼的平台前方,天顶附近有一个小小的开口,能从那里看到外面雾蒙蒙的夜空。

"累死我了!我还以为有了那个梦貘,咱们就不用爬山了!"利弗一边向上爬,一边气喘吁吁地抱怨道。

小晴用手肘戳了戳他。"别说了!你不能这么没礼貌,万一他改主意决定不帮忙了怎么办!"

他们终于爬完楼梯,来到了洞穴的二楼。看到眼前的景象后,小晴不由得露出了笑容:蔬菜、水果、草药,还有各种各样的蘑菇。

爷爷肯定很喜欢这里!

几步开外,一口小锅正架在炉火上炖着什么东西。一把汤勺挂在锅把上,诱人的香气飘出来,小晴的肚子"咕咕"叫了两声,她想起来自己已经很久没吃饭了。

"欢迎来到我的厨房花园!"山神伸出手臂鞠了一躬,"我在这里种植并料理食材。这锅再炖一会儿就能吃了,我最得意的炖蔬菜可以分你们一口!相信我,这是全岛最美味的食物!"

"因为这是全岛唯一一间厨房!"利弗不屑地对小晴嘟囔道。

山神似乎没听到利弗的话,而是指着山洞墙壁上的开口对他们说:"你们看窗外,山顶就在不远处了。等梦梦醒来,她就会带你们去救特里西娅公主,然后再去山顶取蕊晴花,但是在那之前……"

"在那之前,"老人面向他们,环起双臂,用严肃而低沉的嗓音宣布道,"你们必须先通过……五重火之试炼!"

他的声音回荡在山洞中:火之……火之……火之……试炼!……试炼!……试炼!

山神呵呵笑了起来:"嘿嘿嘿,这个回声很有戏剧性,我喜欢!你不觉得吗?我在想这句台词还有没有改进的空间。"

试炼,什么试炼?我之前怎么没听说过!

小晴现在没心情开玩笑,利弗也目瞪口呆。

"等一下,这是什么意思?"她问,"你明明答应了,只要我们治好梦梦,就带我们去山顶!"

"别那么激动!我确实说过,如果你们治好了梦梦她肯定愿意帮忙。但我没说过我会允许!我也没说过,你们不需要通过试炼就能登顶!非常抱歉,但无规矩不成方圆,我不能打破规则。"

"规则,什么规则?谁制定的?"她感觉到怒火从耳垂开始向上攀爬。

"我制定的。"老人回答道。

小晴无语地拍了拍额头。利弗也怒不可遏,义愤填膺地喊道:"什么?如果是你制定的,那你也可以撤回!"

老人不赞同地咂舌道:"啧、啧、啧!如果可以随意打破,制定规则还有什么用呢?"

利弗举着手说:"没错啊!你制定这种傻兮兮的规则做什么?"

"你说傻?要是没了规矩,生活就乱套了!你看看你,

举止粗鲁、衣衫褴褛!"

利弗更生气了。"不许你说我的衣服,你也不看看自己!看看你那可笑的胡子,要我说这才叫乱套了呢!"

山神倒吸了一口气,说:"你要开始侮辱我的人格了吗?哼,一个小矮子,口气倒挺大!"

"你、你才是——"利弗一时词穷,无语地举起了双手,难以置信地看向小晴。

"你确定他叫山神?应该叫神棍才对!这家伙满嘴胡说八道!"

"无礼之徒!"山神叱道,"事不过三,你嘲笑了我的炖蔬菜,再加上刚才的两次,已过三次!既然如此,你们两个自求多福吧,不要再来找我!"

小晴无措地捂住脑袋。这可不好。我们越想说服他,这个老浑蛋就越顽固!爷爷,我该怎么办啊!

仿佛听到了她的祈祷一样,爷爷曾经说过的话浮现在了她的脑海中。

小豆芽,有时你若想说服一个人,不能逆流而上,而要顺其自然。

她深吸了一口气,缓缓吐出。

唔,那就试试吧!

"冷静一下,利弗,深呼吸。"她轻轻地拍着树妖的后背,说道。她自己也在努力控制心中的怒火。"我们需要他,必须按照他的规则玩游戏。"她对利弗耳语道。

小晴紧紧地握住拳头,咬着嘴唇,对老人说:"非常抱歉,守护者大人,我们不该这么鲁莽。我们只是太惊讶了,希望您能高抬贵手。"她再次深呼吸了一次。"请您明白,我们只是没想到……您能解释一下,五重火之试炼到底是什么,我们又该如何通过吗?"

老人的语气缓和下来。"这样的态度还差不多。显然你们两个之中只有一个人有教养。"

他对着拳头咳嗽了两声，继续说道："好吧，孩子，你可能觉得我是在故意为难你，但我也有作为守护者的职责。春季的第一朵花蕴含着魔法，极其珍贵且脆弱，我不能让人随便拿去做汤，不是吗？"

小晴耸了耸肩，咬着牙说："确……确实不能。"

"很高兴你同意我的观点。不用担心，我的——"他再次戏剧性地喊道，"五重火之试炼——"声音再次回荡在山洞中，"并不是什么危险的试炼。不会危及性命、导致截肢，或者造成脱发。你不需要和巨龙决斗，也不需要挑战吃掉梦貘的大便！"

他呵呵笑了起来："五重火之试炼，只是五个谜语。'火'是为了增加戏剧性，你只要回答我的问题就好了。"

利弗兴奋地跳了起来。"噢噢！我最擅长谜语了，交给我吧！在德明大帝身边工作时，这种东西我都是信手拈来！"

太好了。小晴松了一口气。**我还以为是更困难的试炼呢。**

老人笑着说："原来如此，你曾经是一个职业小丑！难怪你这么喜欢让自己出丑！好吧，就让我来见识一下你的水平。"

他再次清了清嗓子："记住了，每道问题只有两次机会，答错了就算试炼失败，明白了吗？"

只有两次机会,怎么这样?

两人点了点头。

"很好。第一个问题是:冬短夏长,尺多一日,亭前立人,新芽上条。"

"我知道,我知道!太简单了,答案是昼夜!夏天长,冬天短,是为昼。亭前立人,新芽上条,是夜字!"

"哈!算你走运。好吧,第一题答对了。"

小晴做了一个胜利的手势:太好了!

"干得好!"她拍了一下利弗的后背,拍得他往前踉跄了两步。

老人皱起了眉头:"第二个问题:什么东西一触即碎,念了名字就会打破?"

小晴和利弗面面相觑。

小晴挠着头,想道:纸巾?不,肯定不是。纸巾要撕才会碎。嗯……如果你大喊一声"纸巾!"然后用力吹它呢?

正当小晴想要说出答案的时候,树妖再次抢先说道:"小晴,这题的答案你肯定知道!你就是这样打败阿皮尼亚,救下塔萨尼女王的!"

什么?牧笛吗?

利弗对山神说:"答案就是……"

他停顿了几秒,鸦雀无声。

"……寂静！看吧！哈哈，我说出名字，它就被打破了！"

老人的表情十分不悦。"哼，行吧，回答正确……"

他用手杖重重地敲了一下地面。

小晴和利弗击掌庆祝。"太棒了！利弗，你好厉害！这样就答对两道题了，还有一半多就通关了！"

山神捏着拳头说："前面的几题都很简单，只是让你们热热身。接下来的才是正题！下面是第三问：什么东西在地上，经常被踩踏，却从不会变脏？"

小晴和利弗再次看向彼此。

"嗯……水潭？"小晴问利弗。

利弗皱着鼻子说："当然不是了。我才不会喝别人踩过的水，就算你踩之前洗过脚也不行。"

"回答错误！你们只剩下一次机会了，答错了就算出局！"山神愉快地说道。

"什么？山神大人，我刚才只是在和利弗商量，这不是我们给出的最终答案！"

山神摇头道："很遗憾，下次你可以小声一点儿。"

小晴无助地看向利弗。"我真的不擅长解谜语，你觉得是什么？这是你的专长！"

"多谢夸奖！嗯，首先不能是拥有实体的东西，这种东西都会被弄脏。如果你能碰到,脏东西也能。所以液体被排除了,水潭自然也就不行……"

老人喊道:"你是在嘟囔什么?第二个答案吗?我可没有允许你这个出言不逊的树妖说悄悄话!"

利弗不出声地说了句什么,显然不是什么好听的话。

"会不会是空气,气体?"小晴用手挡住嘴,悄悄说道。

"嗯……可能吧……也许不是。应该不是,如果这是答案就太蠢了。"

利弗摇了摇头。"嗯,不,答案应该不是这个。那个鲛人肯定不会觉得被臭气果熏过的空气很干净。嗯,空气是可以被污染的。"

老人不耐烦地用手杖敲着地面。"我是不小心睡着了吗?"他假装打了个哈欠,"你们要投降了吗?如果你好好求我,我也不是不能给一些提示。"

"谁要求你!我才不需要提示呢!"树妖怒道,"快闭嘴,让我思考!"

小晴的心沉了下去。她还没来得及阻止,山神的怒火就排山倒海地冲向了他们。

"哦,是吗?这可不算好言相求,是不是?好吧,那我就如你所愿,再也不给提示了!现在你只有最后两次答题机会,完成剩下的三道题!答错两次,你们就永远出局了!"

小晴快哭出来了。

"利弗，我都和你说了要冷静！你惹他生气只会让事态恶化，我们承担不起后果！爷爷以前也说，雄辩是银，沉默是金！"

"你有我，管他开不开心呢！"树妖不屑地对着老人笑道，"两次机会足够了，看我把你打得落花流水！"

树妖跳起来，跺着地板。"看吧！我踩了我的影子，它依然干净如初。所以答案是……影子！"

老人眯眼看向利弗。"又猜对了一次。现在你们答对了三道题，还剩最后两道。既然你说两次机会就足矣，那么从现在开始，你们就只有一次机会了。"

山神用手杖指向小晴。"并且从现在开始，只有你能回答谜语。那个小妖怪必须闭上他那张臭嘴，站在旁边看着。"

他再次用手杖敲向地面，一根又粗又长的绳子忽然出现，绕上了利弗的头，捂住了他的嘴。又有一根绳子将他的双手捆在了身后。

树妖瞪着眼，呜咽了一声。

小晴惊恐地看着眼前的一切。

25
答案

小晴已经很久没有这么想抓住树妖的脖子、狠狠把他摇醒了。

都怪他那张嘴！

山神深吸了一口气，感叹道："啊，这甜美的安宁！"

他笑着看向小晴，又说："那么，我们刚才说到哪了？对，最后的两道题。"

小晴哭着跪了下来，恳求道："求求您了，守护者大人，请您放开利弗吧!他顶撞了您,我替他向您道歉。但是,求求您了!我爷爷真的很需要那朵花,您能不能让我们通过试炼?或者,至少恢复我们的答题机会?没有那朵花,我就永远无法救回爷爷了……"

山神看着小晴,若有所思地抚着胡须。"嗯,你是个有礼貌的小公主。我喜欢你,也确实想帮你。但是很可惜,规定就是规定,不能被随意打破。"

他沉思道:"这样吧,虽然我不能恢复你们的答题机会,也不想释放那个可恶的树妖,但我可以增加通关奖励。

"如果你能通过接下来的试炼,不光梦梦会帮忙救下你奶奶,带你们飞上山顶,我也会额外答应你的两个请求。"

他补充道:"但是相应的,我也有条件。首先,你不能让我撤回施加在这座岛上的咒语,让它恢复成能够使用魔法的地区。这是不可能的。其次,要记住这是给你的特殊奖励,不是给那个树妖的!"

被捂住了嘴的利弗怒视着他。

小晴心急如焚。怎么办?我完了!没有利弗我根本不可能答对!只有他能解开那些谜语,我对此一窍不通!糟了,糟了,糟了……

山神拍了拍她的后背,安慰道:"别担心,孩子。要有自信,我知道你肯定能行的。打起精神来,我有好消息要告诉你。"

小晴垂头丧气,轻轻抬眼看向老人。**不会吧,又来?我已经承受不了更多"惊喜"了……**

"好消息是:你已经通过了第四试炼,恭喜!"

小晴震惊地看着他:"什么?"

"你肯定很奇怪:明明什么都没做,怎么就通过了呢?第四试炼到底是什么?其实很简单,第四试炼就是在通过第三试炼时保持平和的心态。你做到了这一点,并且没有发怒,所以恭喜你,通过了试炼!"

她松了一口气。**好吧,这种惊喜多多益善。**

山神指着被绑起来的利弗说:"显然,他失败了。"

"现在你还剩下最后一道题,第五试炼!"

他拈着胡须说:"这样吧,鉴于你这么配合,我又如此慷慨,我决定最后给你出两道题,你可以自由选择希望回答的题目。"

小晴跌跌撞撞地走到山神面前握住了他的手。"太谢谢您了,守护者大人,山神大人!谢谢您愿意帮助我,我真的一点都不擅长解谜。"

"别这样,你弄得我都开始心软了。好吧,好吧,我们快点打住,不然我可能会直接告诉你答案了!记住,你只剩下最后一次机会了,所以不能在答错一道题后改答另一道题。"

唉。

"那么请听第一题：我会在你发出信号的时候命令蟋蟀再次开始唱歌，你的任务，就是找到一种方法，在蟋蟀的歌声充满洞穴之前用其他的东西将其填满。很简单，对不对？"

小晴听过题目后确实想到了很多，但"简单"绝不是其中之一。

"我要怎么和您示意'开始'呢？"

"嗯……你可以拍一下手。不过，请注意！你拍手的声音不能算作答案！你不能使用声音或魔法作答。"

就算我会用魔法，在这座岛上也用不出来！所以答案到底是什么？快想，快想！

小晴绞尽脑汁地思考着。

什么东西比声音更快？

哦，对，是光！

她忽然意识到了一件事。

但是我的手电筒没电了！这个狡猾的山神还让我把萤火虫留在了上一个山洞里！

刚刚升起的希望再次落空。

这个谜题简直就是作弊，可恶！

她绝望地看着山神，问："可以告诉我，第二个谜题是什么吗？"

"当然了，看这里。"

老人举起手杖，在空中挥舞起来。先向左，再向右，最后戳向地面。紧接着，他像握住一支巨大的毛笔一样握住手杖，开始在地面上画出图案。

小晴着迷地看着那些画在沙地上的线条。

渐渐地，两只栩栩如生的狼出现在了地面上。山神突然停下画笔，收回了手杖。

不可思议的事情发生了。沙地中的图案动了动，站起身，好像活过来了一样！两只狼正在撕咬彼此的咽喉！

太厉害了！

"每个人的内心都有两匹这样的狼，它们注定彼此争斗，直到永远。其中一只是水和雾做的狼，代表着梦想、希望、善良、耐心、宽容和爱。另一只是烟和影做的狼，代表着梦魇、失望、憎恶、急躁、自私……"

"那么，"他扬起眉头，看着小晴，"你说，哪只狼能赢得缠斗？"

小晴激动地想道：*我知道这个！这是一个印第安人的传说，是爷爷最初讲过的故事之一！*

"我知道，守护者大人！答案是：你喂养哪只狼，哪只狼就会获胜!"

老人笑了:"你看?我早就说过,你比你以为的更擅长解谜!是的,你精心养育的那匹狼会获得胜利。"

还不待小晴欢呼庆祝,老人又继续说道:"但是……"

她的心再次沉到了谷底,就像利弗的那包柴火,直直地跌进了世界之瀑下的深渊中。

"很遗憾,这并非我要问的问题。真正的问题是:你要喂养哪一匹狼?因为,你看,我还没有给它们涂上颜色……"

小晴气得七窍冒烟。我怎么可能知道!你只是临时改了问题,为了让我输掉游戏!

山神弯腰拿起木勺,放进咕嘟作响的锅里,舀起一勺热腾腾的炖蔬菜。他将木勺拿到沙地前,在左右两个图案上方各停留了片刻。

"这就是我的问题:哪只是雾狼,哪只是烟狼?我该喂养哪只,又该给哪只涂上颜色?"

他看着手足无措的小晴。"选择权在你,你已经听过了两个问题,要回答哪一个?记住,你只有最后一次机会了。"

小晴的膝盖发软,她摘下书包放在了地上,然后在旁边坐了下来。

两个问题都很难,而且只有一次答题的机会……

就算我答对了,又怎么知道他不会再次故意改变规则?

她用手捂住了脸,手心已经被冷汗浸湿了。

但是我能怎么办?我别无选择。

她努力振作起来。

没有魔法,什么才能瞬间充满整间屋子?嗯……山神说我不能用魔法,那利弗呢?

不行,他被捆住了!而且这座岛上本来就不能用魔法!

她呆呆地看着沙地上的两只狼,它们仍在彼此撕咬。

是左边的狼还是右边的狼?这太蠢了,甚至算不上是谜语。这就像掷骰子一样,只是单纯的赌博而已。就像当时要选左边还是右边的瀑布一样。

她打开书包,绝望地在里面寻找能改变局势的奇迹,或者一丝灵感。

如果不是单纯的赌博,这道题就是个陷阱。如果我说雾狼是右边的,那个老头就会说你答错了,是左边的!

她一边在书包里翻找,一边思考这个问题。无数的念头在脑海中盘旋、沸腾,化作了一团团烟雾。

根本不可能答对!根本不可能!

然后她看到了那个东西,一道闪电划过脑中的阴云。

既然不能放弃,就只能努力通过试炼。

小晴紧紧地握住那个给了她灵感的东西,站起身来。她浑身颤抖,却不是因为恐惧,而是因为兴奋。

"守护者大人,我只有一次机会答题,但是可以从两道题里面选择一道,是不是?"

"是的,小公主。"

"我已经决定了,我要同时回答两个问题。"

老人惊讶地扬起了眉头。"噢!真是出乎意料的选择,你确定要这么做吗,孩子?"

"是的。这样的话,我答对其中之一的概率就会变高。"

山神抚了抚胡子。

"但是也有可能答错其中一题,这样你就花掉了最后一次机会!"

小晴咬紧牙关。

"守护者大人,要通过你的五重火之试炼,需要答对五道题,是不是?"

"是的。"

"现在已经答对了四道题,只剩下最后的第五题了,对不对?"

"对。"

"你给了我两个选择,我可以从中选择一题作为第五题来作答,是吗?"

老人眯起了眼睛。"没错。"

"既然如此,就算我只答对了一题,我也已经通过了这个试炼。五重火之试炼只有五重,不是六重。"

老人抚摸着胡子,小晴接着说道:"而且,我选择同时回答两道题,但没有选择要将哪一题作为第五题来回答。我要选择回答正确的那题作为我的第五次试炼。"

她紧紧地握着拳头,咬牙看向山神。

"就算另一道题答错了,你也不能因此取消我的资格,因为我没有选择那道题。"

"我的头有点儿疼。"老人拍了下手,"不过你这种不服输的精神可嘉。好吧,就按你说的来吧。只要你答对一道题,就算通过试炼,我额外答应你的两个愿望也算在内。"

她终于松了一口气。"谢谢您,守护者大人。"

"只要不把两道题都答错就行。"

"嗯,我明白,守护者大人。"

"孩子,你可以直接叫我山神爷爷。"

小晴微微笑了一下,闭上眼睛,一边整理思绪一边平复呼吸。

她紧闭着眼睛说道:"山神爷爷,我想先给您讲一个故事。这是我爷爷给我讲的一则印度寓言。"

当她开始讲述故事的时候,曾经的记忆再次浮现,鲜明得仿佛爷爷本人正在讲述。

很久很久以前，有一个男孩，他生活在喜马拉雅山脚下的一个村落中。

男孩很调皮，总对村民做各种恶作剧。

村中所有人都中过他设下的陷阱，除了一名睿智的老妇人。

老妇人拥有世间所有的知识，总能识破男孩的计谋，让他无法得逞。

于是，让这位老妇人中计便成了男孩的执念。日复一日，他谋划不停，并对自己说："总有一天，我肯定能设计出让她无法识破的陷阱！"

他失败了一次又一次，终于有一天，他坚信自己想出了一道绝对不会被破解的谜题！

他从树林中抓到了一只美丽的蝴蝶，暗自笑道："我只要把蝴蝶抓在手中，问那老太太：这只蝴蝶是活还是死？如果她说蝴蝶死了，我就张开手给她看活着的蝴蝶；如果她说是活着的，我就把蝴蝶捏死，再给她看死去的蝴蝶！"

他笑了起来，心想：她绝对无法答对这个问题，哈哈！这次肯定是我赢了！

于是，他跑到了老妇人的家，双手背在身后，抓着那只可怜的蝴蝶，一脸得意地挑战道："老太婆，我有一个问题，你绝对答不上来！"

"我手中抓着一只蝴蝶,我想请问你,这只蝴蝶是活着还是死了?"

老人悲伤地看着男孩,叹了一口气,然后回答道……

小晴终于睁开了双眼,直直地看向山神。

"山神爷爷,你问我雾狼在左边还是右边。

"我的答案和老妇人对男孩的回答是一样的。

"她说……

"孩子,那蝴蝶是死是活……"

小晴拿出左手,举到山神面前。

"答案……"

她将手缓缓张开,像一朵绽放的花。

"就在……"

手心里赫然是一个毛茸茸的圆球。

忽然间,她猛地将那圆球丢向远处,然后拍了一下手!

"你的……"

山神惊讶地睁大了眼睛,慢动作一般张大了嘴。

"心中!"

圆球精准地落在了锅的下方,掉进了噼啪作响的柴火中。

"答案就在你的心中!"

然后,砰的一声,臭气果炸开了。

26
流星

"三……二……一，呼！"小晴数了二十五秒，等待臭气果的味道散去，然后她大口喘着气，让空气充满肺叶。

山神还未来得及给蟋蟀发出信号就昏了过去。

不过，住在山洞里的蟋蟀很可能也因为臭气弹晕过去了。

因为这里一点动静都没有。没有叹息声，没有呻吟声，什么都没有。

对臭气果十分了解的利弗在发现她要做什么的时候，立刻憋住了气。小晴帮他解开了绳子，话语就像冲垮堤坝的河水一样滔滔不绝地从他口中流了出来。

"我的天哪！太赞了！哈哈哈！那老家伙真是活该，谁叫他惹我们的小公主！"

利弗开始围着昏倒在地的守护者跳起了舞。小晴极力阻止，但还是没能拉住对着守护者不停扭屁股、摇手指的树妖。

"啦啦啦,啦啦啦!看看现在谁是小丑?啦啦啦!"

老人动了动,树妖的勇气瞬间蒸发。他躲到小晴身后,大喊:"喂!别跳了,小晴,你这样很没礼貌!"

"哎哟!"

小晴打了他一拳。

"呜啊……"守护者呻吟道。

糟糕,他要醒了。

老人小心翼翼地坐起身,双手捂住了脸,揉着眼睛和鼻子,又呻吟了一声:"呜呃……"

他会杀了我们的!小晴吞了一口口水。**或者把我们变成蟋蟀。也许那些蟋蟀曾经都是人类,所以它们才会不停地叹息哭泣!**

山神摇了摇头,似乎在厘清蛛网一样凌乱的思绪,然后放下手,抬起头来,困惑地看向两人。

"杀鸡焉用宰牛刀啊!我还以为你会去取那只萤火虫,用光照亮山洞,因为光速比声音更快!但谁知道你竟然直接把我和我的蟋蟀都熏晕了!"

"呃。"小晴尴尬地挪了挪脚,不由得有些心虚,"对不起!"

山神忽然爆笑出声:"哈哈哈哈哈哈哈!"

渐渐地,小晴也忍不住笑了起来,然后利弗也加入了他们。

但是他们的笑声被一阵咳嗽和喷嚏声打断了。

臭气果的味道仍然萦绕在空气中,闻起来像是放了一个世纪的臭鸡蛋。

"咳咳!咳咳!"山神擦了擦眼泪,"哎呀,我不得不承认,你那一招才是真的充满戏剧性!若论气势,十分满分我能给你十二分!"

小晴对山神行了一个屈膝礼。"谢谢您的夸奖,守护者大人!"刚才笑得太大声,她的肚子都开始疼了。

老人揉了揉小晴的头发。"恭喜!你凭借自己的力量通过了五重火之试炼!不,算上你最后回答的问题,是六重!因为你两个问题都答对了!"

她难以置信地看着他。

真的吗?

山神温柔地笑了起来:"是的,那两只狼的谜语,答案就在'你的心中'。你相信什么,就会得到什么。你命中注定的未来掌握在自己手中,你会变成自己所期望的模样。"

山神清了清嗓子。"说到这个,你还可以向我许下两个愿望,来吧,请谨慎选择你想要的东西。"

"我现在只能想到一个愿望,山神爷爷,剩下的一个可以先保留吗？"

"当然没问题，你想要什么？"

小晴乖巧地走到山神身边，小声耳语了一句什么。

"什么，你确定？我刚说了让你谨慎选择！天哪，天哪。唉，好吧。我说话算话，那么便如你所愿。"

山神嘟嘟囔囔地念了几句话，然后打了一个响指。

"好了。"

小晴合掌道："谢谢您！"

利弗十分好奇，凑过来问道："喂，喂！你许了什么愿望？在别人背后说悄悄话很没礼貌，快告诉我啊！"

小晴对他眨了眨眼，说："没问题，等我们完成任务就告诉你！这样你就不得不跟我走到最后了！"

"虽然我个人不太喜欢你的这个愿望，但我尊重你的决定，"山神鞠了一躬，说道，"年轻的公主殿下，您拥有如此气量，必然前程无量。"

他挺起背，又说道："不过，在那之前，不要忘记我们还要去救另一位年长的公主！"

* * *

山鬼们围在湖边，七嘴八舌地争论着谁应该为丢掉的晚餐负责。一片混乱之中，巨大的象鸣声震得它们的耳膜嗡嗡作响。

一只山鬼用手指堵住耳朵，抬头看向天空。它嗅着空气的味道，看向了瀑布。那可怕的声音就是从瀑布后面传来的。其他的山鬼也学着它的模样堵住耳朵，抬头看去。

一道耀眼的光如闪电般飞出，灼伤了山鬼的眼睛，它们不得不用手遮住视线。

是流星吗？

火光继续向上，忽地停在了半空中，如同一盏飘浮的灯塔，在雾气中一闪一闪，为黑色海洋中的旅人指明方向。

忽然之间，那道光俯冲下来！光芒变得越来越亮，直直地冲着它们来了！

是陨石吗？

它们没时间思考了。山鬼们尖叫着推搡起来，拼命地想要逃跑，却绊倒在同伴的身上。

呼的一声！那团天火低空掠过，一阵风将山鬼们吹得东倒西歪。

"好棒！这也太好玩了！"小晴欢呼道。她左手抓着梦貘的毛发，右手高举着水晶瓶，水晶瓶内的萤火虫闪闪发光。

哞——

梦梦迫不及待地叫道。

"跑吧，快逃吧！你们这群渣滓！"利弗迎着风高喊道，地上的山鬼就像家里着火的白蚁一般四散而逃，冲下山丘。

它们遗弃了自己的巢穴，小晴只要走进去把奶奶接出来就可以了。

小晴举着萤火虫灯走在前面，利弗和梦梦跟在后面。几人直奔山鬼巢穴中最大的帐篷而去。说是帐篷，其实也只是几条破布搭在木棍支架上。走近后，搭在木架上的布条动了动，作为门的布帘被掀开了一角。

小晴愣住了。也许洞里还有其他的山鬼。

但是一个熟悉的身影从帐篷里走出来,小晴立刻喊出了声:"奶奶!"

"小晴,真的是你吗?"

"是我,奶奶!"

"天哪,你手里的灯真亮,我都睁不开眼了!"

"啊,对不起!"小晴把灯放在了梦梦身后,用梦貘巨大的躯体挡住了光。

她冲向了奶奶的怀抱。奶奶用力抱紧她,几乎要把她勒得喘不过气来。但是小晴并不介意,她也同样紧紧地抱住奶奶,两人就这样相拥了片刻,直到利弗不耐烦地打了个哈欠。

"我还以为再也见不到你了!"奶奶吸了吸鼻子说。

"我也是!能再见面真的太好了!奶奶,你还好吗?那些怪物没有伤到你吧?"

"没有,它们才不敢呢!小晴,虽然我很开心能再见到你,但是你为什么会跑到这里来?利弗!我明明和你说了,不能让她到这么危险的地方来。"奶奶瞪了树妖一眼,他飞速躲到了梦梦身后。奶奶这才注意到:"等下……那是一只梦貘吗?"

"是的,奶奶!她叫梦梦。"小晴说,"这不是利弗的错,是我自己用你的魔粉回到迷雾之境的。"

"是我英勇地追在她身后,保护她不受伤害!"利弗昂首道。

奶奶拍着额头说:"唉!我早该知道,如果你想做什么,我肯定是拦不住的,对不对?"

"目前为止,是的!希望我以后也不会遇到阻拦!"小晴笑了起来,"但是,奶奶,我看见有山鬼戴着你的墨镜,它们是翻了你的背包吗?其他的原料都还好吗?尤其是鲛人的汗水。"

"别担心,原料都没事。它们只对能吃能穿的东西感兴趣,装在瓶子里的汗水和香水对山鬼的吸引力几乎为零。确实有山鬼吃了一个魔鬼椒,但它很快就后悔了!"

"太好了!我们终于开始走运了!"小晴抓起奶奶的手,说,"来吧,奶奶,咱们快飞到山顶上去。那盏萤火虫灯,还有山神试炼的细节我会在路上讲给你听的!"

27
迷雾尽头

哗——

梦梦盘旋在暗影山的上空,熟练地穿过烟雾和疾风向下飞去。虽然背着三个人,但这只形似大象的神兽依然轻盈地滑翔而过,仿佛那些额外的负重并不存在。

小晴弓着身子贴近梦梦,紧紧地抓住她的毛发。悬崖边呼啸的狂风几乎要将她吹下梦貘的后背,卷进无底的深渊。利弗坐在她前面,整个身体都挂在了梦貘的脖颈上。显然,他并不擅长飞行。

小晴回头看向奶奶,奶奶回以微笑,但笑容底下还有一丝忧虑。

原因很明显。

天已经蒙蒙亮。梦貘飞至云端之上时,阳光金色的手指已经攀住了地平线。但是下方山顶处依然阴云密布,一片漆黑。黑夜停留在这座山上不愿离开，暗影死死地抓住大地，拒绝迎接白天的到来。

覆盖在山顶的雾霾遮住了光线。它极力地阻止他们取得制作解药的材料，仿佛想要保护自己的同类——住在爷爷脑海中的那片迷雾。肆虐的狂风是它隐形的双手，决意要将他们赶走。

即便萤火虫的光芒被放大了一百倍，还是只能照亮前方几米的范围。有些地方的黑雾如此浓厚，表面仿佛凝成了壳，几乎触手可及。这样的区域是无论如何也无法照亮的。

"已经到清晨了，蕊晴花随时有可能绽放，"奶奶说，"它会在中午枯萎，我们应该有足够的时间取得花蜜。"

小晴笑着点了点头："肯定可以的，奶奶！"

但奶奶似乎也只是在安慰自己。

利弗扬起头，嗅了嗅空气中的味道，喊道："只有我一个人闻到有什么东西烧焦了吗？"

小晴面对着风深吸了一口气，马上咳嗽起来。

树妖说得没错，天上有一股煤炭、灰烬和橡胶燃烧的味道。有什么东西着火了。

她忽然有些不安。

难道是山顶……还有山顶上的蕊晴花着火了？

骤然间，刺耳的嘶鸣和哭喊声包围了他们。这声音让她不寒而栗,刺骨的寒意顺着血管流遍全身,仿佛冻结了每一个细胞。

那鬼魅般的哭声还在持续,像一群亡灵乌鸦和吸血蝙蝠在尖叫。

这又是什么怪物?

小晴手中的萤火虫灯隐约照出了一个巨大的黑影,黑影被烟雾缭绕,呼地一下飞过他们身边。紧接着,一团又一团黑影飞了过去,将他们淹没在呛人的烟雾中。

小晴心脏跳得飞快,俯下身喊道:"这……这些是什么……蝙蝠吗?!"

奶奶用手扶住她,安慰道:"不用怕,它们不会伤到你的。它们害怕你手中的光,更害怕梦梦。"

利弗惊呼:"别告诉我……那些东西是、是……魇雾马?那种会让人陷入梦魇的马?!"

所以才会有烟雾的味道!因为它们是烟雾做成的马,至少这下能确定山顶没有着火了……

"咴——"

一个巨大的黑影出现在了右侧,黑影的头部好似一匹骏马,距离利弗近得有些过分。树妖清了清嗓子,对它吐了一口吐沫。

魇雾马发出了痛苦的嘶鸣声,迅速逃开了。

利弗对着它挥舞拳头，说："看我用口水淹死你，你这团憋了八百年的臭屁！我这里存货可充足了！"

"别激动，利弗，"奶奶安抚道，"只要我们不走散，就不会遇到危险。就像你刚才做的那样，这些烟雾怪怕水。等我们降落到山顶的湖边，它们就不会靠近了。而且魇雾马并不吃人，只会夺走你的快乐，让你做噩梦。相反，它们倒是梦梦最爱吃的早餐。"

"真好，乖梦貘！"利弗把自己埋进梦梦毛发中，"我原谅你把鼻涕喷到我身上了。"

梦梦不屑地哼了一声。

更多的嘶鸣和哭声从身后传来,小晴回头看去,身后竟然有一大群黑色的马追了过来,像烟雾做成的骑兵队一般!

"滚开!快滚开!"她喊道,努力将萤火虫灯举到身后。马群发出了痛苦的嘶声,四散跑开了。

哼,我可见识过比你们更吓人的场面!

接近山顶后,隐约能看到岩石中间有一片闪亮的光。

是湖水!我们到湖边了!

梦梦用力拍了几下翅膀,小跑着降落在地面,然后停下。

"你飞得真稳,梦梦!"小晴夸赞道。梦梦骄傲地昂起了头,小晴摸了摸她的毛发,顺着梦貘的身体滑下地面。虽然飞行也很有趣,但还是坚实的大地更令人安心。

"谢谢你带我们过来,梦梦,"奶奶帮梦貘挠了挠脖子,"你不介意的话,可以在这里等我们,我们要去摘花了。"

梦梦高呼了一声表示赞同。

小晴看向周围,发现自己站在一座小小的湖心岛上。这座岛非常小,只有奶奶家的厨房那么大。四周环绕着一片巨大的湖泊,东边的湖水聚成瀑布,从悬崖顶端落下。虽然看不真切,但她能听到哗哗的水声。

这里就是双子瀑布的源头。我和利弗之前在瀑布底下差点儿被吃掉!

他们此时就站在迷雾的尽头,春天的第一缕阳光照耀的地方,也是能够救回爷爷的花朵绽放的地方。

终于成功了!

小晴想起了奥姆巴克人的歌谣:

冬日的第一缕寒风,
春季的第一滴露水,
都始于这座山顶,
这黄昏与朝阳相遇,
春花初绽的地方……

天哪,我简直不敢相信!我们就要拿到最后的原料了,爷爷很快就能恢复记忆了!

但她还是无法驱散内心的不安。

这里还是太黑了。如果没有阳光,花朵怎么知道清晨已经到来了呢?

她耸了耸肩。

可能迷雾之境和地球不同,花草并不需要阳光也能生长。也许这朵花就像奶奶的昙花,只在黑暗中绽放,到了白天就会凋谢。

"我们要谨慎一点,"奶奶告诫道,"小心脚下,不要踩到花!"

小晴举着水晶灯,急切地寻找着传说中的花朵。

不知道它长什么样子,也许像玫瑰花一样,或者像塔萨尼女王花园里的那种花,花瓣像蝴蝶翅膀一样?

利弗忽然喊道:"在这里!"他的兴奋溢于言表,"在这里!在我的右边!"

大家来到利弗身边,看向他手指的方向。不远处,就在小岛的最东侧,瀑布边缘的位置,有一株植物孤零零地立在那里。

它不知怎地穿透了岩石,从冰雪中破土而出。

叶片之上,一条修长的茎秆不顾狂风的吹拂扎向天空。在这片冰冷又黑暗的烟雾中,一枚娇弱的花苞挂在茎秆上,坚强地存活下来。它的兄弟姐妹都被狂风连根拔起,枯萎凋亡,只留下最后一株。

一朵孤单的、脆弱的花苞。萼片如同两只祈祷的手,紧紧地抱在一起,指向东边。

春天的第一朵花。

蕊晴花。

我们找到了,旅程结束了。

奶奶抱住小晴,用力吻了吻她的额头。

终于能回家了。

利弗和小晴击掌庆祝。

这只花苞中是一朵尚未绽放的花。

而花瓣的中间,藏着解药所需的最后一味材料,也是拯救爷爷的关键。

那个老人曾经对一位精灵公主说:"殿下,故事是梦的土壤,梦则是希望的种子。而希望,正是这世间最为珍贵的宝物之一。"

泪水滑落脸颊,小晴用一只手抱住奶奶的手臂,另一只手环着利弗的肩膀。

终于,在经历了千辛万苦之后,他们来到了这里。

他们沉默地坐在花朵旁,仿佛要和它一起努力生长,等待着绽放的时刻。

时间流逝。

嘀嗒,嘀嗒……

半个小时过去了。

嘀嗒,嘀嗒……

一个小时过去了。

又一个小时过去了。

什么都没有发生。

花苞仍然是花苞的样子。

出问题了。

奶奶轻声打破了沉默:"现在已经是上午了,蕊晴花早就该绽放了。"

小晴的手指开始颤抖,奶奶揉起了太阳穴。

"它需要日光的照射。"小晴说,"但是这里太黑了。"

她最害怕的事情还是发生了。

树妖也崩溃了:"如果这花到中午都不开,就不会再开花了!下次至少要等到一年之后!"

一年?不行!到那时爷爷就回不来了。我们吃了这么多苦,冒着死亡的风险才终于到了这里!

"这朵花快死了!"利弗喊道。

难道这一切都是徒劳吗?

她不敢看,但还是看了过去,她宁愿什么都看不到。

那朵尚未绽放的花正在渐渐凋零。

28
盐水

他们无措地看着花朵渐渐枯萎。

它不仅没有绽放,甚至开始凋零了……

他们沉默地愣在原处,空气中弥漫着绝望的气息,令人窒息。

小晴捂住了脸。

不要,求求你不要这样!我们明明就快成功了!

奶奶用手揉着太阳穴,叹了一口气,说:"我们必须要做点什么。"

"我们还能做什么?"利弗反问道。

"什么都行,什么都比在这里干等着好。我们不能眼睁睁地看着它枯萎,"老人沉思道,"利弗,你知道现在距离正午还有多久吗?"

树妖伸出舌头尝了尝空气的味道,又嗅了嗅。"这地方烟太浓,很难确定,但应该还有三个小时左右。"

"好。我们不能像无头苍蝇一样到处乱飞,必须先想出一个计划。首先要厘清现状。就像小晴说的那样,这朵花需要阳光,我们该如何实现这一点?"

没有人说话。

奶奶再次提议道:"利弗,你先说说看。"

"什么?我?要我说,我们已经完蛋了,都怪天上那群飘来飘去的马粪!"

奶奶勉强地笑了笑:"所以这意味着我们要清理天空,这是一种办法,能让阳光照到花朵。"

利弗难以置信地拍了一下额头。

小晴忽然想到:"对了!除了让阳光洒下来,我们还可以把花带到天空?"

"这个主意不错,不愧是我的好孙女!我们可以试试看。"

眼看着希望的光芒就要冲破黑暗,小晴立刻检查起那株植物,抬起叶片观察根部。但是很快,她刚刚振奋的精神又变得萎靡起来。"不行!完全不行……根部扎进了岩石的缝隙里,根本没法在不伤害根系的情况下将它拔起来。"

她失魂落魄地瘫坐在地上。

不行,已经太晚了。

奶奶努力想抬起岩石,但很快也放弃了。

利弗摇头道:"不可能的,那块石头埋得很深,不可能挖出来!"

只能到此为止了。

奶奶掸了掸手上的土。"没事的,没事的,我们再回到最初的问题:如何驱散天上的烟雾?"

树妖掐着手心说:"没有魔法是做不到的!根本不可能!"

奶奶刚想反驳他,却看到小晴缩成一团,把头埋在了手臂之间。老人轻轻地托起孙女的脸,看着她的眼睛说道:

"亲爱的,你在这个陌生的世界里遭遇了那么多怪物,身陷险境,却能克服万难带我们来到这里。你将我从山鬼手中救了出来,还无数次救下了这只树妖。"

一滴眼泪从小晴的颧骨旁滑落。

奶奶温柔地用拇指为她擦去了泪水。

"还记得你爷爷讲的那些故事吗?除了希望和爱,还有一个礼物是什么?"

"信……信念。"

"是的,信念。坚不可摧的信念,不屈不挠的信念。无论多么绝望,多么困难,都绝不放弃的信念。"

奶奶望着她的眼睛,说道:"孩子,我相信你。"

"谢……谢谢你,奶奶。"她吸着鼻子说。

"告诉我,你是怎么克服这一路上的困难的?你是怎么通过山神的试炼的?"

"我……我……"小晴沉思道,"嗯,每次我遇到困难的时候,就去回想爷爷对我讲过的故事。尤其是和我面对的问题类似的故事,然后这些故事就会给我带来灵感……"

"那我们这次也来试一试,好吗?咱们一起想想,有哪些故事和清理天空有关?"

小晴绞尽脑汁道:"我想不到……"

"嗯,我一时也想不出来,"奶奶思索道,"也许我们可以换个说法,不要这么具体。比如,我们想要清理掉的是什么东西,是什么挡住了阳光?"

利弗插嘴道:"我刚才说过了!天上全是黑烟和马粪!"

"嗯,好吧,利弗。就从魇雾马开始,什么东西能把它们驱散?"

他耸了耸肩,说:"它们显然很害怕梦梦,但她也不可能一口气吃掉那么多魇雾马!"

小晴忽然想到了:"水!那些梦魇马是烟做的,你之前提醒过我们它怕水!"

利弗讽刺道:"行啊,那我们一起对着天空吐口水,真是好极了……才怪!"

小晴有点生气了。

"闭嘴,利弗,"她怒道,"你这样只是在帮倒忙。"

"你才闭嘴,你出的主意就没几个好用的!"

真是忍无可忍。

"至少我还在努力,你就只会放弃,或者捣乱!整天抱怨个不停!"她生气地反驳道,"哦,快看我,我是臭脾气先生!我生气又难过,但我只会搞破坏,然后躲起来自怜自艾!"

这下树妖也气坏了。"搞破坏?是哪个蠢货把我家砸坏了?"

"看吧？我说的就是这个意思！'哦，你砸坏了我的家，我就要炸掉你的大脑！'就算你妻子几百年前住在那栋破房子里，你也不能那样伤害我爷爷！"

"不许说艾丽莎！"利弗气得挥起拳头冲向了小晴。

"都别闹了！"奶奶吼道，两个正要扭打起来的人都愣在了原地。

"你！"她指着小晴说，"你说得太过分了，不要再说了！"

"还有你，"她眯起眼睛看向利弗，"这么多年来我一直想告诉你，但离开迷雾之境后一直没找到机会。"

她的语气缓和下来："我知道，失去艾丽莎之后你悲恸欲绝。你觉得是世界夺走了她，于是筑起了心防，将自己隔绝在外。"

老人继续说道："但我同样知道，艾丽莎并不希望你这样。她是一个伟大的医生，为了让更多的人活下去，她牺牲了自己。但是比起世界上的其他人，她肯定更希望你能够振作起来，好好生活。"

她将手放到利弗的肩膀上，说："如果生活对你扔石子，你就用那些石头造一座桥，而不是一堵墙。"

"是时候打破那面墙了，利弗。不要总是盯着过去，要向前看，就当是为了艾丽莎。"

树妖沉默地盯着地面。

"嗯……对不起。"小晴小声道歉,"我刚才不该那么说的。"

奶奶对小晴点了点头,帮她理了理外套。"不能继续浪费时间了,回到刚才的问题,我们说到哪儿了?"

小晴回忆着:"用水……赶走魇雾马。"

"没错!用水是个好主意。当然还有另一个选项——光。魇雾马畏光,如果我们能驱散雾气,让阳光照下来,也能将它们赶跑。"

水,光。

突然,小晴看向奶奶,喊道:"伊利亚帕!"

树妖悄悄擦掉一滴眼泪,疑惑地看向她:"什么?伊利爸爸?你要救的是你爷爷,不是你爸爸啊?"

"傻树妖,"奶奶摇着头说,"她说的是印加帝国传说中的雷神,伊利亚帕。"

小晴点头,脑海中再次响起了爷爷的声音:

很久很久以前,秘鲁发生了旱灾,印加帝国的子民饥渴交加。伊利亚帕不忍见到人民受苦,便决定出手相助。

天上有一条大河,名曰天河。天河的旁边有一口大缸,用来储水。伊利亚帕找来了一块巨石,用魔法弹弓将其射出。他拉得如此用力,以至于巨石飞出的时候发出了一道耀眼的光芒,这便是世界上第一道闪电。

巨石越飞越高,砸中了那口大缸。"轰!"的一声,缸碎了。这就是世界上第一声雷鸣。接着,哗啦一下,缸中的水倾泻而出,便有了世界上第一场大雨。秘鲁的人们得救了!

这就是为什么下雨的时候先有闪电,再有雷鸣。但是你知道吗,小豆芽?直至今日,天河和大缸都还在天上!你不信的话,就抬头看看吧!

爷爷指向满天的繁星。

它们只是换了个名字,看到那里了吗?那就是天河,因为星尘太多,河水看起来有点混浊,像条银色的带子,所以今天我们叫它银河!还有那口碎掉的缸,如今就叫作北斗七星!

"雨!"奶奶的声音将她从沉思中唤回,"确实,只要下雨就好了!而且,你爷爷曾经还问过我:'特里西娅,迷雾之境有没有种地的农民呢?'我说有的。于是他又说:'但是我们地球上,不光有种地的农民,还有给天空播种的人呢!'当时我觉得他只是在开玩笑,但是他继续说道:'我不是在开玩笑,这是真的!遇到旱灾,或者山林起火、浓烟四溢的时候,又或者是空气遭到污染的时候,天上的农民就会开着飞机,对着云层播种!你问,他们播的什么种?当然是眼泪的结晶:盐!那么,他们为什么要这么做呢?当然是为了获得天空的眼泪,他们想要让天空哭出来!'"

奶奶点头继续道:"换句话说,就是——下雨!"

小晴的眼睛亮了起来。

对!爷爷也和我说过!我们可以向云层中播撒眼泪的结晶,让它们哭出来!这样就能下雨了!

她开心得跳了起来。"给云层播种,奶奶!就这么办!如果我们能把盐撒到云彩里,就能让天空下雨!只要下了雨,就能驱散雾霾,让阳光直射大地,赶走魔雾马,蕊晴花也能晒到太阳了!"

树妖呻吟道:"可还是需要魔法啊,你们要从哪里拿到盐,又要怎么把盐撒到天上?需要我提醒你一下吗?这座岛上是不能用魔法的!"

奶奶清了清嗓子,说:"利弗,我不是刚说了要让你积极一点吗?如果不行的话,至少不要扫了大家的兴。"

"行吧,行吧,抱歉,我这是习惯成自然了……"树妖说着说着,突然停下来,睁大了眼睛,"哦,我知道该从哪里拿盐了!"

小晴和奶奶交换了一个惊讶的眼神。利弗情不自禁地跳了起来。

"鱼尿！"他哈哈大笑着说。

奶奶的脸色沉了下来。"不要用你那些愚蠢的笑话浪费大家的时间，尤其是在这种紧要关头！"

小晴却咯咯地笑了起来。

"奶奶，利弗说得没错！他说的是我之前讲的一个故事，关于安加罗是怎么把海水变咸的！"

老人停下，疑惑地看着她，然后思考起来。

"原来如此！"她大笑了起来，"大海！我们可以从海水中取盐！"

脑中的闸门忽然打开，小晴又想到了一个办法："利弗说得对，这座岛上不能用魔法，因为有山神的屏障，但是……利弗，你当时不是说，你跑出了穷途岛，划船出海，离开了屏障的范围，才传送到我家的吗？"

利弗点了点头。小晴继续飞快地说道："既然岛上不能用，但是离开一段距离又可以的话……"

奶奶搓了搓手掌，催促道："继续说，你是不是想到了什么？"

"我知道你要说什么了！"利弗说，"只要升到岛的上空，离开屏障的范围，就可以用魔法了！"

"是的!飞到最高处!"小晴说。

"太棒了,这才叫团队合作!"奶奶鼓起了掌。

但是小晴还没有说完。

"而且……我知道要怎么把盐撒到天空上。既不用砸碎北斗七星,也不用让银河落下!"

29
最后的愿望

哞——

梦梦的呼声像警笛一般从天空传来。

她背着熟悉的三人组,如果算上那只住在水晶瓶里的灯泡,就是四名乘客。梦獏拍打着巨大的翅膀,盘旋在能够沐浴到阳光的云层之上,太阳已经快要升到天顶了。

时间不够了。

"最多还有两个小时。"利弗思忖道。

天上忽然响起了绵延不绝的长号声,仿佛梦梦的呼唤激起了无数回音,又在天空被放大了无数倍。

哞——哞——

哞——哞——

"援军到了!"小晴喊道。

确实如此。

两只、五只、十只……二十余只梦貘穿过云雾飞向他们。它们拍打着翅膀,在梦梦身边围成了一圈,中间的主角也骄傲地昂起头来。

二十六只梦貘!

"谢谢你帮我把它们喊来,梦梦!"小晴抱住梦貘的头,亲了亲。

"好耶——"一个熟悉的声音从下方传来。

声音的主人有一头花白的头发,留着凌乱不堪的胡须,身形瘦长,从一朵厚厚的云中穿了出来。

是老山神!

他坐在一只巨大的黑色梦貘身上。它毛发浓密,个头比其他梦貘都大,骄傲的样子像一个国王,很可能就是这群梦貘的首领。山神和黑梦貘也进入圆圈的中心,和梦梦并排飞行。

山神和黑色梦貘对奶奶鞠躬行礼,另外二十五只梦貘也学着他们的模样垂下了头。奶奶对他们点头致意。

最后加上他们的梦梦,一共有二十七只梦貘!

"梦梦,我们都听到你的呼唤了!不得不说,小公主,你用这样的方式许下最后一个愿望真的非常机智!"

"毕竟你不愿意撤回禁止使用魔法的咒语,所以我只能想到这个办法了!"小晴看向周围,用大家都能听到的声音说,"谢谢你们来帮忙,很抱歉让你们刚从冬眠中苏醒就赶来,但是为了救爷爷,我们真的必须争分夺秒了!"

小晴对他们解释了自己的计划。

解说完毕后,山神不由得吹了一声口哨。"天哪,这是不是有点夸张了?就像你通过第五重试炼的时候……但戏剧效果确实拉满了,我很欣赏这种办事风格,公主殿下!"

小晴笑了起来:"不成功便成仁,对不对?"

老人也对她眨了眨眼。

来吧!

她看向周围的一圈梦貘,吸了一口气,举起拳头,然后用尽全身的力气喊道:"大家准备好人工降雨了吗!"

回应她的,是此起彼伏的长号声。

* * *

"三、二、一,冲啊!"小晴喊得嗓子都哑了,"冲下去,梦梦,冲!"

"耶——"老山神也欢呼道,显然很享受这种刺激。

呼——

呼——

呼——

一整群梦貘都开始向下俯冲,就像一群在隐形的道路上狂奔的水牛。他们向下,再向下,在梦梦的带领下穿过云层和雾霾,穿过嘶鸣的魇雾马,穿过暗影山脉。

呼——
呼——
呼——

很快,他们就到了海面上方。
"喝吧,梦梦,喝!"
梦梦将海水吸进长长的象鼻,其他的梦貘也如此效仿。
"好姑娘!准备好了吗?"小晴抚摸着梦梦头顶的毛发说道。

梦梦用力点了点头。

小晴看向周围,问:"大家都准备好了吗?"周围的梦貘都点了点头,他们的象鼻里充满了海水,无法再用号声作答了。

"现在,向上!出发!"

他们出发了!梦貘们跟着萤火虫的灯光冲向天空,像火箭一样。他们向上飞去，穿过一层又一层的黑雾，撕开尖叫的暗影。

前方的魇雾马竭尽全力想要避开冲向它们的梦貘。

梦梦张开了嘴，开始大快朵颐。虽然鼻子里吸满了海水，但她仍然吃得兴致勃勃，小晴不禁心生敬佩。

"这才叫真正的航空餐！"小晴忍不住讲了个笑话。

但是她刚张开嘴，被吃掉一半的黑色烟雾就飘进了她的嗓子，让她忍不住咳嗽干呕起来。

小晴一下就僵住了。她感觉很恶心，好像刚才喝了一大口海水的不是梦梦，而是她自己。

接下来的事情她记不太清了。记忆像是一连串被打乱的幻灯片、静止的画面、翻开的绘本……

抓住梦梦毛发的双手松开了。

奶奶和利弗惊慌地尖叫。

坠落……

坠落……

直到黑暗吞噬了一切。

30
眼泪的结晶

她睁开眼,发现自己漂浮在一片灰色的液体烟雾上。

一片混浊的暗影之海。

海浪在虚空中翻滚,悲伤和绝望浇在她的头顶,将她淹没,使她沉入海底。

没有空气……无法呼吸……

她一路下沉、下沉,沉到浪花的下方,然后听到了声音。

没有用的,放弃吧……

很简单,只要放弃……

海面变得越来越遥远,粼粼波光逐渐黯淡,直至消失。

你爷爷已经不在了,但是那又如何?没关系的。

反正你也不喜欢听他讲的故事……

"不!!"小晴喊道。浓烟灌进了她的肺里。

他又老,又无聊,讲的话又臭又长……

"不许这么说爷爷!……救命啊!!"她又呛了一大口烟雾。

"小晴?我在这儿!快……快救救我,小晴!"一个熟悉的声音传了过来。

爷爷?

"救救我!"

她看到了,爷爷在她的下方,正在被卷入旋涡中!

"爷爷!"

"救命!我要……我要淹死了!"

她努力向下游去。"我……我够不到,我抓不到你,爷爷!"

老人在旋涡中越陷越深,最后只剩下两只手臂还在外面。

"爷爷,"她无助地哭起来,"我不想再失去你了!"

爷爷的头重新浮现出来,但这次满脸怒容。

"你说谎!明明就是你把我丢到这里的!"

"什么?不是我!"她哽咽道。

"是你把我拉下了水,是你砸坏了房子!"

"那是个意外!"

"你让我背了锅!你把我丢在这里,让我一个人淹死!你把我关进了这个监狱……"

"不是的,不是这样的……"她虚弱地呜咽道,肺里的空气越来越少。

"不,就是你。你把我绑在椅子上,固定在床上,把我关在自己的脑袋里。"

"对不起,对不起,爷爷……"

他厌恶地盯着她。

"我只是一个行动不能自理的痴呆老年人,任你随意处置、丢弃!"

"不是的!不要说了,不要说了!我需要你,爷爷,我需要你……我爱你……"

"我恨你,是你把我关了进来,关进这座监狱……"

爷爷再次被激流吞没。

"求求你了,回来吧……"她小声恳求道。

小晴闭上眼,哭了起来。

他为什么要那么说?

她用力摇了摇头,直到无法呼吸、无法思考。脑海里有太多的声音,太多呼喊……

放弃吧,他已经不在了。这不是好事吗?

一次又一次。

"不!"她喊道,"闭嘴!那个不是爷爷!"

我认识的爷爷不是那样的。

爷爷不会想要把我一起拉进深渊的。

她不顾一切地祈祷着。

我需要你，爷爷，帮帮我吧，拜托了……无论你在哪里。

没有空气了……咳咳咳。

她的意识开始涣散，周围已是一片漆黑。

突然，远处传来了一个声音。一句耳语穿透了厚重的阴影，来到了她的身边。

"小豆芽！我不是和你讲过毛利人的故事吗？"

什么？毛利人？

她继续下沉，身边只有阴影和黑暗。

爷爷！毛利人说了什么？

没有回声，只有令人悲伤的寂静。但是她想起来了。

只要你面向太阳……

……阴影就永远在你身后，追不上你。

于是她努力划动双手，用尽最后一丝力气踢动双腿。

必须到……有光的地方！

她一点一点地前进，游得越来越费劲。她越是用力划动四肢，周围的水就变得越发黏稠，逐渐凝固成了胶状。

最后向前游动了几米后，她再也划不动了。她的身体像石头一样开始向下沉。就在这时，有什么东西从水面上伸了过来，是一只手臂！

手臂向下抓住了她！

"小晴!"一个熟悉的声音焦急地喊道,将她从灰暗的世界唤回了毛茸茸的温暖怀抱。

"快醒醒!"

小晴忽地张开嘴,深吸了一口气,像一只缺氧的鱼,贪婪地呼吸着空气。

我又能呼吸了!

她睁开眼,顿时被阳光刺痛了双眼。于是她又闭上了眼,一边呼吸着空气,一边将吸入肺部的烟雾咳出来。

啊,甜美的空气!

"你刚才松开了梦梦,掉下去了!"奶奶的脸色煞白,"谢天谢地,她又俯冲下去,我才能接住你,不然……"她的声音越来越小。

"不然你就摔成肉饼了!"利弗烦躁地插嘴道,"到底发生了什么?你难道忘了你是个人精,不是精灵?你不会飞啊!"

她依旧晕乎乎的。

"我好像吸进去了一些……魇雾马的烟……"

"你现在安全了,它们现在离得很远。"奶奶安慰道。她紧紧地抱住自己的孙女,"我还以为要失去你了。"

"我没事的,奶奶。"她的头痛渐渐消退了。

小晴再次小心地睁开眼,外面真的太亮了!

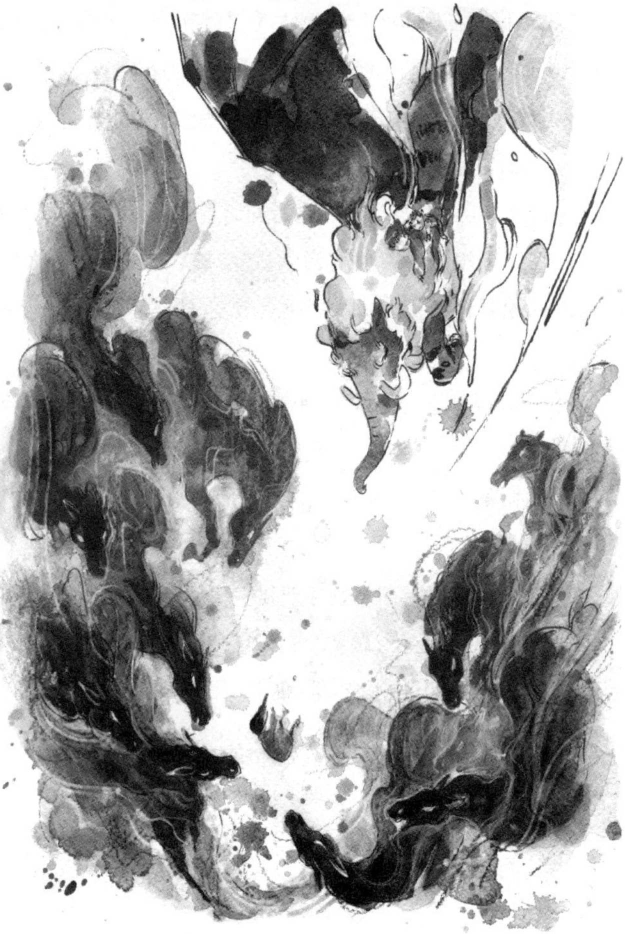

是阳光!

"我、我们在哪儿?"她感觉希望重新回到了身边,小心翼翼地问道,"你们已经清掉那些雾霾了吗?"

"还没有,但我们正打算这么做!我们现在回到了小岛上方,在云层上!"

等眼睛适应了阳光后,小晴看向周围。

天空一碧如洗,白色的云朵看起来软绵绵的。无数朵白色的棉花飘在黑雾上方,就像是淋在黑森林蛋糕上的鲜奶油。

"我已经没事了,奶奶,"小晴说着又摇了摇头,将最后一丝残存的绝望甩出脑海,"我们来给云层播种吧!"

话音刚落,梦梦就拍打着巨大的翅膀,带着他们飞回了山神和其他梦貘所在的位置。

山神担忧地说道:"你刚才把我们吓了一跳,小家伙!"

"我没事,只是……做了个白日噩梦。"小晴的耳朵红了起来,"利弗,我们还剩多少时间?"

利弗抬头看向天空,喊道:"还有不到一个小时!"

太阳快要升到最高点了。

我们还有工作没做完。

"我们还要飞得更高一些,飞到云层的上方!"小晴催促道。

一群梦貘飞向高空,扇动巨大的翅膀,就像神话中的珀伽索斯,只不过体形更大、毛发更浓密,颜色也更鲜艳。

他们飞得越来越高,直到空气变得稀薄,连萤火虫都开始闪烁,好像在瓶子里咳嗽一样。

现在他们不但能看到太阳,还能感受到阳光的炽热。在远处的地平线,月亮快要沉到海面下了。白云之下,黑色的雾霾像巧克力布丁一样堆在小岛上。

"开始吧!"奶奶宣布道,"利弗,山神,准备好了吗?"

"准备好了,殿下。"利弗点头道。

"我听您的,公主!"山神附和道。

奶奶看向依照山神的指令围成半圆的梦貘们。

"大家准备好,我下令的时候,你们就用力喷水!"

梦貘们抬起象鼻,点了点头。

忽然,小晴听到了扑棱扑棱的声音。

她回头,看到奶奶后背上的翅膀开始拍打起来。

"奶奶,你的翅膀!你的翅膀在动,你可以飞了吗?"

"希望我还没有忘记该怎么做!"

老人起身,向上飞去,轻轻地撞到了小晴的后背。

"哎呀,有点生疏了。"

但是很快她就找回了节奏,旋转着飞向了天空。

"嗯,也许飞行就像骑自行车,学会了就不会忘记!"

小晴难以置信地看着眼前的一切。**那是我的奶奶。**她露出了一个呆呆的笑容。**天啊。**

奶奶优雅地飞到远处,背对着他们,停在了半空中。

她一声令下,山神也骑着黑色梦貘飞了出去,直到他、奶奶和利弗三人围成了一个等边三角形。

奶奶对两人点了点头,开始挥动手指,另外两人也做出了同样的动作。

他们的指尖发出了粉色的光芒。

三人闭着眼睛,集中精力,挥舞手指的速度越来越快。

他们挥舞的速度越快,那道粉色的光就变得越亮。

奶奶睁开眼,用另一只手指向梦貘们。

"准备——"

小晴看到梦梦张开嘴,深深地吸了一口气。

他们的手指越转越快,指尖的光芒中飞出了火花和烟雾。

梦梦吸了一大口空气之后,微微卷起象鼻,其他的梦貘也和她一样卷起了鼻子。

他们的动作越来越快,直到飞出的火花变成一团熊熊燃烧的深红色火焰。

可怜的梦梦,脸色都憋得发绿了!

三团光芒都变成了熊熊烈焰。

"瞄准——"

梦貘们像炮台一样,松开长鼻,斜向上直指天空。

"发射!"奶奶喊道。

所有的梦貘都用尽全力喷出海水。一束束水柱从象鼻中喷出,在空中交汇。这时,时间好像静止了一般,水流停在空中,飘浮着,像一只巨大的水母。

紧接着,水球开始向下坠落!

"现在施法!"奶奶的双手指向水球,将那团燃烧的火焰发射出去,火焰落下,越烧越旺。

利弗和山神也紧随其后。

几乎同一时间,三团燃烧的火焰冲向了巨大的水球,将它包裹起来。

水遇到火,火遇到水。

这对注定的情侣将彼此拥入火热的怀中,一同向下坠落。

这对无望的情侣不停地坠落,仿佛从天而降的星辰。

然后——

砰!!

它们爆炸了!

就像伊利亚帕的弹弓将银河旁的水缸打成碎片,像闪电与雷鸣,那团交融的水火像烟花一般炸成了几百万、上千万块小小的结晶,在春天的阳光下闪闪发光。

无数雪花飞舞在空中,亮晶晶的,像雪景球里的亮片一样飘落到云层中。

  那是眼泪的结晶。

  盐。

31
春天的第一朵花

给云层播下种子之后,天上的农民只能静静地等着结晶凝结成水珠,祈祷天空落下泪水。

任务完成后,小晴三人向山神和梦獏们道了谢。几番祝福后,山神带着二十多只梦獏回家了。

很快,梦梦带着三人飞回了山顶。梦梦优雅地降落在地面之后,他们来到了即将枯萎的蕊晴花旁。

花茎已经开始弯曲,像一个在注定失败的战场上奋斗的士兵,疲惫地垂下了头。黑色的雾霾仍然笼罩在暗影山的山顶。

什么都没有变,"黑夜"依旧盘踞在这片土地上。

但是他们已经无计可施了。剩下的时间太少,他们只能静静地等待。

这几分钟是小晴人生中最漫长的一段时间。

他们只能坐在原地，一边等待，一边祈祷。

拜托了，请一定要有用。小晴恳求地看向天空，祈祷着。

我需要爷爷。我想告诉他，我真的很想念他的故事，我还有许多没听过的故事，希望他能讲给我听。

小晴盯着天空，一滴冰冷的水滴落到了她的额头上。

她惊讶地用手摸了摸，又将手放到眼前。

没什么特别的。

那只是一滴透明的水滴，挂在她的指尖上。

一滴从天空落下的眼泪。

紧接着，天上落下了一连串的水滴，雨越下越大，很快就变成了瓢泼大雨。

"下雨了！！"三人不约而同地喊道。

"真的下雨了！"奶奶再次欢呼道。

利弗高兴地跳了起来："鱼尿管用了！"

一滴又一滴，雨水驱散了遮盖天空的黑雾，阳光逐渐透过缝隙照向地面。

魇雾马发出了悲惨的尖叫，那哭声就像用指甲划过黑板一样刺耳。它们被阳光刺痛，分解成了灰烬和尘埃，无法从倾泻而下的大雨中逃脱。

"真的有用！雨水洗掉了雾霾和魇雾马！"小晴喊道。

随着每一道阳光落下,她的心口也越来越温暖。

"请欣赏我的雨中舞!"利弗开始扭动,动作有点像克服了黑暗恐惧症的碧瑞。

柔和的晨光照在小晴的水晶瓶上,瞬间被放大了几百倍,又被反射到了尚未绽放的蕊晴花上。

水晶瓶提供的强光像聚光灯一样照在蕊晴花上,花朵贪婪地吸收着能量。脆弱的茎叶渐渐从沉眠中苏醒,直起身来。这场苦战终于迎来了转机,疲惫的士兵看到了希望,再次振奋起来。

有用了,真的有用!

"花要开了!"奶奶喊道。

"你的计划成功了!你真的让天空变干净了!"树妖围着小晴,继续跳那个奇怪的舞蹈。

真是个好笑的小家伙。她简直不敢相信,就在不久之前,她还想掐死这只树妖。

小晴抓住他,说:"不,是我们一起做到的。"

就像第一次见面的那天晚上一样,她紧紧地抓住了树妖,直到他被挤得脸色发青。但是这次她不是掐他的脖子,而是给了他一个拥抱。

"是的,我们做到了。"奶奶百感交集地看着两人,然后加入了他们。

梦梦也挤了进来,三人一兽紧紧地抱在了一起。

小晴忽然倒吸了一口气,她想起来自己刚刚忘记什么了!

KC!天哪!刚才阳光直射着它,它没事吧?

她立刻掏出水晶瓶查看,萤火虫安静地躺在瓶子里休息。魔法水晶能够保护它不为严寒或酷暑所困。它工作了整整一夜,现在终于得以熄灭尾光,小憩片刻。

太好了,它没事。

是爷爷救下了这只又丑又无助的小虫,又是它在最黑暗的时刻为他们带来了希望。

要相信微小之物的力量,小豆芽。有的时候最弱小的人,也能成为最伟大的人。

梦梦昂起头,嘹亮的象鸣响彻长空。

梦貘举起鼻子,指着天空。他们用手遮着雨水,抬头看去。

太阳高悬在空中,耀眼的光将天空染成一片金黄,像一个预示着黎明到来的先知,照亮身边的一切。

终于,整座山顶都被光芒笼罩,阴影从岛上褪去,雾霾消散殆尽。

春天终于到来了,他们沐浴在金色的阳光中,看着冰雪消融,感受着清爽的微风,听着无数生物从冬眠中苏醒的声音。

利弗看着大家，开心地笑了起来，然后突然喊道："快看这里！"

她们扭头看去。

悬崖那边架起了一座彩虹桥，连向天空。

小晴和奶奶惊讶地睁大了眼睛。

是彩虹！

彩虹高高地浮在被阳光亲吻的天空上，宣布着暴雨已经结束，新的希望冉冉升起。

就连阳光都需要雨水才能展现真正的颜色。 小晴听到爷爷的声音回响在她脑海中。

奶奶推了推两人，他们都被美丽的彩虹夺走了心神，甚至忘记了后面的那株植物！

蕊晴花的花茎挺立着，花朵抬头面对天空。

花苞渐渐绽放，花瓣舒展开来。

所有人都安静地看着那朵即将诞生的花。

眼前的景象如此奇妙，甚至比矮人制造的水晶瓶还要光彩夺目。

终于，花开了，盛放在金色的阳光中。

奶奶牵起小晴的手，吻了吻她的手背，然后紧紧握住。

在这个崭新的黎明，春天的第一朵花就这样骄傲地立在他们面前,像一个骄傲的国王。

小晴惊讶地看着它。

她想说什么,却找不到合适的句子,于是无助地看向奶奶,终于从脑海里挤出了一句话:"那是,爷爷说的……"

那是一朵蓝色的兰花。

一朵真正的、蓝色的兰花。那天在爷爷的"办公室"里,在世界变得天翻地覆之前,他曾经提到过。

它此刻就在她面前,像爷爷说过的那样……

立在彩虹的尽头。

32
归巢之日

得到了兰花和其中的花蜜后,三人欢呼着击掌,再次拥抱在一起。

很快,小晴的欣喜中多了一丝淡淡的伤感。她还记得自己的约定。

她拿起水晶瓶,轻轻地敲了敲瓶壁,里面的萤火虫很快就醒了过来。她吻了吻瓶身,说:"该道别了,KC。我说过会在春天放你离开,记得吗?"她轻轻揭开了挡住瓶口的纸巾。

"山神说,这座岛上有好多萤火虫呢,你肯定会喜欢的!"

萤火虫小心翼翼地爬出瓶口,停留了片刻,好像在和她道别。然后它抖了抖身体,展开翅膀,微微闪了几下,飞走了。

小晴看着陪了她一个冬天的宠物渐渐消失在远方。

"我会和爷爷说你已经找到了新家。"她喃喃道。

奶奶捏了捏小晴的肩膀,她看起来格外疲惫。"现在轮到我们了,前方还有许多次道别在等着我们,首先要回到奥姆巴克人的船上。"

他们再次回到梦貘的背上,小晴跨坐上去的时候,梦梦打了一个大大的哈欠。这对她来讲也是一个漫长而疲惫的夜晚,小晴挠了挠她的下巴,说:"再坚持一会儿,梦梦,你马上就能回家睡觉了!"

梦梦闭上眼睛,点了点头。她在湖中岛上助跑了两步,展开翅膀,很快就飞到了空中。她优雅地绕着山顶盘旋一周,带他们最后看了一遍这座高耸的山峰,还有岛上壮丽的景观。

曾经被白雪覆盖的地面已经出现了星星点点的黄绿色,棕色的土地也渐渐裸露出来。空中弥漫着雨后放晴的清爽气息,是春天的味道。

远处传来了瀑布的隆隆声,大海从世界的边缘向下坠落,好像一张白色的帘幕,垂入更加庞大的舞台,为小晴的冒险之旅画上终结的句号。

梦梦飞离暗影山脉,滑向新月形的海湾,奥姆巴克人的船只就停在那里。从远处看只是一个小小的黑点,接近后船身变得巨大,梦梦平稳地落在了前方的甲板上。船上的居民远远地看到有一只梦貘飞来,都走出家门迎接他们。

梦梦屈膝跪下,方便背上的乘客跳下去。小晴一下来就跑到梦梦面前,把脸和胳膊埋进了她厚厚的棕色毛发中。梦貘温柔地看着她。

为了您的拥抱,年轻的公主殿下,我愿意带您飞到天涯海角!

小晴笑了起来,擦了擦脸上的泪水,说:"梦梦,你已经飞到世界的边缘了!"她又忽然想到了什么,"等一下,梦梦!刚才那句话是你说的吗?我听到你说话了?不会是我的幻觉吧!"

我一直可以说话,亲爱的孩子。只不过你之前尚未学会聆听。

小晴又忍不住哭了起来。"天哪,梦梦,谢谢你帮了我们这么多。如果没有你,我们根本不可能做到,真希望还能再见到你。"

我也是,公主殿下,很荣幸能为您服务。

小晴紧紧地抱住了她。"我会想你的,梦梦,你也不要忘记我,好吗?"

梦貘用巨大的翅膀环住了女孩。

亲爱的公主殿下,难道您没有听过那句话吗?

大象从不遗忘……

梦梦站起身,面向奶奶,故意用长长的尾巴拍了一下树妖。利弗也玩笑般地拍了她一下。"你已经用那条长鼻子给我洗过澡了,我可不要再被你的尾巴扫到!"

小晴哈哈笑了起来。

巨大的梦獏向奶奶鞠了一躬,奶奶也向她致意。然后梦梦抖了抖翅膀,小跑了几步,再次飞向天空。

小晴站在围栏边,用力地挥手告别,直到手臂都疼了起来。奶奶站在她身后,轻轻地环住孙女的后背,一起看着梦獏的身影消失在山脉之间。

咳咳!

奥姆巴克族长萨利赫轻轻地咳嗽了一声,说道:"虽然不想打扰你们的温馨时刻,但我有一个很重要的问题。"

"什么问题,萨利赫?"奶奶问道。

萨利赫有些尴尬地继续道:"虽然你们乘着梦獏飞回来很气派,但我似乎记得当时借给了殿下和树妖一艘小船。更准确一点说,是我的划艇。"

他停顿了一下,奶奶看向利弗,树妖大张着嘴,无声地说了一句:"糟糕。"

见没人回答,萨利赫再次重复了一遍,他也许以为惊险的旅程让几位客人失了神，一时间没能听懂他在说什么。"呃，我是想说……简而言之就是，我的船在哪儿？"他盯着利弗问道。

树妖结结巴巴地回答道："呃，这个吗，我猜……应、应该还在，在岛上？"

小晴插嘴道："没错，船还在沙滩上，很抱歉没能把它带回来，但是……"她露出了一个狡黠的笑容，"你们也许可以自己去取。"

利弗惊讶地看向小晴。"天哪，小晴，就算以我的标准来看，你这样也实在是有点不厚道吧！"

奥姆巴克族长的脸色涨得通红。"很抱歉，小殿下，但是你可能忘记了，几个世纪前，我们一族被诅咒赶出了穷途岛！只要我们踏上那座岛，就会瞬间化为灰烬！"

小晴点了点头，开心地搓着手说："我明白你的困扰，不过我有个好消息要告诉你。"

萨利赫困惑地看着她。

小晴继续道："我通过了山神的五重火之试炼，还额外答对了一个问题，所以他答应我要帮我实现两个愿望。"

没有人说话，甲板上一片寂静。

"我的其中一个愿望，是希望他能帮助我们进行人工降雨，驱散山上的雾霾。"

"至于第二个愿望,虽然山神不太情愿,但是我让他撤回了对你族人的诅咒。"

船员间响起一阵窃窃私语,声音越来越大。

"也就是说,你们可以回到穷途岛上了!"

又是一片寂静。

然后,所有的奥姆巴克人都高声欢呼起来。

"原来你当时背着我对山神说的就是这个!"利弗感慨道。

"我的好孩子,你总能让我惊喜!"奶奶骄傲地说。

萨利赫跪了下来,其他的奥姆巴克族人也单膝跪下。一时间,膝盖撞击木头的声音在甲板上此起彼伏。

"请、请不要这样!你们这样实在是……"小晴手足无措地说着,很快又被萨利赫打断了。

"我和……我的族人,我们不知道该如何感谢您。回到家乡,这对我们而言是个遥不可及的梦,一个许多人都已经放弃追寻的梦。但是今天,因为您的善良,我们流浪了这么久之后……终于可以回家了。"族长失声痛哭起来。

他的妻子阿齐拉和儿子赞恩也走上前来。

"他应该是想说,"她解释道,"我们向你致以最诚挚的谢意。奥姆巴克人永远不会忘记你的恩情。如果你在迷雾之境需要船只,我们的水手和帆船都供您差遣。"

小晴的耳朵都羞红了。"哎呀,真的没什么的,大家快起来吧!"

她咬着嘴唇,又说:"但我还有一件事情要和你们说。"

"请讲,无论您有什么要求,我们都将尽力而为。"阿齐拉回答道。

"在登上穷途岛之前,你们的族人必须要发誓以后不再捕猎或者伤害梦獏。"

萨利赫终于平复了心情,站了起来。他将一只手放在胸前,说道:"我代表我的族人向您发誓,以后绝不会再有类似的事情发生。"

* * *

到处都是欢快的乐声、歌声和手舞足蹈的人。这是一场盛大的派对。帆船刚刚驶过了禁止魔法的屏障,因为小晴看到奶奶的指尖发出了魔法的光芒。

"大家,请听我说!"萨利赫举起一只酒壶,里面装了满满一壶奥姆巴克特产的椰子酒。

下面的人欢呼着鼓励他继续演讲。

"我们的英雄去哪儿了?"他问。

"在这里!"阿齐拉把小晴从角落里抓了出来,奶奶和利弗都在尽情享用美食。她拉着小晴走到人群中间,来到奥姆巴克族长的身边。

"很好!哦……抱歉!"他的大手重重地拍了一下小晴的后背,拍得她踉跄了几步。萨利赫清了清嗓子,继续说道:"我作为族长,宣布从今日起,每年的这一天都将是奥姆巴克人的庆典日!"

下面的人鼓掌欢呼,族长示意他们安静,又继续说道:"每年的这一天,我们都要在海上的这个地方庆祝,提醒后人我们曾经是流浪在海上的游民,常年居无定所。更是为了庆祝我们因为这位来自两个世界的公主,摆脱了这一身份!"

所有人都兴奋地大喊,酒杯和酒壶碰撞,发出叮叮当当的响声。

小晴无言地盯着自己的鞋子。*不会只有我这么尴尬吧?* 她看向奶奶和利弗,希望他们能过来帮她撑一下场,但是没有用。

萨利赫再次示意大家安静。

"从今天开始,我宣布每年的这一天为归巢之日!"

欢呼声、鼓掌声、跺脚声震耳欲聋,回荡在整片海域。

* * *

每个人都轮流和拯救了他们族人的英雄握过手后，人群终于渐渐散去。利弗再次回到自助餐台前。奶奶来到了小晴身边，将她领到了船上最安静的角落。虽然船上一片欢声笑语，大家都沉浸在节日的快乐中，但小晴忽然发现奶奶看起来仿佛更加疲惫而年迈了。

"奶奶，你还好吗？出了什么事吗？"

"我只是有点累了。昨晚确实很漫长，再加上咱们的整个旅途……而且，我好久没有飞过，现在肌肉酸痛，那个火球的法术也十分消耗精力……"

奶奶笑了一下。

"只要好好睡一觉就能恢复了，别担心。"

她抓住了孙女的双手。

"亲爱的，你不知道我多么为你自豪。你父母刚刚把你带来的时候，你那么害羞，那么安静……甚至害怕我这个普通又无趣的老奶奶！"

小晴羞红了脸。

"但是现在，看看你！你设计使海妖昏迷，拯救了南塔坤的女王，骑上梦貘，甚至还让奥姆巴克族人回到了家乡！"她捏了捏小晴的手，吻了吻她的额头，"这些对我的小孙女来说都不在话下。"

奶奶微微颤抖着吸了一口气。

"我们遇到了那么多困难,但是接下来的这一个,可能是最为艰难的……"

什么?小晴的大脑转得飞快。我们的旅程还没有结束吗?难道还差一种原料?

老人的神色逐渐变得悲伤。

"现在,你该回去救你的爷爷了。"

什么?

"而我也……"她哽咽道,"必须和你道别了。"

等下,这是什么意思?

小晴的话几乎卡在了嗓子里:"你、你说什么?"

"我知道……这对你来讲也许很难接受。"奶奶振作起来,继续道,"我不知道该怎么说才好,不如就直接告诉你吧:你还记得我说过,我是被驱逐出迷雾之境的吗?"

小晴震惊地看着奶奶,轻轻点了点头。

"而且,如果你爷爷再次回到这个世界,就会被永久监禁。"

奶奶叹了一口气。

"但我还有一件事情没告诉你。如果我取回了翅膀,就会被强制送回迷雾之境。在我踏上这片土地的那一瞬间,就无法再离开了。我已经不能回到地球……"

当小晴理解了奶奶说的话之后,震惊逐渐变成了愤怒。

奶奶再次深吸了一口气，颤声道："所以我离开家后，就再也没有回来过。因为只要回来，我就无法再见到自己的孩子们……"

小晴的脸涨成了深红色。"为什么你现在才告诉我这些?"她沉默片刻后，终于爆发了，"为什么? 你应该在离开地球前就告诉我! 我们可以想别的办法!"

小晴不可置信地松开了奶奶的手，摇着头说："你骗了我! 你明明答应过我会回家的，你这个骗子!"

奶奶伸手捂住了嘴，努力想要平复自己的呼吸，但还是哭了出来。

"我只是答应你会努力做到。"

"我不管! 你只是在和我玩文字游戏，你就是说谎了!"小晴尖叫着说道，然后大哭起来。

奶奶温柔地把有些抗拒的女孩揽入怀中。

"不，我没有说谎。虽然我现在无法回家，但我保证，我会尽一切努力找到回家的办法，回到你们身边。"

小晴想要控制住自己的眼泪，但是失败了。"这样太……太不公平了! 我们终于能救爷爷了，但是我又要失去你了!"

老人用手指梳理着女孩的刘海，像爷爷经常做的那样。

"如果可以的话，我也不想和你们分开，但你爷爷出了那样的事……"

她温柔地抚摸着小晴的脸颊。

"我没有别的选择,如果我不回到迷雾之境寻找解药,不仅我会失去自己的丈夫,你也会失去心爱的爷爷。"

奶奶悲伤地笑了起来。

"所以,最好的办法就是由我来取回解药。"

小晴拼命抱住了奶奶。

"不!我不能失去你!我明明才刚开始了解你,这样太不公平了!"

"好孩子,我本来不该带你一起来的。虽然你说服了我,但我也是出于私心……想要一段和你结伴旅行的回忆,因为这很可能是我最后一次和你朝夕相处了。"

小晴又忍不住要哭出来了,奶奶继续说道:"虽然我们一路上遇到了这么多困难和挑战,带你一起来却是我最正确的决定。因为我们齐心协力,一起找到了救回爷爷的解药。"

小晴点了点头,虽然满脸泪水,但还是努力展露微笑。"嗯,我们一起做到的。"

老人用手绢擦了擦她的眼泪。"好了,我的小英雄。趁着花蜜还新鲜,你该快点回去找爷爷了。我也该回家面对你的曾祖父,我的父亲……"

小晴竖起了耳朵,说:"希望他能撤回诅咒,或者至少不要把爷爷关进监狱!"

奶奶耸了耸肩,点头道:"嗯,虽然我应该和你道别,但我总觉得以后还会再见到你。我本以为回到迷雾之境后就再也见不到你们了,但就像你爷爷说的那样,凡事没有绝对。我总有一种感觉,你也许还会踏上这片土地,"她笑了起来,"我两次阻止你,但两次你都来了!"

小晴用袖子擦了擦脸,也笑了起来,边笑边咳嗽。

"那当然了,奶奶!我绝对不会把你一个人留在这里的!如果我不能把你接回地球,就自己过来!没准儿我还能把其他人也一起带过来,包括爷爷!"

奶奶笑着说:"以我对你的了解,你确实有可能做到,亲爱的。"

她转身,喊树妖过来:"利弗?利弗!"

他靠在帆船的桅杆上,正在打着节拍听奥姆巴克人的歌谣。

听到奶奶的呼唤后,他立刻直起身子跑了过来:"来了!殿下,什么事?"

他发现小晴和奶奶都红了双眼,一副刚刚哭过的样子。"呃,你们还好吗?他们的自助餐也没有那么难吃吧?"

"不,食物非常美味。但是小晴该回家了,而且我不能和她一起回去。"

"嗯，为什么？"利弗抓着脑袋，又恍然大悟道，"哦，那个诅咒，哎呀。"他看向小晴。"真遗憾，但是往好的方面想，你还能见到我呢！"

小晴翻了个白眼。"原来我也被诅咒了。"

奶奶笑着说："真没想到我会这么说，但我会想念听你们两个拌嘴的样子的。"她深吸了一口气，转而对树妖说，"利弗，你能把我的孙女安全地送回家吗？"

"当然，这是我的荣幸。"利弗鞠了一躬，对女孩伸出了手，"准备好了吗，小公主？"

当然没有。她忧伤地想道。但是我别无选择。

小晴最后又给了奶奶一个大大的拥抱。"我爱你，奶奶。"她抽泣道。

奶奶闭上眼睛，紧紧地回抱住了她。

"亲爱的孩子，记忆胶水的配方上还有一种材料没有写出来，却是至关重要的，也是这世间最珍贵的东西。"

她揉着孙女的后背。

"这也是你爷爷说过的话，小晴。如果爱是种子，那么由它孕育而出的大树就是家人。"

"你还记得自己用两秒钟环绕了世界，然后说：'家人就是我的世界'吗？是的，家就是一个人的世界，是被爱滋养出来的大树。从支撑它的树根，到枝干、叶片、花朵和果实，构成了一个庞大的族谱。虽然树枝会向着不同的方向生长，但我们拥有同样的起源。"

奶奶双眼湿润，看着小晴。

"而你，我亲爱的孙女，你就是我心中春天的第一朵花，是我生命中最宝贵的礼物。我永远爱你。"

"我也爱你，奶奶，我会想你的……"

奶奶叹了一口气，良久之后，又问道："你能帮我最后一个忙吗？"

小晴点了点头。

"帮我把这个给你爷爷。"

老人俯身轻轻地吻了一下小晴的脸颊。

她梳了梳孙女的头发，最后一次帮她把碎发别到耳后。

小晴抱住奶奶，也吻了吻她的脸颊。

奶奶依依不舍地松开手，对利弗点了点头，又拿手绢擦起了脸。

小晴一边挥手，一边退到裂开的时空入口处，说："再见，奶奶，我们肯定很快就能再见到的。"

一道光闪过，周围的景色开始扭曲，小晴再次踏入了迷雾之中。

尾声
谢幕

咳咳!咳咳!咳咳!

老人紧闭着眼,猛地坐直身体,疯狂地咳嗽起来。刚才他尝到了世界上最恶心的味道,让他忍不住想要吐出来。嘴里糊了一层黏稠的胶状物质。

呃,那个恶心的味道就在嘴里!

他继续咳嗽,想要睁开眼,却发现眼皮根本睁不开!于是他揉了揉眼睛,黄色的颗粒落了下来。

唉,睡魔昨天撒了太多沙子!

终于,一点一点地,像生锈的舞台幕布一样,他的双眼终于缓缓睁开。

他的瞳孔努力适应光线,看向外面的世界。

视野还是有点模糊,但他能看到两个影子。一个非常矮,另一个稍高一点,但又不像成年人那么高大。

"爷爷！你醒了！"稍高一点的人影用熟悉的声音喊道。

"小晴……是、是你吗？"他结结巴巴地说道。他感觉舌头迟钝，好像很久没说过话了似的。糊在嘴里的那坨物质更是让情况雪上加霜。

"是我！你记得我是谁了，爷爷！记忆胶水管用了！太好了！"两个人影击掌庆祝起来。

他的孙女突然扑了过来，坐在他床边，给了他一个拥抱。老人差点儿喘不过气了。

"呃！这……什么胶水？是我嘴里那个……黏糊糊的东西吗？"老人又咳嗽了几声，厌恶地皱起了鼻子。

他终于看清了面前的两人。

我旁边的是小晴，但是她为什么在哭？还有，等一下，那是一只柯尼特吗？怎么会在这里？！

也就是说，她知道了？等下，这只树妖看起来有点眼熟，他不是……

"利弗，是你吗？"

"是、是我……先生。正是我！呃，很高兴你能恢复，我很抱歉……总之你能醒来就好，欢迎回来！"

"回来？我去哪儿了吗？算了……现在有点头晕。"

他又咳嗽起来，然后用舌头舔了舔牙齿。

很好，我终于能控制自己的舌头了！

他转而对孙女说:"小豆芽,你能告诉我这是怎么回事吗?我好像错过了很多事情。"他指了指树妖,"他为什么会在这里?还有,你为什么要哭?难道是我遇到了什么意外?你奶奶在哪儿呢?"

女孩和树妖面面相觑,树妖吞了一口唾沫。

小晴犹豫片刻,用袖口擦了擦眼角,然后说:"在那之前,我有一样东西要转交给你。"

她探过身子,靠近他的面庞,然后突然凑近,轻轻地吻了一下他的脸颊。

"这是奶奶让我交给你的。"

小晴的头发落到脸上,老人不禁笑了起来。

哎呀,头发又弄乱了……

"至于她现在在哪儿,我会告诉你的……"
她露出了一个伤感的笑容。
"这次轮到我来给你讲故事了,爷爷。"

致　谢

写作是孤独的旅程，但在写这本书的时候，我得到了许多人的帮助和建议，也有许多人为我提供灵感，所以我并不是孤身一人。

很遗憾，由于页数和截稿日期（今晚）的限制，我无法把每个人都单独列出来。这个旅程才刚刚开始，我相信以后肯定还会有更多想要感谢的人，所以我只能在此统一对你们表示感谢。

我肯定会后悔的，但目前也只能这样。那么，接下来我就要逐一感谢为这本书提供了帮助的人。我想到哪写到哪，排序不分先后：

·感谢企鹅图书，尤其是诺拉，谢谢你愿意给这本书一次机会。我还记得我们见面的时候，我直接把书稿放在了你脚下堆积的一摞稿子上。谢谢你让我用自己的方式讲述这个故事，文字和插图都是我期望的样子。

·感谢新加坡痴呆症中心（尤其是斯坦利·何），还有TOUCH社区服务中心（乔伊斯·安奇、罗杰·高，还有JOURNEY团队）。谢谢你们愿意相信我、支持我。

·感谢我父亲的医生和护理师，尤其是黛雅娜·塔露露加。还有马来西亚ADFM的伙伴们，我父亲很爱看你们的节目。

·感谢安波顿·马纳里斯、伊芙·王·拿瓦，还有劳拉·阿特金斯。谢谢你们帮我把这坨难以入眼的文字做成能够摆进书店的商品。

·感谢时报出版和阿尔科姆图书让我的书走进书店，让它们能够被人看到和购买。

·感谢我的姐夫杰瑞德·利姆帮我搭建了这么美丽的官网。

·感谢艾丽（@SillyJellie）画了这么生动的插图，完美地还原了我想象中的世界。也感谢沙拉·波伊介绍我们认识。

·感谢秋·李思涵帮我修改文稿！

·感谢茉莉·高愿意拿我的这本书做电子营销案例。

·感谢约翰·杨和郝伟为我提供法律建议。

·感谢我的前领导罗珊·缇兰，让我接触到作者的世界，和"掌中鸟"的故事。

·感谢我的老师雅思敏·芭莎,谢谢你对我的支持。

·感谢我的心灵之友,艾什·拉希姆。谢谢你愿意听我抱怨。

·感谢文学出版界的各位朋友:SCBWI SG 团队的所有人以及大卫·刘、学术图书的达芙妮·李、格言书店的唐·博斯克和林涅特·涛、SPH 的谭·奥伊·伯恩,哈勃柯林斯童书的蒂娜·纳朗,还有图书协会以及 SFCC 和 SWF 组织的各类活动。

·特别感谢伊索斯图书的俄克盖,感谢你渊博的知识,也谢谢你的侄女梅根帮忙提供了阅读感想。

·感谢心胸宽广的营销大师尚尼·李。

·感谢蒂娜·蔡和克里斯·谭最先开始本书的预售宣传。

·感谢坦·韦·塔克的帮助,感谢萨姆对我的支持!

·感谢理查德·吴让我成为你的备选客户。

·感谢帮我校读稿子的朋友们:沙佳托·班纳吉、吉米·金、蒂娜·蔡、克里斯的女儿凯拉、艾丽,茉莉·高,还有凯西·佩尼。谢谢你们愿意读完我写的文字,现在你们可以再读一遍了!

·感谢我的英语老师们,尤其是玛格丽特·芬尼和苏·沃克,谢谢你们让我爱上写作。

·感谢所有激励我前行的朋友们……非常感谢。

如果我不小心漏掉了你,我会给你的那本额外画上一颗桃心作为补偿。如果你愿意的话,我也可以给你留下一个唇印(当然是在书上,不是别的地方)。

让我们不忘初心,砥砺前行。

许元泉

MIST-BOUND: How to glue back grandpa
Daryl Kho
Copyright © Daryl Kho, 2021
Simplified Chinese edition copyright © 2024 New Star Press Co., Ltd.
All rights reserved.

图书在版编目（CIP）数据

迷雾寻踪：记忆魔药制作指南 /（马来）许元泉著；郑雁译. —— 北京：新星出版社, 2024.5

ISBN 978-7-5133-5617-6

Ⅰ. ①迷… Ⅱ. ①许… ②郑… Ⅲ. ①儿童小说 - 长篇小说 - 马来西亚 - 现代 Ⅳ. ① I338.84

中国国家版本馆 CIP 数据核字 (2024) 第 070051 号

迷雾寻踪：记忆魔药制作指南

[马来西亚] 许元泉 著；郑雁 译

责任编辑	刘琦	**责任校对**	刘义
责任印制	李珊珊	**装帧设计**	冷暖儿

出 版 人	马汝军
出版发行	新星出版社
	（北京市西城区车公庄大街丙 3 号楼 8001　100044）
网　　址	www.newstarpress.com
法律顾问	北京市岳成律师事务所
印　　刷	北京天恒嘉业印刷有限公司
开　　本	910mm×1230mm　1/32
印　　张	12.125
字　　数	127 千字
版　　次	2024 年 5 月第 1 版　2024 年 5 月第 1 次印刷
书　　号	ISBN 978-7-5133-5617-6
定　　价	58.00 元

版权专有，侵权必究。如有印装错误，请与出版社联系。
总机：010-88310888　传真：010-65270449　销售中心：010-88310811